⊙ 姚振发 著

远去的回声

晚茶三杯

上海三联书店

前　言

　　平生碌碌无为,谈何成就? 唯《晚茶》三册,敝帚自珍。呕心沥血,尚难圆梦。名曰晚茶,杂质不少。友朋建言,集中主题,删繁就简,汇成一册。言之有理,着手构筑;杂文主唱,其余靠边。一些散文、读书笔记,甚至通讯报道,一概不收,提纯"指数"。这样一次过滤,更能代表我的为文初衷。作为一个干了一辈子新闻的人,难免奉命写作,驳杂支离。有了这样一册"集萃",是否向文学靠拢了一步,或者没有虚戴这顶"作家协会会员"的桂冠? 我不敢说。

　　老杂文家严修曾说:"杂文就是要有声音。"他对此解释说:"有点生气,有点呼喊,有点强烈的是非感,只为坚持真善美服务,为四个现代化建设服务之类的意思。"(文汇出版社出版的《杂文三百篇》序言)我写了这些杂文,是不是也算发出过一点声音,有过一些是非感? 当然,这声音很微不足道,或者早已过时;是非感是否准确,能否经得起时间淘洗? 也就由不得自己了。我只能说:我已经思考过了,写过了,尽力了,所以书名为《远去的回声》,如此而已。

目　录

三篇序言
弥足珍贵

难得人生三杯茶

周瑞金

继 2003 年出版《晚茶一杯》、2009 年出版《晚茶二杯》，作者在跨进耄耋之年，又向广大读者真诚捧出《晚茶三杯》。这是一位迎来八秩华诞的老报人，献给社会的一份珍贵的礼物。

我与作者是上世纪五十年代就读于复旦大学新闻系的老同学。五年同窗同室，朝夕相处，共忧同乐，亲如兄弟；走上工作岗位后，京沪杭一线牵，心有灵犀，不管时代如何变化，彼此总是想到一起，没有任何芥蒂。在共同历经半个多世纪的"文革"风雨和改革风雷的砥砺和磨练，能始终保持联系，交流思想，坚定信念，笔墨生涯，从而成为至交、挚友，在老同学中这是最难能可贵的。

俗话说，文如其人。正因为我深知作者的为人，所以每每读到他那舒卷自如、切中时弊的杂文、随笔、散文，我都情不自禁地为之击节赞赏：真性情人之真性情文也！

同《晚茶一杯》《晚茶二杯》一样，《晚茶三杯》收集了作者近年来笔耕不辍，陆续写下的杂文、随笔、散文，尤其是写了一批"读书笔记"。作为老报人，作者在浙江《新闻实践》杂志上写了两年多《书话茶馆》专栏文章，可以说读的是"新闻人物"写的书，记的主要是新闻媒体有关的人与事,所以读来倍觉亲切,兴味盎然。

　　近年来,作者用心观察时势,潜心思考问题,随人生阅历之增长,撰写的杂文散文随笔,也更臻成熟,更富哲理。无论从政治之敏感、思想之深邃,还是从分析之犀利、文采之斐然,都有可喜的升华,到达新的境界。早在1999年写的《脱了'官袍'学说话》,就分别发表在《文汇》笔会和《杂文报》,并被收入《中国新文学大系——杂文卷》(1976——2000)和《世纪末杂文200篇》。2005年写的《'免费的午餐'自述》获全国鲁迅杂文大奖赛二等奖,收入《世纪初杂文200篇》。2013年写的《赵太后的'听德'》分别发表在香港《大公报》和《文汇》笔会,被收入济南明天出版社出版的《少儿人文读本》(刘绪源主编,编者与作者素昧平生)。此外,还有几篇国际性的杂文,如《也说'普京的眼泪'》,《这只菜鸟为何不起飞》《'相级'大官为何落马》等等,读来也意味深长,脍炙人口。

　　事实说明,一介毕生精力"为他人作嫁衣裳"的报纸编辑,凭自己平生之学识积累、思维训练、逻辑养成、文字修习,一旦为自己剪裁"嫁衣",必定也能文思泉涌,喷薄而出,写出大量评点时事、针砭世相、学养深厚、逻辑严密、思维奇特、文字清灵的好文章。谓予不信,请品读姚氏三杯"晚茶"。

　　难得人生三杯茶!对作者的文品人品,作者的近30年交往知己者陈冠柏,以及作者与其父辈有交谊的文坛名流张抗抗,分别在《晚茶一杯》与《晚茶二杯》的序言中,都作了精辟的论述。冠柏的序被作者誉为"是一篇具有独特视角的难得杂文",而抗抗的序被作者誉为"是一篇有诗意、有思索、有期待,在更广意义上的茶文化美文"。

冠柏的序言简意赅地指出："杂文最难的一面：既要应时，又不能趋时。不应时，无有热点；趋时，又极易速朽。一题当前，足能显出作者思想的高下来。"这是精当之论。应时而不趋时，确是姚氏杂文思想品位高出一筹的体现。

抗抗的序一针见血地指出："这一本新集，是精神和心灵的托付。时事、国事、心事、往事。友情、亲情、人情、心情。只饮几口，便觉出这'晚茶'的文风，虽然一如作者温良敦厚的性情，却有了发酵后的'红茶'之醇厚浓郁的品相。这茶不是'饭后茶余'的休闲茶，而是提神醒脑的'功夫茶'。"这是用文学之笔点出姚氏杂文的社会功用。评点时事国事，叙述人情友情，在温良敦厚、嬉笑怒骂之中，似匕首如投枪，刺向官场恶习、社会毒瘤和世态乱象，从而警示为政者，推动改革，启迪人心，促使社会进步。

有了陈序和张序，似乎不须再对"晚茶"作画蛇添足的评点。鉴于对老同窗的熟知，我只是借《晚茶三杯》出版之机，再写几句久蕴于内心的感受。

《晚茶三杯》是正直新闻人为民立言的醒脑茶。作者从事新闻工作，一开始就把"为民代言、公正客观"视作职业基本操守，崇尚"守正不屈，立身大节"的古训，立志做正直的新闻人。作者坦陈："正直，就是不谄媚上级，不妄事权贵；它的对立面就是见风使舵，阿谀奉承。做一个正直的新闻人，就是人格第一，任何名利、地位、权益都可以失去，人格不能失去。"他是这样说，也是这样做的。在担任浙江日报文艺体育部负责人期间，他敢于抵制有关领导部门的屈辱安排，取消了文艺采访活动；敢于顶住压力大胆发表尖锐批评浙江文坛甘于平庸现状的文章；敢于扣压上面布置下来一定要发表的错误文艺批评文章。而且,无论在编辑岗位还是撰写文章,他始终坚持正直新闻人的勇气与风格。《晚茶三杯》中就收集了他撰写的《马谡不死》《魂兮归来》《宣传部长写杂文何以成为新闻》等一系列为民立言的健心醒脑好文章。

《晚茶三杯》是有担当共产党人为人民利益诤言谠论的功夫茶。作者上世纪五十年代初入党,国家和人民培育他成为新中国新闻工作者。他始终不忘历史责任感和党员使命感,严以律己,清廉做人,勤恳工作,淡泊处世,奉献人民。他曾三次辞官不受,甘当一介编辑终其生。俗话说,能受天磨真铁汉,不遭人嫉是庸才。他遭受了"黑色2007"爱妻突发心脏病倏然离世的沉重打击,又在晚年兼职杂志社,正殚精竭虑投入工作之时,被人突然袭击,免去职务,当绊脚石搬掉。面对人生如此折腾磨难,他在大病一场之后,又挺起身,举起笔,潜心一志做自己能做的事。他撰写出《对诺贝尔奖的"胃口"》《唐骏"学历门"连锁什么》《别把贪官的谎言当真话》等一系列爱憎分明的杂文随笔散文,犹如"路见不平一声吼",让人肃然起敬。

《晚茶三杯》又是有良心的知识分子坚守心灵自由的养心茶。作者把"生命的高贵,不在于自己处在什么位置,只在于能否始终不渝地坚守心灵的自由"作为座右铭。他在追溯往事时有这样一段自白:"为求得心灵上的自由,我要去做适合自己能做的事。我深知自己的个性是不适合去当官的,我个性中有一种为体制所不容的东西。我好独立思考,惯提不同意见,而且非常固执坚持;我认为顺应一种自己所无法接受的意见或事物,是一种痛苦。"说得多好啊!他数十年如一日当"为他人作嫁衣裳"的编辑,心甘如饴,从不感到委屈。他数十年如一日勤奋阅读,笔耕不辍,独立思考,不乏卓见,把忍受变为享受,从不感到寂寞。他从阅读和写作中找到心灵的自由,精神的快乐,个性的张扬。从他笔下流出的文字,也就成为这种追求心灵自由、精神快乐、个性张扬的美妙乐章。相信读者们品读三杯"晚茶"的时候,一定会像啜饮一杯杯清心、养心之茗茶,感到舒心、静心和乐心。

人长寿,文常写,作者的人生曼妙尽在其中。但愿人长久,千里共婵娟;亦愿文常写,一键通心曲。

文尾,谨以龚自珍诗聊表同窗之情并贺新著面世:

"不是逢人苦誉君,

亦狂亦侠亦温文。

照人胆似秦时月,

送我情如岭上云。"

(写于 2015 年 7 月 20 日上海)

晚茶心语

张抗抗

早几年,姚振发先生出版了杂文集《晚茶一杯》。想象着他夜灯下伏案的模样,手边一杯江南绿茶,冒着微微热气、散着淡淡清香。他悠悠然啜茶、眯起眼,斟字酌句,沉思、沉吟。心是宁静的,有一种自得自在的惬意。笔尖飞快地滑过纸页,大半生的编辑岁月,几十年时光,就这样从笔下流淌过去。终于,这一杯茶,是为自己而沏,伴随他退休后的日子。依然是灯下,依然是晚茶,不同的是,不再为看稿编稿而喝茶提神。而是为倾吐自己的人生心得——一番茶语、一席茶话。文中思绪,如茶香袅袅,从容淡定。

绿茶清澈。杯子里的茶叶,一片一芽,沉下去浮上来,都看得清爽。

绿茶清淡。犹如作者一世的为人,以平常之心律己,以和风细雨待人。

清茶微苦,却沁人心扉,留有余味,如同品味以往的日子。无论书斋生涯还是俗世新闻,那些逝去的风云岁月,对于一位勤勉多思的报人,点点滴滴,都是记忆的茶屑。沸水温水之下,沏得琼液精华。

如今，又有了第二杯"晚茶"。这是作者近年陆续写下的随笔散文、读书笔记——《晚茶二杯》即将结集出版。"茶"既已经泡好，等着友人品尝。我作为晚辈应邀来喝这"现成"的晚茶，荣幸而忐忑。

说起来，姚振发先生是我父亲的同事，多年来我一直称呼他"姚叔叔"。按说晚辈没有资格为叔辈作序。这一次，自己却不得不破了一个例。

已拜读过《晚茶二杯》其中的一些篇章，诸如《科技领域的陈寅恪——束星北档案》《红楼续梦话题多》……作为晚辈，虽不敢妄加评议，却深知这一组读书札记，涉及话题之广之重。懂得姚叔这一本新集，是精神和心灵的托付。

时事、国事、心事、往事。

友情、亲情、人情、心情。

只饮几口，便觉出这"晚茶"的文风，虽然一如作者温良敦厚的性情，却有了发酵后的"红茶"之醇厚浓郁的品相。这茶不是"饭后茶余"的休闲茶，而是提神醒脑的"功夫茶"。作者并非想占用别人的"功夫"，而是对自己的文章下了"功夫"。无论是记述身边人物，还是针砭社会世相，都有作者一以贯之的坦诚、真情、直言和锐敏。

世事纷烦，智者常虑。何以解忧？惟有饮茶。

忧戚而夜不能寐，故有"晚茶"。

人说酒后吐真言，差矣。茶后之思，才是具有理性和胆识的心语。

一时竟有些困惑，如果华夏无"茶"，中国知识分子的满腹忧思,是否还有倾诉和排遣的出口?

茶已淡,姚叔的兴意却浓。一杯晚茶喝到天明,滴水成书。

茶已凉,人不走。捧读《晚茶二杯》,悟天下之道。

茶可添水,水可续茶。愿细水长流,年年新茶。

（写于 2009 年 6 月）

迟来的"嫁衣"

陈冠柏

振发兄来信告我,他"想出一本杂文选的愿望,至今有了眉目"。我听闻后的第一感觉,是"哇"了一声,"怎么?他才出书?"除了略感沧桑酸楚,更多的是平生出几分敬意来。以振发之资历、学问、人脉,把他那些文字丰沛的杂文集起来出本书,该是十年二十年前的事,可居然他始终没挨这个边儿。在报纸编辑这个位置上,始之京华,继而浙杭,凡四十年,振发经手编发的文字浩繁若海。其间,有昨日的投稿试笔者成了今日的名家显贵,有从处女作的"豆腐干"到成本成本专集问世的发达个案,振发总是笑看其成,乐为他人作嫁衣,没想到给自己留下点什么。一说到出书,他总说不愿随俗,也不想拿文字去传世。这种淡泊,总能让我思忖起他的人格和襟抱的不俗。

其实,以振发杂文的含金量,本是最值得结集的。杂文这东西,发在报纸副刊这个媒体上,应景的多,配合的多。如果一个作者又兼做报纸编辑的,于虚于实,都少不了有感而发。不过,时过境迁,大多退色了。理智一点的,回过头去盘盘点,总有一些落寞,不大有将其结集勇气的。这可能亦是杂文最难的一面:既要应时，又不能趋时。不应时，无有热点；趋时，又极易速朽。一题当前，足能显出作者思想的高下来。不能统以是否"讲真话"为准，倒行逆施者有他的真话，旁门左道者也有他的真话，撇去那种纯粹拿文章弄俩钱儿的，杂文栏目毕竟不是组织生活行政会议有叫人"违心"压力的，说了，就是你的真话。然后让时间的尺度来给你的真话试金。于是知昨日的浅薄、谬误，或知既往的真知灼见。而谁都明白，敞开胸襟需要勇气和自信，一种对自己真实思考的自信。

振发难得的便是他的一贯对于自己真言的自信。他从不媚俗迎合，趋炎附势，不论某种思潮一时怎样汹涌成势，他都会独撑属于自己的思维小舟，颠簸打旋，都奈何他不得。这是对于箴言的风骨，数十年不曾改型。二十年前，还是在改革开放时期的前夜，积重难返的社会问题给希望一脚踏进光明的人们以困惑，而单纯的讴歌者又故态复萌地莺歌燕舞着，振发就巧借《红楼梦》的名句，有过《病去如抽丝》一文。那时我还在振发的指点下学写杂文，看到师长鞭辟入里的分析，贴切顺势的诱导，感触深深，至今仍在记忆中。我息笔改行多年，对于杂文既不会写也不想看，因为太多迎奉，太多浮声，太多俗套，连写法也已陈腐——一个由头、一段引据、一番感慨，那种做作和造腔，不能不使人弃置远离。而此时，当有机会翻阅振发的旧作，那种属于杂文的惬意和快感，渐渐地从久违的心底萌生出来，除了惊讶振发杂文"吹尽狂沙始得金"的经久检验性，显现思维演进的每一个有价值的刻度，也对杂文这一生不逢时的文体和民生与时俱进，多了一份企盼。

真言为文，真诚为人，是振发的自律，也是他的写照。就如他疾恶如仇的率直不加掩饰地写成文字,他亦从不吝惜地把真情友助给予他人。他堪称友助者的兄长。常常为推荐一篇"难产"的佳作,他会帮作者四处联络投寄;也常为核对杂文来稿引述的据典而翻够书本。作为浙江省杂文学会的参与发起和组织者之一,他一直勤谨不迨地用心力作桥梁,让每一个作者和每一段文字得以沟通和互动。面对社会的浮躁和多元,诱惑拉洋片似的翻新,商业来潮无情浸没文字固有的炫耀,他是为数不多的坚守杂文写、编的一位。仅以此,大家对振发杂文的结集出版,期待心切,更是可以想见的了。

世时恍惚,那个一直精力丰沛的振发如今也到了退休之时,将和他的报纸编辑岗位作别。集中有一篇文章《人到晚年学说话》很有意思,是说卸了官位的某位报纸总编,在洗尽狂名累赘后,一身轻松无忌,得以尽兴说说叫群众动心的真话。振发历来淡泊官位,一直说真话过来,晚年时分是不用学说话了,但把你说过的真话连同人生心路一起总结起来,对自己奉职数十年岗位作一惜别,真的是很有意味。该做的都做了,也该给自己做件"嫁衣"了。

(写于 2001 年 9 月 26 日)

何以解忧
唯有杂文

"免费的午餐"自述

　　我本名"午餐"，是最平常不过的名字。后来那个美国老头替我加工成了"没有免费的午餐"，从此便声名大振，还上升到了"理论高度"，我一下子红得发紫了。

　　那个老头名叫米尔顿·弗里德曼，是美国经济学泰斗。2006年11月，他活到了94岁逝世，真是个老寿星啊！"没有免费的午餐"是他的至理名言，他一生写了32本书，其中一本就是《没有免费的午餐》，1976年还得了诺贝尔经济学奖。

　　"没有免费的午餐"——我戴着这顶"桂冠"刚由大洋彼岸来到东土时，国人很感新鲜，也就成了"口头禅"。而在大洋那边，则是很稀松平常之事。一位华人到美国后说："免费午餐"算什么理论啊，在美国，这是个人人都懂的道理。话虽这么说，这个老头可是了不起的，有学者评论说："弗里德曼的思想，是打开财富之门的钥匙。忘记他，我们将与财富绝缘；牢记他，我们的财富与自由将一同成长。"

　　《没有免费的午餐》这本书，我可没读过。我只是"午餐"而已，"午餐"被加了料，我也始料不及。但我从自身"加料"后的遭遇，却也多少悟出其中"三昧"。有位经济学家告诉我：没有免费的午餐"从字面意义上说,就是不掏钱就吃不来饭。从象征意义上讲,就是不付出大致相等的有形无形的代价,就别想有足够的收获。"

经济学家说的当然没错,但我们这儿最讲"国情",忌讳"照搬"。不是说这个理论不灵,而是"不讲区别就没有政策",既有"没有免费的午餐",就有"免费的午餐"。"不要不服气"、"吃不到的葡萄是酸的"!?

当今不少人是以"权力和金钱"为价值观的,有了这两样"法宝",可以呼风唤雨,撒豆成兵,什么都做得到,这点"免费午餐"算啥?真是"小意思"啦!有句民谚道:工资基本不动,抽烟基本靠送,喝酒基本靠供……,——天天有饭局,时时有应酬,夜夜有笙歌,来往汽车送……这不都是"免费午餐"吗?何须自掏一个子儿。当然,也有另一种"工资基本不动"的,像韩国的总统李明博,他不但在担任首尔市长四年间,将所有月薪用于环境清洁工和消防员子女的奖学金方面,还承诺担任总统5年期间将全部工资捐助给穷人。这样的"工资基本不动"在我们这儿会成为天方夜谭,或会被认为是"傻瓜"一个。

也许会有人说,这种"没有免费午餐"的劳什子理论,对违法违规之人岂可列入,又当别论。那么,对守规守矩的官员或成功人士是否适用呢?大概也相差无几吧!他们享受现有政策保护,很多是"免费午餐",这是谁都看得到的。医疗、住房、教育、汽车等领域中的"免费"是名正言顺的,更何况他所处的社会地位、人脉资源、权力交换,彼此馈赠……这就不一而足了。别说在职的,即使退下来的,甚至退了一二十年的,免费午餐、免费旅游、免费汽车、免费办公室……，一样不缺。一荐一荐的退啊上啊，当任的大都看在眼里，却眼开眼闭，一是谁会去得罪前任"元老"，主动去动这个"手术"，不是自找麻烦吗？二是也为自己留点"后路"，不但相安无事，还能获得个好口碑，正是"和谐"所需啊！

真正被"没有免费午餐"管住的，当然有。对那些"平头"百姓和布衣"蚁族"来说，则无疑是"铁的定律"，硬碰硬的"没有"。没有权力的依附，缺少人脉的便利，拮据的生活标准，市场经济的规矩，等等"紧箍咒"，到哪里去寻找"免费的午餐"？有一天，我亲眼目睹一个年轻人在垃圾桶旁寻找"免费的午餐"，穿戴不算太褴褛，人也不像个要饭的，但就立在那儿吃盒饭里的剩饭，而对此情此景，我恨不得请他到饭馆去吃一顿真正的"免费的午餐"，但我身不由己啊，我其实只是"午餐"，免不免费，我是无权决定的；再说，我即使"违规"免了他这一餐，下一餐呢？再比比那些豪宴倾倒掉的七碗八碟"午餐"，我还能说什么呢？

其实，午餐的"免费"与"不免费"，自古都是分对象的。战国时的名篇《风赋》，楚襄王与宋玉的对话，就很有意思。"有风飒然而至"，楚襄王说："快哉此风！寡人所与庶人共者邪？"宋玉对曰："此独大王之风耳，庶人安得而共之？"王曰："夫风者，天地之气，溥畅而至？不择贵贱高下而加焉。"以下通篇都论说风之于贵贱之不同，把"大王之雄风"与"庶人之雌风"，分析得头头是道，淋漓尽致。即便是发自自然界的风，对身处深宫大院和蜗居陋巷之人，当是千差万别。昔日在沪上郊区，听过一个民谣："阿龙穷，真正穷，出门碰着顶头风，拾到黄金也变铜……"这虽说"阿龙"们的时运不济，有其戏谑成分，但也活画出阿龙碰到的"风"，与《风赋》中的"庶人之雌风",倒有点惊人相似。

可能我是站在"阿龙"们的角度来做这篇"自述"的,难免有所偏颇,是的,我作为一名"午餐",虽被冠以多种"花环",但我原本就是一个"阿龙"啊!

（2010 年 4 月）

脱了"官袍"学说话

　　原本3岁牙牙学语,而范敬宜总编辑年逾花甲始学说话,这听起来像是开玩笑,其实乃是生活的真实。谓予不信,请看范总见诸报端的自述:

　　"尽管在报海沉浮几十年,其实还没怎么学会说话。……并非说自己说的话让人听不懂,而是说把光阴花在学套话、官话、空话上太多,而群众要听的、愿听的、爱听的话却越来越说不利落,很少能说出可以说到群众心坎上的那种话。"

　　这是他人到晚年,万事休歇,总结感悟出来的。

　　这是说的真话。然而在几年前我们听不到这样的真话。原因很简单,那时范敬宜先生身处中国堂堂第一大报总编之尊,官袍加身,是说不出这样的话来的,或者想说也不敢说的。如今卸了担子,一身轻松,自由的言谈中透露出真情实感。试想要是那时说了这样的话,如果不是第二次打成"右派",这顶官帽儿也会摇摇晃晃的。

　　身在高位,压抑了新鲜活泼的言谈,自古皆然。清代诗人龚自珍就有这种感慨。他曾有诗曰:"先生宦后雄谈减",真实地道出了官场对自己的束缚。也许人在江湖,身不由己。因此,公开场合只能说官话,私自底下说悄悄话,形成了"两副脸孔"。

一个人尽管位尊爵显,但不能自由地表达思想,只好用一个模式说话,充斥着"套话、官话、空话",这对于一个有思想的人来说是很痛苦的。如果是昏昏沉沉混日子的庸官,那当然求之不得,也许也只有这点本事。所以龚自珍接下来一句诗是:"悄向龙泉祝一回",倒不是说要拿宝剑去杀人,而是要试一试"雄谈"的锋芒了。这种情况很多。像著名学者王元化,许多有真知灼见的著作,大都是卸去宣传部长这顶桂冠后写出来的。范总在《新民晚报》开辟的"敬宜笔记"专栏,说出了"群众心坎上的那种话"亦然,这里范总就引了龚自珍的诗:"欲为平易近人诗,下笔清新不自持;洗尽狂名消尽想,本无一字是吾师。"洗尽狂名,才平易近人。

这当然不是说凡当了官的只能说官话、套话、空话;也不是说做官的就没有思想,如果把这划成逻辑等号,那是不公允的。为官者也是凡人之胎,有血有肉,只是一到了某种位置上,就与凡人不一样了。不一样当然是不一样的,人处庙堂,诸多束缚;但有时是自己给自己塑一个"菩萨",变得过度成熟,深怕一阵风刮来吹掉了帽子。我们有的官员原本很有思想,能说会道,一篇讲话往往说得头头是道,听者拍手称快,但最后他必要交代一句:"今天随便说说,不作报道"。于是,明天报上见的则是一篇八股文章。这就弄不懂啦:既然你能深入浅出,说透问题,为何又让群众云里雾里摸不透呢?这个问题也许范总给我们作了回答:如果哪位记者"原汁原味"写出了反映群众喜怒哀乐的新闻,你有胆识放到要闻版的突出位置吗?你会不会批评记者"缺乏高度""缺乏深度",要求彻底改写,使它变成一篇新闻八股? 然而这已是过去的故事了,你看看朱总理在那样大的外交场合、那样面对几千人的庄严讲台,口若悬河,谈笑风生,国人洋人,喜形于色,而且各种生动活泼的讲话,见诸电视报端,你难道没有一点感染吗?

人与人的思想原本是相通的,不论官员百姓,精英凡人,大概都不喜欢八股文章,那么你为什么硬要塞给他们呢? 大可不必把自己包装起来,威严肃穆得像一尊菩萨,让群众仰着头去瞧你。何必呢? 只有以心才能换心,这是最简单不过的道理,真正把心摆到"纸"上去,八股文章大概才不会有市场!

(1999 年 5 月 28 日)

赵太后的"听德"

　　杭州电视台的"文化风情"栏目最近连续三次播出专访杜维明教授，这在人物访谈节目中尚不多见。其中杜教授谈到 21 世纪的"文明对话"，印象尤深。这位执教哈佛、普林斯顿、柏克莱加州大学，现为北大高等人文研究院院长的新儒学代表人，阐述在当今多元文化，多元价值的时代，需要的是进行"文明对话"，才能化解"文明冲突"，求同存异，和谐相处。正因为是"对话"，就不能垄断话语权，而是各抒己见；既然是"对话"，就要有"听德"。杜教授说，"听德"是指听得进对方的话语，包括不同意见，这样才能了解对方的原意，开阔自己的视野。

　　这个"听德"的说法，非常新鲜，且耐人寻味。

　　"德"是无所不在的，孔老夫子在《论语》中曾 38 次提到这个"德"。如"为政以德，譬如北辰，居其所而众星共之。"凭借道德来治理国政，自己就会像北极星一般，安静地居于一定位置，所有别的星辰都环绕着它。德之重要，不言而喻。

　　从大的方面说，平时我们听到的是道德、公德、功德、品德、一心一德、大恩大德……在行业方面则是师德、医德、戏德之类。我看，在名胜景观地不涂刻"到此一游"，大概可以称"游德"。但从未见把"听"冠之以"德"。其实,听得见不同意见,甚至是尖锐的意见,当然是一种难能可贵的"德"。这种"听德"也是无所不在的,为政的、司法的、文化的、学术的、艺术的、生活的,都会有不同意见的碰撞,由此产生的思想火花,形成相对完美的方案,"听德"其功不小。当然,这种"听德"不是一次能形成的,它要经过多次"对话",不但双方要用文明的语言,还要具备有度量的"听德",不然就无从谈起。

说到"听德",倒想起了战国时的一位赵太后。《触龙说赵太后》是古文名篇,但过去大都从触龙的巧妙雄辩说服太后来解读,或者以告诫溺爱子女引为教训,这自然没错。但现在看来,如果没有赵太后的"听德",触龙的胆子再大,口才再巧妙,道理再清晰,怕也会功亏一篑。赵太后开始的态度可说是横蛮的,赵因秦急攻而求救于齐,而齐的条件是"必以长安君为质,兵乃出。"这就挖到了太后的心头肉了,尽管大臣们强谏,太后却大发雷霆,气势汹汹地说:"有复言令长安君为质者,老妇必唾其面。"但触龙还是斗胆与太后对话,不怕被"唾面"。开始,"太后盛气而揖之",是以很生气的样子来接待他的,但触龙从问寒问暖、家常起居谈起,然后迂回曲折,旁敲侧击,才使"太后之色稍解"。触龙的巧妙是处处从体贴太后出发,而处处环绕着进谏的主题。转了好几道弯,触龙以"位尊而无功,奉厚而无劳,而挟重器多也"联系长安君"封之以膏腴之地,多予之重器,而不及今令有功于国;一旦山陵崩,长安君何以自托于赵?"这一席话,赵太后毕竟听进去了,说:"诺,恣君之所使之!"也就是说听任你的意见办吧!一场危机化解。

　　一篇六百字的《触龙说赵太后》通篇由对话构成，堪称是一篇精彩的"文明对话"。这场对话没有剑拔弩张的指责，却有微微动听的絮语，可以说是"双赢"的对话。触龙之功说明他的"谏德"不凡，有责任有勇气，还有谈话智慧。历代学者对此分析得较多，如《文心雕龙》作者刘勰，称触龙"一言之辩，重于九鼎之宝；三寸之舌，强于百万雄师。"清代《古文观止》编者吴楚材的评论："左师悟太后，句句闲语，步步闲情，又妙在从妇人情性体贴出来。便借燕后反衬长安君，危词警动，便尔易人。老臣一片苦心，诚则生巧，至今读之犹觉天花满目，又何怪当日太后之欣然听受也。"几乎所有的评论，都是赞赏触龙的，可说是"一面倒"，而对赵太后的评论却着墨不多，有的也只是"过于溺爱，蛮不讲理"。但从多角度解读，光说触龙的说服之功，是不够公允的。如果是演戏，触龙是主角，太后也是主角。矛盾的解决是双方的努力，即使触龙的说法道理再正确，语言技艺再高，赵太后如果不配合、始终"横蛮"下去呢？这场对话也不会获得如此的结果。

　　再往细里说，赵太后也绝非等闲之辈。她开始的横蛮，不愿自己的爱子去当人质，也并非"妇人之见"，可说是人之常情，所谓"人主之子也，骨肉之亲也"；后来虽然她也是为了长安君的前途计，毅然接受了有悖于她意愿的意见，而且心悦诚服，这个转变也是可贵的。吴楚材所说的"又何怪当日太后之欣然听受也"中间的"听受"，实是赵太后的"听德"，是一种美德，说明她是明智的，这在"定于一尊"的封建王朝，谈何容易？如果她要一意孤行也不是不可能的，生杀大权都在她手里，你又奈何得了她？历史上的谏臣虽有魏征与唐太宗的美谈，但为直谏而身陷囹圄，惨遭杀害的难道还少吗?

其实,赵太后也是一个不简单的人物,绝非是愚蛮老妪。她是一个清醒的政治家,审时度势,进退有据。《战国策·齐策》记载了她一则故事。她原是赵威后,在接见齐国的使者时,她先问收成,后问百姓,最后才问候君王,这引起了齐使的不悦:"臣奉使使威后,今不问王,而先问岁与民,岂先贱而后尊者乎?"赵太后当即回敬:"苟无岁,何以有民? 苟无民,何以有君? 故有舍本而问末者耶?"这说明,赵太后的民本思想是很明确的,也说明她的"听德"不是无源之水,无本之木。她能"听受"触龙的劝说,便是顺理成章的。

重温这些古典名著,对于当今的"文明对话",倡导以礼貌的语言,宽厚的"听德",进行各种交流,化解诸多矛盾,大概不无启发和裨益。"我可以不同意你的观点,但我誓死捍卫你说话的权利。""文明对话",培育"听德",记取伏尔泰的名言吧!

(2013 年 8 月)

"推销"官话与传播真话

在今年3月召开的全国人大和政协两会上,全国政协常委张维庆"做高官20多年,讲真话越来越难"一席话,激起了层层波澜,好多媒体以《好犀利的张维庆!》为题报道了这件事,吸引了众多读者的眼球。这可说是点中了官场作风的一个"穴位",也道出了一些官员久埋心中的一个情结,张维庆为倡导讲真话而说出了真话;更是说出了老百姓早就对那些言不由衷"官话"的厌恶之情。这席话获得的掌声,缘由就在情理之中,说出人人心中所有,写出别人笔下所无。

笔者于1999年写过一篇杂文《脱了'官袍'学说话》,被收入《中国新文学大系1976—2000杂文卷》,这倒并不是说杂文写得有多么好,实在是也触及了说"官话"不说真话的议题。人处庙堂,诸多束缚,说官话也是身不由己;脱了"官袍",返回本真,想说就说,正像一个盛装的演员,一旦走下舞台,他不必再按"本子"去讲话了。在这篇文章中笔者也提出了一个问题:"不是说凡当了官的只能说官话、套话、空话;也不是说做官的就没有思想,如果把这画成逻辑等号,那是不公允的。"事实上,我们许多官员原本很有思想,也很会说话,一篇讲话往往说得头头是道,听者也拍手称快,但到见报时却变成了一篇八股文章,媒体无疑成了官话的"推销"者。这倒并不是把"屁股"打在媒体身上,中间也许有众多因素,但媒体在"新闻八股"的轨道上走惯了,不能不说是一个重要原因。

人们注意到近期关于两会的官员讲话报道,媒体和记者的新闻眼光不同,可以写出大易其趣的报道。某位中央领导(张德江)参加浙江省代表团审议政府工作报告的报道,有一家报纸(《都市快报》3月7日)就写得如入其境,如闻其声。这位领导说到浙江的民营企业家面对金融危机时很聪明、头脑很清醒,一看势头不对就蛰服起来,"一有阳光就灿烂,一遇雨露就发芽,具有超强的能力。"在赞扬城乡养老金政策时,形象地作了一句比喻:"瓜子不饱暖人心",报纸将这些话做了标题。这位领导说:"这点钱在农村能解决很大问题。小孙子会叫爷爷了,为什么呢?因为爷爷有钱了。开学了,给小孙子能买点铅笔、橡皮什么的。感情纽带和经济纽带是连在一起的。不要小看600块钱,它对和谐社会建设有重要意义。"深入浅出,细腻传神,说得多么好啊!从这个事例不能不令人深思:为什么同样在现场,而写出来的报道却如此大相径庭呢?记者能写得出是一回事,报纸的主事者能否显著处理也是一回事,这样的默契,才让读者看到了这样生动的没有官话的报道。

官员要说真话,不说官话,是一个官场不良风气的改革;媒体要传播真话,不"推销"官话,就要搬掉"新闻八股"这块"绊脚石"。看来这件事要"双管齐下"。

官员们在官场生活惯了,讲话的思维定势一时难以改变。你看,就在这次全国政协会上,国家体育总局副局长于再清,就因为在冬奥会上,运动员周洋夺得1500米女子速滑金牌时说了句"拿了金牌以后会改变很多,也可以让我爸我妈生活得好一点。"这句本是充满人性的获奖感言,原是很自然的感情流露,这位副局长却因为她没有说"先感谢国家",而将其当成不道德、不爱国的反面教材,要"加强对运动员的德育"教育,这种假大空的官话也是官员的自然流露,把爱父母与爱国家对立起来,自然遭到网民的抨击,这类官话与"你是替党说话还是替老百姓说话"的"名言",如出一辙。

媒体之所以会不断"推销"官话,也是在"新闻八股"中操作惯了。什么报道或什么写法,往往先给自己设计一座"篱笆",这也碰不得,那也写不得,剩下的只有"八股新闻"了,因为这最安安稳稳了。这里倒用得着新闻界前辈范敬宜在他卸任后的一段感慨,他说,如果哪位记者"原汁原味"写出了群众喜怒哀乐的新闻,你有胆识放到要闻版的突出位置吗?你会不会批评记者"缺乏高度""缺乏深度",要求记者彻底改写,使它变成一篇新闻八股?看来丢弃"新闻八股",才能鼓励新闻从业人员的主动性与创造性,做真话的传播者,不做官话的"推销"者。

(2009 年 3 月)

年龄的表现

"今年我 55 岁了,很想再次出演《哈姆雷特》",这是"当红小生"濮存昕去年又一次说了他的年龄,其实从 50 岁以后,他不止一次地在媒体上通报他的年龄,一再声称"小生"已"不小"。

"我今年八十六……我没有想到能活得怎么久。"比起他的同辈来,"我能够看到一些历史大变化,他们没有看到。这一点我最为逝者抱憾。"——这是学者舒芜先生在一篇文章中所说。

"雷达是个常常忘记年龄的人,但有时又对年龄比较敏感。"有一次,一位作者称他"雷老",他回答"最好别叫雷老,我有那么老吗。"几年前参加一个学习班,晚上大家结伴去游泳,他和一位同事比试了两圈儿,要别人评论一下"我们俩谁游得快?"这位评论者直截了当说:"人家比你年轻,不服不行,差几年是几年啊!""雷达忽然沉默了,好一回不搭理我。"——这是录于作者胡殷红在《文汇报》上写的文章。

学者徐城北全家去吃自助餐,服务员开始问他年龄,他有些不悦,后来才知超过 65 岁半价,他却忘了带身份证,由此引出一段"生意经"的佳话。

……

这只是从报刊随手摘下的几则"年龄的表现",就是说,对年龄各有各表,其含义各有各解吧!

其实,年龄是个敏感问题。不过东西方习俗不同,通常西方人认为这是个人隐私,不能随便问,尤其是女性,否则被指不礼貌;而东方人,如我国人,碰到一起,常是问"芳龄""贵庚""高寿"之类。当然,现在逐步向"国际接轨",对年龄也"敏感"起来了,凡女性不管身处"妙龄"或已"装嫩"的"半老徐娘",都讳莫如深,以致网上出现了猜测某位影星年龄有许多帖子,各有所本,煞费苦心。前不久网上公布了一大批明星的年龄,有的突然老了四五岁,于是议论纷纷,当事人也纷纷回音,有说"无聊的",有说"把自己说小点人之常情"。

对功成名就的年轻演员,年龄是个资本。所处"黄金年龄"的明星,当然可以高喊高叫,去冬央视朱军在做电影《梅兰芳》的艺术人生,介绍章子怡成就时说年龄不提了吧,章即答:"没关系,29!",爽快得很;还有年轻的还要玩点"幽默",原本应称"小徐"的,却要做"老徐博客"。1974 年出生的徐静蕾经纪人说:"对年龄,老徐一直都没有隐瞒,现在的年龄她感觉很好,不用改什么年龄。"赵薇也说:"年龄对于我不是一种忧虑,而是一笔财富。"那种自信和骄傲溢于言表。

当然也有以年龄调侃的。香港作家李碧华,历来处事低调,从不出镜,不登照片,不接受采访。有一次他的先生对她说:"干嘛把自己包裹如此神秘,其实有人崇拜是件幸福的事。"对妻子的做法非常不解。但李碧华只是笑,不言一语,后来她丢过一张自述小档案:"年龄:数字太大;三围:数字太小……愿望:不劳而获,醉生梦死;所崇拜的美满人生:七分饱,三分醉,十足收成……"他先生说:"这哪里是名人小档案,简直就是懒婆自述嘛!"一直包裹得很紧的李碧华,这一段闺中调侃,不知怎么泄漏出来的。

年龄也是个麻烦。据说,体育界的年龄问题,也是闹得不可开交,有些人的真实年龄像"地下党的身份",管理层也有不同版本的花名册,很像一些商业单位的几套账册。阎世铎主政足协时曾搞过轰轰烈烈的年龄打假运动,但打也是白打,"钦差大臣"下去调查,一番觥筹交错,查无实据,化为乌有。体育界年龄造假无非是,有些运动要卡年龄,有些比赛要讲平均年龄,所以年龄普遍要报小,有的与实际年龄误差达 4 岁。去年,易建联也遇到年龄麻烦,别人说他是 24 岁,他则坚持说我只有 21 岁,真是天晓得!

这里所谈都是花花草草、吵吵嚷嚷的娱乐和体育界的年龄表现。

到了政界官场,年龄可是个真刀真枪的"杀手"。每逢换届排队,或遇提拔任用,位置有限,僧多粥少,都要碰到年龄这道杠。据说为此而卡年龄不但要卡到出生年份,甚至卡到出生的月和日,真是中国式的黑式幽默。由此而引发的虚报冒填,涂改身份证,雇人作假证,等等,花样百出,丑态毕露。

所说种种,看来年龄真是一门新兴学问,大有研究之必要;由此年龄的表现而披露的一些"花絮",也折射出每个人对人生的态度,让人咀嚼,趣味无穷!

(2009 年 2 月)

可爱的"提醒"

　　有媒体透露,在湖南郴州发生的贪赎大案"官场大地震"中,有个"小角色"——郴州市住房公积金管理中心原主任李树彪,成了这场"地震"的突破口。他贪污挪用公款一亿多元,被捕后供出了原市委书记、副市长和纪委书记等一串"大萝卜",是一个"小角色"掀动了这场大"地震"。

　　"小角色"的"大手笔",实际上是"小萝卜"拔出一窝"大萝卜"。这很说明,靠贪官的自我道德约束,纪律的"达摩克利斯之剑",实在不能撼动其一二。许多案件的突破都是"一个萝卜拔出泥",就是以案中案揭露出来的,不是同伙的交代,情妇的倾轧,是极难破其真相的;网民的揭露乃少数偶然之举,因此,反贪绝不能指望"强盗发善心"。

　　"小角色"李树彪对犯罪的原因说了一些话,其中有一条是:"我搞违规贷款,用单位的存款作抵押,我以为单位的同事不知道,后来才发现,其实他们都知道,就是不提醒我,如果开始头两笔点醒我,我就不敢搞了,不会再搞了。"已被判死刑李树彪的这段告白,获得一位评者的赞赏,认为这"比那些套话空话要实在、管用得多","如果'监督'严格,李树彪在搞第一笔违规贷款时,单位同事提醒他、制止他,甚至举报他,他就不可能在四年多的时间里,用同样方式作案44次。"甚至说这个"小角色""能总结出管用的'客观因素',其警示作用是很大的。"也许人之将死,其言也哀,因而获得了某种"同情";但你仔细想想,同事真能监督他吗? 同事真敢监督他吗? 他真能接受同事的"提醒"吗? 这个可爱的"提醒"像是一个大笑话,甚至还倒打了同事"一把":"我犯罪是你不提醒我呀",言外之意,你们也有不可推托的责任啊。这能让人信服吗? 你去"提醒"他甚或揭发他,你有好果子吃吗? 贪官在权力的位置上会有此"雅量"吗? 他们只是作为阶下囚时才不得不出此谎言,怎么能相信贪官这种假惺惺的自白呢? 我们的评者心地真是善良得可以。

从已经揭发出来的大量案件看,贪官的本性我们难道还见得少吗? 大的如程维高案件中的郭光允,他只是石家庄建委的一个干部,一开始也是对牵涉到这位"封疆大吏"的小小揭发,不也是小小的"提醒"吗? 结果如何呢? 郭历经8年遭受迫害,弄得被开除党籍,锒铛入狱,家人亲朋20余人受连累,这就是活生生的现实;就是在这个郴州案件中,不也有一位坚持正义的公安局长,因为有所抵制,不跟他的上司同流合污,难道不是一种"提醒"和"监督"吗? 但他所遭受的折磨和迫害还少吗? 好在他有一个好的上级保护,才避免了坐班房的厄运。一位有相当级别的官员尚且如此,更何况区区小老百姓了! 可见,要想贪官接受同事的"提醒",无疑是缘木求鱼,对牛弹琴!

只要看看纪检部门不断强调实名制揭发、举报有奖,说明群众要揭发贪官这件事有多么困难! 在反贪的这场斗争中,虽不乏坚持正义、勇于牺牲的斗士，像郴州市那位公安局长，被社会称为"郴州官场的良心"，但不能不看到揭发者遭受残酷迫害的现实，已促使很多人只能甘当"顺民"了。"出头的椽子先烂"，能怪处于弱势地位的升斗小民吗？"谁要跟我过不去，我就要叫谁好看！"——这是明的嚣张；暗的呢？工资待遇，任用升迁等等，都掌握在他手里，"胳膊"怎能扭得过"大腿"呢？而所有这一切，当他有权力的桂冠罩着时，连他的上级也难以看得见的，群众尽管如李树彪所说的"其实他们都知道"，但在现行体制下，谁敢冒这个风险去"提醒"呢？可以说，现在许多单位的领导与群众的关系，形同"猫与鼠"的关系，只有服从的义务，哪有"提醒"的胆量？"画虎不成反类犬"，何必自找倒霉？"提醒"云云，实在是天方夜谭，可爱的一厢情愿。当然，群众中的见事躲藏、甘当顺民之风，由来已久，积淀甚深，鲁迅就非常憎恶"戏剧的看客"，把它当成改造国民性的重要事情，这至今仍是一个紧迫的任务。要造就嫉恶如仇、奋勇当先的氛围，光靠人民素质的提高，而没有真正的监督制度、民主和人身自由的保证，要群众去"提醒"领导，实在是可爱的迂腐。

（2009 年 7 月）

对诺贝尔奖的"胃口"

每当诺贝尔奖揭晓及颁奖时刻,国人的"诺贝尔情结"又吊起胃口来了:中国为什么没人得诺贝尔奖? 其实,这是一个伪问题,中国早就有人得奖了,而且得了不止一个二个,一共得了十个,领域包括物理、化学、文学和和平各奖,这一届得化学奖的高锟,也是中国人。只是,得奖者多数是外国籍的中国人,而不是中国籍的中国人,有的出生于美国自然是美国籍,有的是后来入了外国籍;当然,得奖者中也并非没有中国籍的中国人,但由于众所周知的原因,不去说它了。不论这 10 个诺奖获得者是什么国籍,他们的黄皮肤、黑头发的"中国因子"是无法改变的,这说明中国人的聪明才智并不亚于世界别的民族,作为一个中国人完全可以为此而自豪,没有必要在这个奖面前有所自卑。

所谓"胃口吊起来了",是最近权威、学者和草根们议论纷纷,莫衷一是;笔者的凑热闹,当然也不例外。1957 年诺贝尔物理奖获得者杨振宁预言:"20 年内中国人获得诺贝尔奖",网民评说杨这话已说了多年,最早是 2000 年;网上也见到一篇题为《为什么"新中国"再也获不了诺贝尔奖?》的文章说:"民国时期的中国人口只有约四亿,而在这 60 年中我国的人口已翻了 3.5 倍之多!

谁能告诉我这是为什么？请不要再对我说这是'诺贝尔评审委员会的偏见'！"草根回答说："不是种子不行，不是苗不行，而是气候不行。"等等。

诺奖之诡谲，让人目瞪口呆。就这一届而言，和平奖颁给了美国总统奥巴马，让世界惊诧不已，舆论大哗；文学奖由出生于罗马尼亚的德国女作家赫塔·米勒获得，大爆冷门，连许多文学圈内人都说："太冷门了""不了解""没听说过"；经济学奖颁给美国印第安纳大学女教授埃莉诺·奥斯特罗姆和美国加州大学伯克利分校教授奥利弗·E.威廉森，让媒体推测的金融危机、气候变化、环境经济等六大经济热门全部落马……怎么看待这一切，媒体幽默地说："诺贝尔就是诺贝尔，将本届的'黑马'特色坚持到了底！"由此观之，10个不论什么籍的中国人所获得的诺贝尔奖，这就不足为奇了。

然而，这并不是说诺贝尔奖没有章法、无序而为。绝不是的。诺贝尔以普世关怀为信念，"对于授奖候选人的国籍丝毫不予考虑，不管他是不是斯堪的纳维亚人，只要他值得，就应该授予奖金。"诺贝尔的遗言是把奖金颁给"无论何处的创作天才。"对文学奖的标准是"创作出有理想主义倾向的最杰出作品。"当今诺贝尔评委，并没有违背诺贝尔的这些遗言。获奖者无论有多么冷门，所处何种地位，是怎样的种族和国籍，他们所在何处，怎样的被舆论左右？都无关宏旨，他们的"创作天才"、"最杰出的作品"，谁也无法否认、抹杀不了。这就是"诺贝尔"所以为"诺贝尔"吧！

问题是国人以怎样的"胃口"去对待这个诺贝尔？更早的不必说了，过去把诸如诺贝尔、奥斯卡、奥运会等这些西方"玩意儿",怎样视之为"洪水猛兽"或"毒草鸦片"而拒之于国门之外,这谁都清楚。虽说新中国成立已经 60 周年,但国人议论"一诺"二"奥"是近 30 年的事,对诺奖的急切心情和爱国情怀,原也不足为怪,这是民间的一种传承,也可说是一种"胃口"吧!早在鲁迅所处的上世纪 20 年代,当他闻悉要提名他得诺奖时说:"梁启超自然不配,我也不配。"这不是一般的谦逊,他还举以翻译过《小约翰》的作者未能获奖为例说:"世界上比我好的作家还很多。"可见他是真心肯定诺贝尔的,也是一种"情结"和"胃口"的流露。

然而,我们不能不看到,对诺奖的另一种"胃口"。凡符合我"胃口"的诺奖获得者,可以大大赞扬,即使不是中国籍也罢;凡不对我"胃口"的,不但不承认,有的还要发抗议声明。诺贝尔文学奖获得者高行健,虽已加入了法国籍,但也是在新中国受教育成长的,他得奖时某某"作协"就是这样做的。由此可见,国籍也者,往往成为某种对不对"胃的"借口而已,近的如电影《建国大业》中有多少非中国籍影星参与其中,虽受到网民一片质疑,因为对我"胃口",有关方面还是出面解释平息,这当然也算是一个进步吧!以文学艺术而言,有的即使得了诺奖,作品也是被封煞的,因不对我"胃口"嘛;而另外一种对"胃口"的,往往就不一样了。像艺术家陈逸飞我们的宣传够多了,他就是一个地地道道上的美籍华人;张爱玲的作品在大陆出版已铺天盖地,"张学"早已成为一门显学,但她在上世纪 80 年代就加入美国籍了。笔者这样说,倒并不是主张把非中国籍明星拒之于影坛之外;也不是说宣传陈逸飞,出版张爱玲作品有多少错,恰好相反,我认为这正体现了兼收并蓄,和谐包容的一种心态。对那些明星、作家、科学家,包括其中的诺贝尔、奥斯卡、奥运会奖获得者,他们加入外籍有各种各样的背景和原因,都应该一视同仁,切不可厚此薄彼,因为他们都是中国人,都是炎黄子孙,血脉相连,对他们的获奖都应该感到高兴。

以上是我对诺奖"胃口"的一点胃口,见仁见智,任由评说。

（2009 年 10 月）

放弃是一种智慧

读书界的"大腕"止庵,名声显赫,谁都知道他是研究周作人和张爱玲的专家。他主编过《苦雨斋译丛》(16 种)、《周氏兄弟合译文集》(4 种)、《张爱玲全集》(10 种)。他把周作人的著译 1000 多万字完完整整看了好几遍,还写了《周作人传》等 20 多本著作。一些读书类的畅销书都要挂着他的名头推销,笔者刚买到一册美国人汤姆·拉伯所著《嗜书隐君子》,就是他领衔推荐。是什么练成了这位刚 50 出头的读书专家呢?一言以蔽之,就是善于放弃。

止庵家学渊源,但青少年时无书可读。父亲是著名诗人沙鸥,藏书极丰,但在"文革"中全被抄走。在那个书荒年代,他找不到书,竟把《水浒传》看了 30 遍。他回忆起当年向朋友借了一套《基度山恩仇记》,用一块手表作抵押,而分配给他家的时间只有 24 小时,于是一家人轮流读,他最小,只能在大人吃饭的间隙读,只读了其中的第一和第四两册。后来有书读了,他非常珍惜读书时间,已 20 多年不碰电视了。

像止庵一样懂得放弃而成就读书大业的人,绝非只是个案。有个美国记者和电视评论家大卫·丹比,因为受不了媒体的浮躁,决心放弃优裕的生活,于 48 岁那年又回到母校哥伦比亚大学,与 18 岁的学弟学妹坐在一起,认认真真阅读荷马、柏拉图、康德、黑格尔、马克思以及伍尔夫等的著作,他认为"严肃的阅读或许是一种结束媒体生活对我的同化的办法,一种找回我的世界的办法。"整整一年的阅读,最后写出了一本 500 页、45 万字的一本《伟大的书》,成为读书界的一个佳话,因为善于"放弃",而获得了"丰收",这叫"有所失",才"有所得"。世界是如此丰富多彩,有多少"挡不住的诱惑",这就看各人的意志了,有放弃,才有所得,从这个意义上说,鱼和熊掌是不可兼得的。

精神的放弃不易,在物质的诱惑面前你能放弃吗? 据说,清朝有个宰相张廷玉,安徽桐城人。他在老家造一座房子,为一道墙与邻居闹矛盾打官司。他老家的总管写信请示,张廷玉就在信上批了一首诗:"千里修书为道墙,让他三尺又何妨,长城万里今安在,谁见当年秦始皇?"张廷玉尽管官至宰相,也不能逞威占人家的好处呀! 所以他大度地要总管让出三尺地。这一来感动了邻居,宰相有这样的度量、胸怀,他邻居又计较什么呢? 于是也让出了三尺地,今天成为桐城有名的"六尺巷"。张廷玉懂得放弃,让出了三尺地,得到的是为官的清廉、宽宏、爱民,也为他儿子当宰相打下了基础。

懂得放弃,不但是一种美德,一种精神,更是人生的一种智慧。莎士比亚说:"再好的东西都会有失去的一天。再深的记忆也有淡忘的一天。再爱的人也有远走的一天。再美的梦也有苏醒的一天。该放弃的决不挽留。"这是智者的箴言。现在不是有一句时尚语吗:"该出手时就出手!"这是说看准时就去做;它的另一面则是"该放弃时就放弃"。作为智者,恐怕侧重的是后一句话,所谓"退一步海阔天空"。

　　止庵的放弃,可说是这种智慧的一个注脚。智慧,是辨析、判断和发明创造的一种能力。止庵就凭他的学识和水平,对自己的事业作出了一个正确的判断,这种判断也可说他在读书大业上是一种创造。他当过医生、记者、仪器销售、出版社总编等,但统统被他放弃了,因为他深知"吾生也有涯,而知也无涯"。他的读书,不只是"看"书,可说是"吃"书,吃进去,不断咀嚼、消化,然后转化成营养。他选定一本一辈子要仔仔细细读的书《庄子》,先花 4 个月时间逐字逐句读,就产生了 5 万字的读书笔记;后来又花一年时间重读,一句一句都读通了,所写的笔记则有 30 多万字,然后再用半年时间整理这些笔记,于是就成了一本学术著作《樗下读庄》。他要花这么多时间读书、写书,哪有时间去看电视呢? 而他所获得的愉悦怎能与电视带给他的相比呢? 他所取得的成就而何止是一本《樗下读庄》呢? 可见,做一个智者,善于放弃是不可缺少的品质。

（2010 年 6 月）

唐骏"学历门"连锁什么

"学历门"永远是一个说不完的话题,到一定时候就会打开这扇"门"。

近日成为热点的"唐骏学历门",又闹得沸沸扬扬。双方对阵犹酣,新材料不断曝光。有趣的是,由此引起的连锁反应,其中之一就是仅七八两日即有近百位名人网上集体修改简历。唐骏的一根"神经",却触动了整个社会的躯体。对此仁智各见,互有"说法"。赞之者说这是"良心发现,回归诚信";贬之者则曰"舆论压力,欺世盗名"。不管哪种说法,不管什么动机,自己出来"打假",自我修正"疏忽",总是值得提倡的。"知耻近乎勇",这是一条老得不能再老的格言。

方舟子说他"打假"主要集中在学术界,唐骏这个企业界的"皇帝"是他偶尔碰到的。由此我想到,"学历门"这扇"大门"内,只是学术界和企业界这两扇小"门"吗?恐怕其中还有许许多多"小门","门"中有"门",扑朔迷离。官场这扇"门"能绕得开吗?这扇"门"虽小,却厚重非凡,也应该借唐骏的"学历门",打开来见见"光"了。

这不是哗众取宠,无的放矢。官场的学历造假,比起学术、企业等界,有过之而无不及。北京一位专业从事劳动人事研究的教授著文说,从根本上说,文凭造假之风,是官场带头吹起的。近20年来,中国忽然"人才济济",成了世界上最大的硕士、博士的授予国。其中很大一部分是授予各级官员的。试看,已成"阶下囚"的前深圳市长许宗衡,如果不是贪污东窗事发,现在照样套着"硕士"的学历头衔,高高地坐在深圳市长的位置上。这个原本只是湖南交通学校汽车专业毕业的中专生,随着官位越做越大,学历也越升越高:先是由"中专生"成了湘潭大学中文系本科生,继而获得中国政法大学研究生院研究生、美国国际东西方大学工商管理硕士研究生班的研究生。而所有这些"学历",都是在他"官位"上获得的,也从未离岗进学校学习。难怪有的网民调侃说:"我要为唐骏的学历造假叫屈,他和官场相比算得了什么?"上海一位会计事务所职业经理人张先生直言,即使唐骏的学历最终证明是假的,也不必过分为难和苛责他:"现在有多少比唐骏更强悍的商人、比唐骏更有影响力的官员,他们的学历都是混来或买来的,这影响到他们的成功了么?"

正因为官场造假愈演愈烈,今年"两会"前夕,中共中央颁布的《党员廉政准则》中就规定:"严禁官员买卖学历。"学历造假是和贪污腐败是紧密相连的。因为,"高学历"是贪官晋升的重要依据,"学历"成了贪官的"敲门砖"。据一些媒体调查,有些大学领导私下透露,北京一些著名高校就受到"权力与学位"交易的困扰。有很多官员攻读博士,因工作而没有时间上课,学校就只能"开绿灯"放行;没时间写论文,学校还找"枪手"代写;怕论文质量过不了关,还不得不向论文答辩组"打招呼"……其实这一切,已是公开的秘密了。当然,这些官员可以不参加学习、考试,不但可以拿到硕士、博士头衔,还可以拿公家的钱报销,这凭什么呢? 还不是他的"官位"嘛! 权力之神通广大,可见一斑。

这样说来,是不是官场一片"漆黑"呢? 那倒也不是。许多官场的精英,拥有硕士、博士的学历,其中多数是苦练和打拼出来的,是经得起考核的,"真金不怕火炼"。也有许多官员,能唯物辩证地对待学历,对自己的学历可说是坦坦荡荡,堂堂正正。我很佩服我们浙江的前省委书记、现任中共中央政治局委员、国务院副总理张德江,他的学历就明确写着"朝鲜金日成大学经济系毕业,大学学历。"以他的位置和能量,和他的实际水平,弄个硕士、博士头衔,不是易如反掌吗? 但人民的心中很清楚,并不因为他没有这些学历"桂冠"而有所看轻,相反,正是他的实事求是,清清正正,更对他增添了几分尊敬之心。另一位国家发改委主任张平,是以"中专生"的学历亮相的,一时传为佳话,引起全国一片赞扬。这样的官员,才是人民所放心的"公仆"。人们从网上、报刊上纷纷对这位"中专学历"的我国"经济大管家",投以衷心爱戴的目光,这是人所共知的。可见,虚假的学历再高,也是"纸糊的帽子";而真实的学历,即使看起来不高,却是真实的人品和界碑。

近日,中办、国办印发了《关于领导干部报告个人有关事项的规定》,这是促进领导干部廉洁自律,推进反腐倡廉的一个重要制度。既然,学历造假也是一种重要的腐败,老百姓深恶痛绝,领导干部也因像个报告经济事项一样向领导部门报告自己的学历,包括校验学历证件,取得学历的过程,让纪检和组织部门看看有没有学历造假? 其中,是不是也有像美国"西太平洋大学"毕业的博士生,或别的什么"东大西洋大学"毕业的博士后?如果发现不如实报告或隐瞒不报的,也可以如个人报告经济事项不实一样免职。对官员的学历造假如此"动真格",会不会对清理"学历门"有所裨益?能不能让埋得很深的学历造假者显露其原形?如果唐骏的"学历门",能引起这样的连锁反应,这是老百姓所期待的。

(2010 年 7 月)

中外"状元"比较观

国内名校对"状元"争得不可开交，北大、清华两校公布录取状元数据加起来达 120％，无疑新"制造"了一大批状元。俗语所说多多益善，何况状元乎？"多乎者，不多也！"

而与之相应的新闻，却是前不久披露的北京高考状元，被美国哈佛、斯坦福、耶鲁等 11 所名校拒绝。两相对照，倒是蛮有趣的：一个热得发烧，竟"烧"出了许多"新"状元；一个冷得惊人，被我国人争抢活夺的"状元"，却被 11 家名校弃之如"敝履"，这批老外是不是脑筋出了问题，或者抱着"反华情结"的老皇历不放？

如何解读这件事，着实让国人颇费心机。从留学申请人李泰柏角度看，让为自己是个"彻头彻尾"的失败者，"11 个顶尖学校全部拒绝了我，这或许在中国人留美申请的历史可以记上一笔。但是我觉得这些拒绝并不能摧垮我对自己的、对朋友、对这个世界的信任。"李泰柏的失望，当然不能归结为"失败者"，但也反映了现代学子的传统意念与对世界的隔膜。

中国的"状元情结"延续了上千年，一登龙门，身价百倍。这个祖传法宝，至今仍绵延不绝，更是借助现代传媒，花样翻新，奇招迭出。尽管当局三令五申禁止，实在成了"耳边风"，其源盖在于双方都有需要,于是"睁一只眼,闭一只眼"。每到高考录取前后,"状元"还是满天飞。因为诱惑实在太大了,一个学校、一个县市,如果出了高考"状元",便红得发紫,由此名利双收,风光无限。"状元"自己的身价自不必说,奖金、广告、赞助滚滚而来。其家属也会有各种名目的荣誉和实利,不期而至,弄得措手不及。"状元"所在学校、地方的领导则因教育有方,升迁在望。

有人以为,中国热热闹闹的状元展示,西人也会亦步亦趋,如法炮制。殊不知,中西价值观念不同,教育培养目标各异。状元是个什么东西?人家才不管呢?据披露,最近两年,国外一流大学纷纷拒收中国高考状元,人家招的是"全面发展的""有优秀品质的""有独立人格的""兴趣广泛的""分数不一定太高的"……他们认为状元就是"被一张考卷定型下来的"学子。北京学美留学公司执行长张恒瑞说:"对美国名校来说,他们更着重于学生内心世界里最真诚、最有趣的部分。美国名校看学生是否真心投入某件有意义的事,而不是有计划、有目的性的参加。美国名校对看得出人工操作痕迹者,都不会录取。"这就说明,中国的高考成绩并非是美国大学录取标准,事实上,我们的很多状元是靠课程考试、专业竞赛获得的,无疑有"人工操作的痕迹"。李泰柏写了那么多学生职务,从国内眼光看是又红又专的象征,而在西人看来这却是需要付出多少学习以外的时间呵!相反,今年李泰柏所在的人大附中,约有 30 名学生被美国排名前 20 的名校录取,其中还有哈佛两名,而被人大附中校方赞为"德才貌兼具"的李,却不在此录取名单之内。

说了这么多中西价值观念不同,有人以为并没说到点子上。

为什么 11 所名牌大学齐刷刷地一致拒收,是否他们联合操作协调一致?或者哪个领导部门一道命令?种种疑团难以解释。这是用"中国特色"的习惯去对照别人,他们哪像中国有这样的"权威",一道命令可以让传媒噤声,一声招呼让某本著作打入"冷宫";或者订出几条内部规定,这个"不准"那个"不许"。这在我们这里司空见惯,而人家的大学可是独立自主,各有个性,按法行事,有时连"皇帝老儿"也并不买账。2000 年,哈佛大学选聘校长,有人推荐即将卸任的克林顿总统,当时民意显示呼声很高,但出人意料的是哈佛大学聘任委员会却对此不予理睬,将克林顿拒之门外,谓之:政治精英可以领导一个超级大国,但不一定能领导好一所大学。领导世界一流大学必须有丰厚的学术背景和涵养,而克林顿不具备这个条件。试想对即将卸任总统都可以如此,接收几个中国学生,何用集体行动、策划操作?岂非"斩鸡用牛刀"?

出了这么多状元,说到底是应试教育而非素质教育的结果。早有国内权威媒体分析:撼状元炒作易,撼应试体制难。有网民看到美国名校拒收中国高考状元时,呼吁"该对功利教育说不的时候了!"中国的学校向来重视各种荣誉头衔,可以成为学生加分依据和保送名校的条件,如今这些"宝贝"却被美国名校否定了,这说明什么?因为它被"功利化"了,"有人工操作的痕迹",就不再是学生综合素质的体现。我们喊了多少年的"素质教育",通过这次高考状元的遭遇,会否让一些主持教育命脉者,头脑有所清醒?这大概不是论者的"奢望"吧!

(2010 年 8 月)

"相级"高官为何落马

　　韩国总理提名人金台镐被提名 21 天后,因遭受多个在野党人士质疑而宣布辞任。已经到了嘴巴边上的这块"肥肉",一不留神,竟然掉到了地上。官还没有做,只过了 21 天的官"瘾",黯然退场。这,很有点"出师未捷身先死"的味道。

　　也许,以这句歌颂诸葛丞相的名言,来为金台镐说事,并不很恰当。一个是"鞠躬尽瘁,死而后已"的一代贤相,一个则是有污点而未能踏上相位的"候选人"。但从形式上看,有相似之处,这两人都是属于"相级"大干部;诸葛亮错用了马谡,失了街亭,虽然挥泪斩马,也还是受到了质疑,他自己请求处分,所谓"请自贬三等,以督厥咎。"这是军事上的质疑;金台镐任还没上,受到议会质疑的,则是经济上的问题,但都是被"质疑"是无疑的,这不是"出师未捷身先死"吗?

　　言归正传,不去纠缠这些形式上的事了。其实,这个未上任先辞任的金台镐,在议会质疑的表现,还真有点可爱的。当议员质疑时,谈到某建筑公司总经理处借得 7000 万韩元并没有返回就属于受贿时,他回应:"如果有这种事,我立即请辞。我已连本带利还请债务,存有相关记录。"看来有点理直气壮。而到了质疑另一桩竞选知事从金融机构贷款10亿韩元用于选举费用,获取政治资金违反银行法时,他就答对此"感到抱歉",一下软了下来。此时,还自己"坦白"了财产目录没有登记以妻子岳母名义开设的商铺;自己担任庆南知事期间,妻子曾以人个人用途使用公车等。最后他说:"得不到国民信赖,即使出任总理也做不了任何事情",因此决定辞任,并以"辜负了国民对我的信任,再次向国民表示由衷的歉意。"

吾辈未能目睹韩国议会质询情景,但从新华社报道来看倒还是蛮生动的。报道官样文章不多,有事情、人物、时间、地点和过程,五个W齐全。从这点看来,金台镐不拖泥带水、推卸责任,更无死皮赖脸,狡猾应付。你看,有错的就承认,没错的据理说明,还新"交代"了财产登记和妻子私用公车的问题,可说态度是诚恳的,对错误是实事求是的。尤其是说到"得不到国民信赖,即使出任总理也做不了任何事情"这句话,可说是丢开了私利,从国家大局出发的。对此,不知道韩国的国民如何看法,以笔者的愚见,年龄不足50岁,又有多年的从政实践,虽然这次"落马"了,说不定今后还是有机会"东山再起"的。这当然是姑妄之言,政治的东西谁能捉摸啊!

金台镐的提名辞任,我们当然是"隔岸观火"。其实,现代资讯的传播,对我们的公民也是不无启发的。大的选举制度小民管不了,不必去说三道四,说了也无用。从小的方面来说,一个当官的人要有怎样的人品,老百姓还是看得清楚的。人民喜欢讲真话的官员,欣赏态度诚恳的官员,赞扬对国家和公民负责的官员。说到底,人品决定官品,一个人品好的官员,官品也会好的;反之,一个人品不好的官员，即使当上了官，官品也不会好到那里去！当然，老百姓是看得清楚的，只是由于某种原因，无法直说罢了。西方曾有"当政治家要像猎狗的牙齿一样干净"的名言，这就是说，要接受人民的监督，议会的监督，舆论的监督，金台镐就是在议会的监督下，败下阵来的。看来，这官也是不好做的。它是和暗箱操作，推诿包庇，文过饰非等等是背道而驰的。金台镐是未当上官而"落马"的，但是这样事情在西方不是个例；而多数则是"东窗事发"而"落马"的，这在我们这儿也不是个例。但是，比较起来，对老百姓说来，这两种"落马"是哪种好一点呢？任何比较都是"蹩脚"的，但两害取其轻，还是应该有所选择的。

（2010 年 9 月）

"喜""怒"之间的老话

　　"闻过则喜"还是"闻过则怒"？这是一个老话了。常人总是以"闻过则喜"来赞扬一些人的美德,历史上也不乏其人,不然也不会形成一个成语。孟子曰:"子路,人告知以有过则喜。"这是孟子以孔子的弟子子路的品行,来教导他的弟子。意思是别人指出他的缺点,他不但不生气,而且还很高兴。孟子把子路的品德与德高望重的禹舜相提并论。宋陆九渊《与傅全美书》也说:"过在所当改,吾自改之,非为人而改也。故其闻过则喜,知过不讳,改过不惮。"不惮两字,尤为重要,就是不怕别人议论,不怕丢失面子,不怕改过的困难。历史上,唐太宗因为闻过则喜,才有了名垂青史的"贞观之治"。

　　当今名人中,也有一则佳话。据闻,夏衍任文化部副部长时,有一次在讲朱元璋的故事时,说了一句外行话,吴晗当场开销,不客气地说:"你还当文化部长呢,这一点不懂!"这话说得既尖锐又带嘲讽,真有点让夏衍下不来台的感觉,但夏衍并没有感到有失"尊严",而是从中看出自己的不足。从此,每天他用一小时的时间读《二十四史》和《资治通鉴》,这种气度真让人钦佩,我们现在的官场能找得到这样的人吗?

作为名人,有时候嘴巴上也要谦虚一番的。但碰到尖锐的问题时,马上要露出马脚。

近闻在一个研讨会上赵本山发怒的故事。据《北京日报》报道,今年 4 月 11 日下午,在北京举行《乡村爱情故事》研讨会,赵致辞说:"本公司,周围的人天天讲好话,我今天想听'坏话'和真话。我永远感谢让我经受磨难的人和给我批评的人。"话毕,中国传媒大学教授曾庆瑞受到鼓舞,坦诚指出:"本山先生被收视率带来的鲜花、掌声给弄迷糊了,被某些不负责任的言论、没有原则的吹捧给误导了。""《乡村爱情故事》缺乏历史进程中本质的真实。其中塑造的人物形象扁平化、不够典型,没有时代背景下共同群体特征。""电视剧绕开真实的现实走,其实是一条伪现实主义。""本山先生不缺乏技巧,但更重要的是要追求更高尚的境界和博大的情怀。艺术家应当以追求高雅、崇高为目标和情怀。"这一席话,竟使赵本山勃然大怒。他忘记会议的一片"开场白",马上质问这位教授熟不熟悉农村生活?如果没有发言权的话,那考虑好再说。还扬言:"我敢说,农村生活在座各位没有比我更了解的,我是你们的老师,就不要唠农村了……","我从来不是高雅的人,也从来没有装过高雅。我最恨那些自命不凡、认为自己有文化的、而实际在误人子弟的一批所谓教授。"本山先生当场发作,怒不可遏,比他的演出还要生动。论官位,赵本山自然没有夏衍大;讲艺术,他和夏衍根本不是一个等级。但赵本山的怒气与夏衍的气度,却是天渊之别。可爱的本山先生,发泄出这般霸气,真有老子天下第一之架势,完全暴露了他"开场白"之虚情假意。这是典型的"闻过则怒"。

　　这位被戏弄了的老教授,就是被赵本山的所谓"诚恳"欺骗了。其实,这样的"老天真"历史上并不乏人。明代有个解缙,是赫赫有名的《永乐大典》的总编纂,"墙上芦苇,头重脚轻根底浅;山间竹笋,嘴尖皮厚腹中空"这副著名楹联,就出自他的手笔。他侍奉过三代皇上,朱元璋曾对他说:"朕与你义如君臣,恩犹父子,你对我有什么谏言,就应当言无不尽才是啊!"这个解缙果然信以为真,上万言书,历数朱元璋政令多变,滥杀无辜,小人趋媚,贤者远避……后来又上什么《太平十策》,切中朝廷要害,弄得明太祖怒从中来,解缙终被罢官。几经折腾,因为才大,又受到第三代皇帝的重用,他老人家脾性不改,再度锒铛入狱,最后被拖到雪地里活活冻死,仅仅活了47岁,如果以当今的标准看来,他还是个年轻有为的"青年官员"哩!

　　解缙虽然满腹经纶,功绩卓著,但他不懂官场规则,对官场"关系学"一窍不通,结果就这样不明不白地死了。孔子云"人而无信,不知其可也!"但真正做到"人而有信"的能有几个呢? 不少人还是"犯傻",一见几句"诚恳"的言辞,就感动万分,马上放言投入,像那位教授回应了赵本山的"感动词"一样,结果却遭来一翻羞辱。虽然那只不过是文艺界的一桩小事,换了别的领域就不好说了。反右鸣放中的"阴谋"与"阳谋",庐山会议上的"万言书",难道人们还见得太少了吗? 现在不是有人拿延安时期《解放日报》、《新华日报》的那些"要民主、要自由、要人权"的社论贴到网上,似乎要见证当年的许诺,但他不知道"此一时彼一时"也,辩证法是讲运动的,要随着时间、地点的变化而变化。解缙的故事已经过去了500多年,反右鸣放、庐山会议也过去50多年了,历史已经远逝,但记忆仍是永存,无法磨灭。环顾当今,要是人们都不去"犯傻",都去做"聪明人",或者都做"看客",那么,我们的社会又会怎样呢? 这是不是我们谈了"闻过则喜"与"闻过则怒"这些老话以后的一点思考呢?

(2010 年 10 月)

何必难为逯军

　　"替谁说话"的郑州官员逯军之事,早已淡出公众视线。近日却为其是否复出的问题,又掀起了一阵波澜。

　　"替谁说话"官员是不是复出?"此逯军到底是不是彼逯军?"公众的追问答案扑朔迷离,莫衷一是。缘起于《河南日报》一则公告,谓逯军已被任命为河南煤炭建设工程质量监督中心站法定负责人,在公众的疑问声中,答案也多种多样;有说已任该市"引才办"主任,有说"仍在家反省",有说"免职9个月后就上班,分管后勤,职务不变。"(原职务是郑州市规划局副局长)也有官员说:"我不会骗你,不是同一个人。"等等,不论何种答案,总查得清楚的,因为这只在中原大地,并非隔洋彼岸,异国他乡;当然,在互联网的今天,即使在海外,查清也不是难题,只是颇费时日而已。

　　网民的敏感及其追问,说明公众监督意识的加强。问题官员的复出并非空穴来风,因此中央有了政策法规,如规定党政干部引咎辞职和受到责令辞职、免职处理的,一年内不得重新担任与其原来职务相当的领导职务,两年内不得提拔;受到降职处理的,两年内不得提拔;突击提拔者将被追责。可是,"上有政策,下有对策",问题官员还是阴一个、阳一个地悄悄复出,千百万双网民眼睛自然不会放过。当然,网民也不是一味拒绝问题官员复出,而只要求享有一个透明的信息,让公众有一个知情权和监督权。

然而,从另方面想想,网民也有不够厚道的一面。毫无疑问,逯军是个官员,但只是个"七品芝麻官"而已,他也无非是对记者说了一句心里想说的话而已,为此而丢了"官帽",已经受到的惩罚,也是不轻的。总不该因为一"言",而注定一"生"。君不见,在去年的两会上,面对记者的提问,夺了记者的录音笔,还问"你是哪个单位的"某位高官,虽然网上热闹了一阵,不但没有被问责而丢官,如今官升一级吗?而对记者,不论说"你是为党说话,还是为老百姓话",还是"你是哪个单位的?"意要兴师问罪,其性质是大同小异的,然而待遇就大不相同了。所以,我说网民应该放逯军一码。

你这样说,是不是认为也要对某高官问责才公平?非也!相反,窃以为对逯军也不应该问责才公平。官不论大小,说对话或说错话,你这样想他那样想,都是公民社会的正常现象,人非圣贤,孰能无过?有批评,也有反批评;甚至唇枪舌剑,争论不休,也可以理解。大家很熟悉的伟人所说:"让人说话,天是塌不下来的"。百鸟争鸣,叽叽喳喳,才是人心舒畅,和谐兴旺的景象;万马齐喑,鸦雀无声,总不是好事。

那么,南京的那个周久耕又当何论?他不仅在会上颐指气使,口出狂言,而是在吸高档烟、戴高级表的背后,有贪污受贿,经查证清楚,受到法律制裁,是罪有应得。如果仅仅是会上的一番话,或者是正常的高消费,也是不应问责免官的。事实上,以言治罪的教训实在太多了。逯军也好,某位高官也好,如果仅仅是对记者的那番表现和说的话,也不应该问责免官,也只是进行批评,接受教训而已。有关部门平时对官员监督不严,一旦看到网民揭露,便惊慌失措,似乎不免职不足以平"网"愤,这种丢包袱的做法,是极不负责任的。其实,对一位官员,不论其职位大小,级别高低,应该是对他长期一贯表现、全部历史来认定他,所谓"德才兼备",不能因为一时一地的错话而影响其仕途,所以说某高官的提拔,也在情理之中,没有什么奇怪的。

再深入一步说,窃以为对逯军不但不应免职,还应该得到提拔。此话怎讲?逯军说的"你是替党说话,还是替老百姓说话",原是他的一句真心话。因为他心目中的党就是比老百姓大,他长期受的教育,就是"天大地大不如党的恩情大""我把党来比母亲""党指向哪里我们就奔向那里"……他是一个对党深有感情的人,时时把党的利益放在首要地位,所以就对记者这样说了,殊不知会遭来这样一场"横祸";当然,他也懂得他的一切仕途升迁是掌握在党的手中,自然要对党负责。至于老百姓价值几何?!能给你官帽吗?能给你工资待遇吗?能给你房子吗?扯淡!所以,对这样一个党的好干部理应得到提拔。其实,他心目中的"对党负责",与那位高官心目中的"对党负责",是一脉相承的。当那位高官问记者"你是哪个单位的"时,得到回答后就接着说:"你是《人民日报》的?你还问这个问题?你还是党的喉舌?你怎么引导舆论?"某高官也没说"你是人民的喉舌"嘛!可见,其所言所为,比逯军所言有过之而无不及。如果逯军除了言论之外,别无其他,难道不也应该得到提拔吗?至于党性、人民性这样深奥的问题,争论了多少年,仍是莫衷一是,某些高官都模棱两可,怎么能要求一个基层领导干部能弄清它的关系呢?

敝人"何必难为逯军"的原意,也许片面,也许得罪网民,也许让人臧否,不过我就是这样说样想的,"我已经说了,我的心灵得救了!"

(2011 年 2 月)

请安当今"卖炭翁"

　　德清的模范人物陆松芳精神感人,已经家喻户晓。但到那里的道德教育馆实地看了他的视频后,印象更为深刻,感受挥之不去。"请安"一题,就借德清县委宣传部长、杂文家张林华怀念杂文名家老烈所写《给"员外"请安了》一文,在此借来一用。

　　我们是该给当代"卖炭翁"——陆松芳请安的。德清这样一位虽平凡不经却精神高大的八旬老人,是值得人们尊敬的,接受"请安"是理所当然的。说实在的,现在不论是听报告,还是看展览,能像看《陆松芳》视频那样聚精会神是少有的。真的是鸦雀无声,专注屏幕,深怕漏掉一句解说词,那是被其精神所感召。这样的"卖炭翁",默默无闻地为百姓运煤送暖,数十年如一日,以微薄的收入,清苦的生活,却为汶川、玉树灾区捐了共 14000 元,对他说来这实在是一笔巨款,他所捐给汶川的 11000 元,就相当于不吃不喝连续两年卖煤饼才能赚到的钱,因而赢得了社会的赞赏,荣获 2008 年度真情人物、"感动中国"年度候选人、"浙江骄傲年度致敬人物"等称号。

　　白居易写的《卖炭翁》自然是今非昔比,但也留下了陆松芳的身影。"满面尘灰烟火色,两鬓苍苍十指黑",这与陆松芳差不了多少;只是"卖炭得钱何所营",却不一样了。当时"身上衣裳口中食",全指望木炭能卖个好价钱,可是,"可怜身上衣正单,心忧炭贱愿天寒",诗人写出了"衣正单"时还盼望"愿天寒"的强烈对比。陆松芳虽收入微薄,但温饱无虞,还有余钱,他的"卖炭得钱何所营"就显出他的境界来了。陆松芳衣着朴实、居食简陋,为什么不去改善一下自己生活呢?他正像孔老夫子赞扬他的得意门生颜渊一样:"贤哉,回也! 一箪食,一瓢饮,在陋巷,人不堪其忧,回也不改其乐。"承受艰苦与乐在其中,是大不一样的,完全是人生价值观的反映。

在歌颂其精神可嘉时,也不能不有另一种想法。在谈到白居易描绘"卖炭翁"的形象时,所以说"差不了多少",因为这种手工方式的劳动,古代与现今不能有根本的区别。观看视频时陆松芳街头搬煤的画面,至今萦绕脑际:雨中艰难地拉着车匍匐而行,搬着一摞一摞煤饼走了东家又西家,一天劳动下来等待他的却是冷屋,冷灶,灯也冷……这一切,总让人有苦涩之感。毕竟已是年过八旬之人了,常人早就含饴弄孙,颐养天年;国家都要规定 75岁以上老人一般免除死刑,许多地方还对 80 岁以上给特殊津贴。当然,这一切,不是社会和其亲属置之不顾,还是想了很多办法去解脱他的繁重劳动,例如儿子请老人住到他家去,去享受天伦之乐;街道为他找了工厂担任名誉职工,不再让他在风里雨里跌打滚爬,但这一切都被老人婉谢了,他固执地要照原样工作和生活,坚守他的人生价值观。

因此,"请安"一题已不是一般礼节性的举措,而是一个迫切性的话题。

一是向陆松芳老人请安,请您安全度过晚年。人的精神有很大的能量,但自然规律不可违背。人老了,可以不落后年轻人的思想,甚至超越他们的思想;但不可能再有年轻人的身体,也不能有应对突发事故的敏捷思维。像他这样常年奔波在马路街巷,在交通事故频发的今天,随时都有可能遇到不测;搬煤这种强劳动,也难免不发生意外。人生苦短,您已经为社会作出了很大的贡献,尽到了自己的责任,你的劳动成果,已像"半匹红纱一丈绫"那样系到了"牛"的头上,正式像鲁迅所说:"吃的是草,挤的是奶"。现在应该是吸纳亲属和社会意见的时候了,这不仅是对您个人安危的正确选择,也是使社会解除忧虑。您在马路上的身影虽鼓励人,却也不免为您捏一把汗!

二是向社会和当地领导请安,请你们坚持不懈地安排好老人的晚年。老人已是一个道德楷模,他的事迹已经发挥了巨大的教育作用。你们可以把他原来的送煤车放到"公民道德教育馆"展览,是一种很好的形象教育,但不必把他的劳动情景再放到街巷去"展览",留下的视频已足够说明一切。应当果断地让他做一些力所能及的轻微工作,实现老人"做做吃吃"的原则,或者让他到"公民道德教育馆"去现身说法。说得严重一些,老人继续不辞辛劳地搬煤运煤,实在是一场"隐性火灾",如果待到某一天,真发生了他倒在了他的运煤车旁,我们可以去歌颂他的高风亮节,凤凰涅槃,倒不如事先施以人道主义关怀更有价值。对这样一位情操高尚、舍己为人、年过八旬的老人,要耐心说服他安度晚年,安排好他的生活细节,实在是紧迫之事。世界富豪比尔·盖茨曾说:"孝敬老人,是一件不能等待的事。"在某种意义上说,对陆松芳也是"不能等待的"。

笔者观看《陆松芳》视频后的感想,有点唠叨,不无偏颇,更可能有点"另类",但愿不是多余的,是为幸。

（2011 年 4 月）

这只"菜鸟"为何不起飞

日本野田新一届内阁前不久亮相后,看点多多。其中之一是,内阁成员多"菜鸟",十七名阁僚中有十人首次入阁:外相是"一张白纸",防相没玩过"枪炮","大管家"拙于言辞,从未出任过阁僚……沸沸扬扬,好不热闹。

但也有一只"菜鸟"没有起飞。民主党前干事长冈田受邀出任财相,但他拒绝了这样一个重要位置。这中间自然原因多多,诸如日本财政连年赤字,财务官僚难以对付,等等,但关键一点是,冈田认为自己没有财务经验,难以担当此重任。放弃大官不当,不能不说冈田有自知之明。相比之下,69岁的一川防相上任才一天,就被要求下课。他原本是农业政策专家,虽然在国会众院中当过两年"外交防务委员会"委员长,他自称对"安全保障是外行",这就引起媒体和民众对他能否执掌防务安全而不安;反对党自民党对这位执掌日本国防事务的人"深感忧心"而要求他辞职。

这是日本朝野曾经议论之事,也许说过算数。但无论如何,日本媒体和民众能够公开对在朝高官"说三道四",评头品足,而不是"私底下"窃窃,总是可取的。"菜鸟"能否入阁?外行能否领导内行？这虽然是发生在日本的事，于我华夏颇有类似之处，只是敝国一向为了"维稳"与"和谐"，总是鸦雀无声。

外行与内行之争，曾经也是政治大事。反右那会儿，也有人提过"外行不能领导内行"，谓"复杂的经济建设要有专业知识的人来担当"，云云，谁知却演绎成了"看不起工农干部"、"攻击党的领导"、"资产阶级妄图夺权"，等等。由此被打入另册、身陷囹圄者大有其人。如今当然这样说说不会有太大的风险了，这是时代的进步。干部的年轻化与革命化、知识化、专业化已深入人心，而且已成为干部队伍的主流。卫生部长陈竺，原来就是医生、博士、血液病科研专家；科技部长万钢，汽车领域专家，留学博士，曾执教数学力学。

但也不能否认，"外行领导内行"并非个别。放眼一看，举目皆是：从来没有搞过治安的当上公安厅长，对教育十分隔膜的做了大学党委书记，一天也没做过新闻记者的执掌大报社长或总编大权，只做过电视观众的照样可以指挥电视大军……而这种任命，只要圈子里"慎重研究"，宣布时说一句："我们认为某某担任这个职务是合适的"，无需向群众公示，问问"是否合适"？官当得越高越不要公示，不像那些"七品小吏"或"芝麻绿豆"倒是要公示、选举，如此吏治，岂非咄咄怪事？！

令人佩服的是，这些"外行"一旦戴上"官帽"，一个个做得像模像样，"得心应手"，真是"特殊材料制成的"，似乎样样万能。殊不知这与把你放在"炉上烤"无异。日本的冈田前干事长就不一样了，他明白，硬去接受自己不熟悉的官位，就有"断送自己政治生命"的危险，用得着我们古人所说："非才而据，咎悔必至"。当然,我们这儿没有这种"危险",官位是上面任命的,只要对上负责即可,干得业绩如何,不必向老百姓汇报;没经过电视辩论,也没投过选票,老百姓当然不知张三李四官员"质量"如何?其实,本来就不要你多管闲事。

"外行也可以变为内行",有论者这样说。那当然。任何内行都是由外行变成的,不会是天生的。新中国成立初期,一批将军转到外交战线,后来很多成为出色的外交家,如陈毅、姬鹏飞、耿飚等。但他们受命之时,陈毅不到五十,曾留学法国,战功赫赫;姬、耿四十出头,身经百战,年富力强。不但领导经验丰富,处事能力卓越。回过头来看,现在的"外行"是什么情况?大都五六十岁的人,有的已到普通官员的退休年龄,再去一个新的领域从头学起,岂不为时已晚;接受一个官职岗位,是面临实战,又不是去进干部培训班"培训",更何况现代科技、现代信息一日千里,与昔日何可比拟!"外行变内行",摆到年轻干部的培养上,一点也不错;如果摆到去任职陌生领域的高官身上,此非其时也!

让官员去担当不熟悉领域的职位,是主管者不负责任的行为。据闻南朝南兖州刺史吕僧珍,有个叔伯弟弟是以贩卖蔬菜为业,想要通过他弄个小官当当,吕僧珍极其负责地告诉他:"您的才能自应干好分内的事,不要异想天开,去干你干不了的事,还是赶快回去卖菜吧!"笔者倒并非是把某些官员贬低到"卖菜者"的水平,他们对某个领域不熟悉,可能另一个领域是熟悉的,而到不熟透的领域无疑把自己降低到一个"卖菜者"的地位。日本的冈田前干事长在内阁首相的邀请面前,放弃高官职位,就是说他不想成为一个"卖菜者",这是很明智的。

东瀛的一只"菜鸟"不起飞,像是跟我们无关,"只扫自己门前雪,休管他人瓦上霜",但这个"雪"与"霜"有许多相似之处,有着共同的联系,因此,说说也不是多余的。

(2011 年 10 月)

看"浑身是刺"的乔布斯所想

    乔布斯旋风,还在不断地刮;有关乔布斯的书,铺天盖地,畅销书榜上长销不衰。

    一个在某个领域改变了世界的智者,理所当然地挡得起"苹果教父"的荣誉。

    这场"乔布斯旋风",让国人风靡、感慨、思考:中国为什么出不了乔布斯?

    正像每个读者心中有一个哈姆雷特一样,每个读者心中也有一个乔布斯。但是,每一个天才总有其个性特征,在乔布斯女儿眼中看到的是一个"浑身是刺"的乔布斯。这个"刺头儿"锋芒毕露,直刺苍穹。

    乔布斯的女儿丽萨·布伦南·乔布斯回忆父母留给她的遗传基因是"父亲的浑身是刺"和"母亲的愤世嫉俗"。

    2010年秋,在去华盛顿的一次旅行中,乔布斯夫人鲍威尔见到白宫的一些朋友,建议奥巴马总统或许愿意跟她丈夫见上一面。在总统的助手和乔的朋友安排下,确定在奥巴马访问的行程上被留出半小时在旧金山机场的威斯汀酒店与乔布斯见面。然而,乔布斯却说:"我不想被安插进一个象征性的会谈,就为了他可以勾上一个行程说他见了一个 CEO。""奥巴马应该亲自打电话提出邀请。"这个僵局持续五天,乔的夫人急得团团转,只得让儿子出来"动员",乔布斯态度这才软了下来。这种有"刺"的个性,乔布斯并非是个案。诺贝尔奖得主、大作家福克纳当年也拒绝总统邀请参加宴会,福克纳说:"我不是文人,我是个乡下人。为了吃饭跑趟白宫不值得。"

《红楼梦》中的王夫人对"心比天高,身为下贱"的晴雯,眼中就是一个"刺头儿"。"眉眼有些儿像林妹妹",是她"带坏"了宝玉,再经王善保家的挑拨:"仗着她生得模样儿比别人标致些,又逗了一张巧嘴,……在人跟前,抓尖要强……妖妖调。"就这样,断送了她的命。

相反,王夫人喜欢大观园中的"首席丫头"袭人。除了袭人有温柔敦厚、忠于所事,委屈求全等优点外,更是她的乖乖听话,甚至可以替代主子来"改造"宝玉。袭人"训诫"宝玉:要他第一、不准乱发咒;第二、在老爷跟前"嘴里别混批评";第三、不许谤僧毁道。以致让这个"行为偏僻性乖张","古今不肖无双"的贾宝玉也只得服帖,连声说"都改,都改。"

曹雪芹对袭人、晴雯,孰爱孰憎,是泾渭分明的。评家称他"很有胆识地写了几个反抗主流价值的人物",晴雯就是其中之一。然而,历史经过了五六百年,这种爱憎的标尺,似乎像蜗牛爬行一样,难以前进。直至今天,"浑身是刺"还是国人的稀缺资源。我国的教育体系——从社会到家庭,都以培养"乖乖孩子"为荣耀。总喜欢百依百顺的"乖乖孩子",却斜视惹是生非的"刺头儿"。一位作家多年前曾感慨说:"我们这个民族过早地进入一个缺少胆识,不敢冒险的老年期。这直接影响到创新和发明的思维。"

其实,浑身的"刺",就是浑身的"创造元素",是富有"创造力的象征"。乔布斯可以和美国著名作家卡波特说的一样:"我创造我自己,然后我再创造一个世界去适应我。"乔布斯不屑于成为"第二个"比尔·盖茨。他身上的每一根"刺",都是"刺"向山寨、模仿、爬行,他所要实现的伟大的抱负,就是要创造一个"自己",一个无法"复制"的乔布斯。

一位旅美学者近日在《南方周末》上撰文《学乔布斯的第一步》说:"美国天生就是对自己前途特别有想法的人特别多。他们带来大量新思路,这些新思路的冲撞、融合则产生无数新创造。"可以说,美国的教育就是鼓励"特别有想法"的"刺头儿",难怪美国人占诺贝尔奖获得者的百分之七十。所以,这位作者告诫说:"成为乔布斯很难,但每个人都可以学习乔布斯,至少可以对人云亦云的标准答案,来上一点批判性思维。"

当然,我们也不必悲观。时代在不断前进,一个宽容的社会在渐渐容纳"刺头儿"。这是可喜的变化。近据媒体报道,湖南有三个"刺头儿"官员聚会,其中有叫板长沙市委书记的替民工维权的省纪委预防腐败室副主任陆群;有拳打专断局长的衡阳司法局副局长廖曜中;有实名举报市长的张家界市城管局副局长袭厚钦。截至目前,这些"刺头儿"官员,并不因为敢怒敢言的个性,"刺"向比他高的权威而获罪,虽时有"领导谈话",但没有受到严厉噤声指令。湖南官场的宽容受到舆论的称赞,是他们的明智之举。一个社会存在异质思维,是正常状态;而以包容心对待异质思维,则是社会的进步。"忠言逆耳"是老话了,逆耳的忠言就是"刺",正像带刺的玫瑰分外香。

当"刺头儿"自然风险很大,不像做"乖孩子"保险。然而,当"刺头儿"是一种社会责任驱使,社会的各个领域,都不能少了这些"吃螃蟹"的"刺头儿"。他们才是推动社会进步的真正"精英",是走在时代前面的"马前卒"。他们的智慧、胆识、勇气,甚至是牺牲精神,是常人莫及的。但是,身上长"刺"的,往往成功者寥寥;碰得头破血流倒是不计其数,为此而身陷囹圄、付出生命的也不在少数。在无数历史事实面前,我们难道见得还少吗?鲁迅曾说:"第一次吃螃蟹的人是很可佩服的,不是勇士谁敢去吃它呢?"在乔布斯的一股旋风之中,我们再不要停留在"中国为什么出不了乔布斯"的感慨上了,应该从乔布斯身上"拔"下一根"刺"做起,刺向和激活我们的机体。

（2011 年 11 月）

也说"普京的眼泪"

　　普京第三次入主克里姆林宫,4年的长途跋涉,终圆其梦,如愿以偿。像他这样的政治家如此深谋远虑,目光远大,恐怕世界上也不多;即使像我国古代三国被誉为神机妙算的诸葛亮,也不能不佩服其谋略,甘拜下风。

　　当今年3月4日晚,在宣布胜选俄罗斯总统时,普京流下了激动的眼泪。偏有媒体当场追问:"刚才的眼泪是真的吗?"普京回答:"是的,眼泪是真的,是冷风吹到脸上了。"当时觉得,"普京的眼泪"倒是一个很好的杂文题目。但由于文思迟缓,杂事缠身,未能成文。果有智者捷足先登,撰写成文,不过题目不是《普京的眼泪》,而是《那一刻,远遁猛虎,摇曳蔷薇》(刊《文汇报》3月21日"笔会"),此题不乏诗意浓浓,但通篇还是贯穿了"普京的眼泪",来评价其人。既然这个题目没有被用掉,我还是想用此写下"卑之无甚高论"。

　　"那"文(简称)以"猛虎细嗅蔷薇"来称赞普京的侠骨柔肠,历来以硬汉示人的普京,泪腺并没有丧失,"是用幽默来掩饰心头的欣喜","一面阳刚,一面阴柔,合二而一,浑然一体。"这样的分析,对常人不无道理,但对普京这位强人政治家,也许并不适用。

除了普京的支持者和我国的一些"普粉"外,"普京的眼泪有几多真"成为一时的热门话题。这不奇怪。知道普京的过去,才能知道其眼泪的真假。具有 16 年克格勃生涯的硬汉,总能控制自己的喜怒哀乐,将秘密藏在心头。所以这一次眼泪的真假受到怀疑,也是理所当然。就在普京登台作胜选演讲的同时,俄罗斯国家电视台正在播放苏联经典电影《莫斯科不相信眼泪》。具有讽刺意味的是,据英国媒体报道,就连现任总统梅德韦杰夫的夫人斯维特拉娜也表示,自己投给了别的政党。她说:"我在示威中举起的标语牌,写'俄罗斯投票 146%公正',在我父母家附近一个选区的选票,投票选民的数量是注册选民的 146%。"

普京胜选的眼泪,"为俄罗斯还是为总统的宝座,只有他自己清楚。"网上的这条微博,真是妙极了! 普京的深谋远虑,恐怕可与比肩者不多。2008 年,普京卸任总统职位时就打算再次竞选总统。学法律出身的普京,看出俄罗斯宪法的规定中可以找到机遇。俄国宪法规定,一个人只能连续出任两期总统,但是"连续"一词没有规定隔期不能再竞选总统,这就是法律空子。所以,他当年信誓旦旦宣称决不追求第三任期,早已成竹在胸,谋划隔期再竞选总统了。此后的一系列安排,都只是为他 2012"热身"而已。

2008 年 3 月 7 日,梅德韦杰夫当选总统,普京改当总理,当时双双履新时,人们看出普京还是"老大",有评论指出:谜一样的梅普组合,只是"一个普京,两张面孔"。梅德韦杰夫这颗政治新星的升起,"正在开启着一个没有总统普京的新的'普京时代'。"如今谜底揭开了,又到了"梅普换位"时节,这盘下了 4 年的政治棋局,完全按照普京的设计,一一到位,普京怎能不掉下"被冷风吹出的眼泪"呢?

普京说:"我是流泪了,那是真正的眼泪,但那是因为风。"从这里分析,普京自己也不相信眼泪,这眼泪虽是真的,但否认因为激动而流泪。那不是掩饰,只是偶尔的失态罢了。真正了解他的还是他的臣民。莫斯科有人问:"当孩子们在 2004 年别斯兰的校园屠杀事件中被杀害,或者当'库尔斯克'号潜艇沉没时,你为什么没有流下一滴眼泪?"俄罗斯民族真不是一个健忘的民族。

2008 年 8 月 23 日,营救"库尔斯克"号核潜艇上 118 名官兵的行动彻底失败了,普京总统当天在国家电视台上说:"我问心有愧,我觉得自己要负全责,对悲剧深感罪疚。"这场灾难,普京虽然"深感罪疚",也没有流一滴泪,更没有引咎辞职。这一切,都无法抚平遇难者家属的悲痛之心,军队从士兵到高级军官都群情激愤。军方也不是不认真营救,但力所不能及。原因就是冷战思维葬送了 118 名鲜活的生灵。俄罗斯政府和军方在自己的深海救援技术能力不足的情况下,拒绝西方国家的救助,俄罗斯官僚体制、冷战思维延误了,对被困在海底核潜艇的营救。一位名叫阿维兰的母亲对政府起初拒绝外国援手的做法,愤怒地说:"我真想把普京塞进一艘小船,然后送它到海底,让他尝一下那是什么滋味。"甚至尖锐地发问:"人们若是背叛了国家要受惩罚,但要是国家背叛了它的人民呢?"(此段材料引自《世纪初杂文 200 篇》12 页)试想,那时的普京,有的是"猛虎"似的国家意志,哪有"蔷薇"样的柔情人命关怀!

《嫁人就嫁普京这样的人》这首歌,确在普京当选总统后红极一时。对此,也有人怀疑是否"俄罗斯个人崇拜复苏",普京回答:"个人崇拜在俄罗斯已不复存在,我本人对此也不赞同,只是公众有时会对我个人格外地关注,这不可避免。即便是最民间的方式,我也视为一种支持形式。"姑且不去深究"俄罗斯个人崇拜"是否不复存在,普京对这种支持还是喜滋滋接受的。此后,民间的支持一发而不可收,或者说,人民对普京"爱"浪潮不可阻当。"我爱普京"的玩具热销,以"普京主题"的物品层出不穷,"普京日历"、"普京垫子"、"普京瓷器",甚至还有"普京葵花子",总统的魅力已超越了政界而渗透到俄罗斯人民的生活中了。也许是民族习惯不同,但在我脑中还是略过了当年大跳"忠字舞"、大呼"最最最"那种情景的记忆。与此相呼应,普京更是大显个人魅力,"深山射虎,水中戏鲸,驾机上天,潜水下湖⋯⋯"正像"那"文作者所说"不选这样的'全才'当总统还选谁呢?"真是一语中的。普京这一切的施展,都不是无缘无故的,而是围绕着 2012 竞选总统的蓝图做"热身"铺垫的。这里,还要重复前面引过的那句话:"为俄罗斯还是为总统宝座,只有他自己清楚。"

　　这篇小文,当然不可能去评价普京的功过是非,无力担当此重任。只是对"普京的眼泪"作点议论,也是看了"那"文后想说的一些话,如此而已!

（2012 年 2 月）

县长"拿来"的校车

俗谓"有去有来"、"来而不往非礼也"。这就是说,"拿来""拿去"是正常的交流,只有"拿来",没有"拿去",都是不正常的,反之亦然。从这无数循环往复之中,产生了多少波澜壮阔之举,也留下了多少细致入微的故事,说它像一种发酵剂一样膨胀,也不为过。没有"拿来""拿去",一定是死水一潭,世界就会停滞。

鲁迅先生说的"拿来主义",国人可说是烂熟于"口"。但长期以来怕打开窗子,飞进苍蝇,干脆关闭了事。真正能领会其真髓,能"拿来"一点东西的,又有几人?

历史上不乏"拿来主义"的典范。19世纪末,那个从英国拿来《天演论》的严复,把赫胥黎这本名著翻译过来,其冲击波不仅在当时,可以说影响了几代人,"物竞天择,优胜劣败"这样的经典语言,至今还是人们的行动规范和改革之标尺。

近时被曝光"拿来"的故事,莫过于浙江德清县县长胡德荣"拿来"之绩。这也可说是去年发生震动全国的甘肃正宁"校车惨剧"所"震"出来的。县长从国外"拿来"的是校车,不是福特轿车,花旗洋参,或者是法国香水、日本尼康相机等等。《南方周末》去年11月所作的《一个县长推动的校车改革》报道,赞扬"时任县长的一次美国考察,改变了六千学生危险的上学之路",他们三年购置 79 辆黄色安全校车,覆盖全县近一半乡镇小学。"缘出"这位县长几年前去美国考察时,深受其校车制度之震撼。他亲眼目睹学生从美式'长鼻子'上下车,校车伸出两条带'STOP'标志的挡杆时,所有车辆停下避让,特权甚至高过消防车和总统车"。他回来后就大力推荐和实施,今天才有了德清校车安全的样板。

人们对漫无边际、没有透明的"三公"消费进行谴责时,实在要钦佩这位县长"拿来"的眼光。他不仅成为一位推行安全校车的"领头雁",也成了"三公"消费的异类。"洪洞县里有好人","三公"消费中有真知。我们的官员出国,不能忘记老人家"不能混同于一般老百姓"的教导。官员是拿着公费去考察的,经过一番参观交流,你总得"拿"一些东西回来,不能光留下一点卢浮宫、银座,或者是拉斯维加斯的印象吧! 否则,不就是辜负了为你埋单的纳税人的期望吗? 而如今,纳税人所以对"三公"消费不满,就因为只去观光一趟、空手而归的官员太多了,像德清县长那样的官员太少了。全国几千个县长,大概没有不出过国的吧,如果一个人能"拿来"一件东西,不就非常可观了吧! 不就从根本上改观了"三公"消费的形象!

半个多世纪前鲁迅写的这篇《拿来主义》,今天读来仍是入木三分。鲁迅是主张"拿来主义"的,他说,"没有拿来的,人不能自成为新人,没有拿来的,文艺不能自成为新文艺。"他主张"首先,不管三七二十一,拿来!""再运用脑髓,放出眼光,自己来拿!"这就说明"拿来主义"有其科学性。如果不先拿来,许多有用的东西就被抹杀、毁灭,还谈得上运用与发展?

鲁迅当时批判了对"拿来"不承认论和全盘继承论的两种倾向。因噎废食或囫囵吞枣,走的是两个极端。鲁迅把不敢接触、不敢择取的人指责为"孱头";对要放火烧光遗产房子的家伙骂为"昏蛋";他把全盘继承论者,大吸剩下鸦片者鄙夷为"废物"。对这种种"拿来"的怯阵,有其心理状态就像一个穷青年得了一座旧宅子,徘徊不敢进门,是怕把他的东西污染了;"勃然大怒,放一把火烧光",则是为了保持自己的清白。两种倾向中不承认论是占上风的,古已有之,大概是我们的"土产"吧!著名学者王力早年曾写过一则随笔《骑马》,他说"咱们不必讳言骑马是从胡人学来的,正像现在不必讳言飞机大炮是从西洋学来的一般,只要咱们有跟人学样的本领就好。"当然,现在看来胡人也是我国大家庭中的一个民族,并非"外来"。

半个多世纪后,对"拿来"的余悸至今尚难消除,影响甚深。更为可怕的是,对待外来东西"拿来"的态度,常常被一些"愤青"和"愤老"作为"爱国主义"的武器来运用,只要国际或国内发生一些涉外之事,风吹草动,他们动不动就抵制××国货,冲击超市,似乎这样就"立场坚定"了,"阶级斗争"观念强了,这跟被鲁迅所批判过的得了一座旧宅子的穷青年的态度是一样的。长期的闭关锁国和老大自负的观念始终会发生作用,对"拿来"的态度和行动将会继续争论下去。好在有先贤鲁迅的文章在,这些论述至今光芒四射,这就是鲁迅的伟大之处,我们可以从中汲取营养,辨别是非,让"拿来主义",在一个准确的轨道上运行。

（2012 年 3 月）

无官一身"重"

"无官一身轻",是人们烂熟的一句名言。官员在位时的重负,"紧箍咒"时时套在头顶;一旦卸去了官职,才叫"一身轻"。

古今莫不如此。京剧《法门寺》的眉坞知县赵廉,因为错判了官司,弄得狼狈不堪,他感叹道:"眉坞县在马上心神不定,这几天为人犯死里逃生。劝世人休为官,务农为本。"戏是早年看的,对这个唱段却印象深刻。现今在位的人卸下乌纱,犹如摘除头上的"紧箍咒",称之为"软着落",庆幸可以平安无事了。

然而,肯不肯迎来"轻松",却大有学问。原中共中央政治局常委、中纪委书记吴官正近日出版的《闲来笔潭》一书中说:"一个人上进不容易,但退下来很快淡化,也需要智慧和勇气的。"这是可贵的经验之谈。他说:"退休了就是一个普通老人"。近日见传媒报道,吴官正在天坛公园游览时,游人认出他来,发生了一段有趣对话:"你是吴书记吗?"吴官正说:"不是。"有人问:"你是吴官正?"他回答:"是。""早就废除了职务终身制,哪能退休了还顶着书记的帽子?"《南方周末》这样报道吴官正的心态的。一批原领导人,退下来后以普通老人一样,游览、访古、探友、撰述,做自己过去没时间做的事,真是"无官一身轻",退了就不管事,少说话,教育儿孙,安度晚年。

可是,也有一批退休官员,却是无官一身"重"。

他们被昔日的头衔,压得包袱重重。这个可爱的头衔,像是一个"职务银行",能不断提取莫大的利益(包括物质的和精神的);一旦头衔成了明日黄花,还是要招魂寻回。他们挂着各种各样的顾问、名誉什么长,反正各种机构多如牛毛,不愁没位置可安排,其实别人看中的是他的"余威"。他们印名片,要印上昔日的一大串头衔,只不过无奈地加了个"原"字。遇到参加会议或参观访问什么的,深怕别人不知道他是某一级别的,当然要安排单间套房的。既然是退休了,他们就是一个普通的老人,但是他们心目中还是"特殊老人",他们不参加普通退休人员的会议或活动,深怕"有辱"于自己尊贵的"身份"。有个单位,流传着一个笑话,某官员退休了,大概还返聘干点事。单位发放卫生用品时,因为他已不在在职名单之中,他的这份就由退休办发给他,这原是很正常的事,他却大发雷霆:"我还在工作嘛!"于是下一次他的这份卫生用品仍由原来渠道发给他,只是辛苦了秘书从退休办领了再转手给他,这似乎保持了他的"身份"。也有以另一种形式,保持"身份"的。某官员撰文大谈养身之道,每日必"大笑三次",其中一条,想想自己奋斗几十年晋升到副厅级,能不"大笑三次"?!多美妙啊,除了再把副厅级"广而告之"外,"头衔"还是养身的一剂良药哩!贾宝玉丢失了护身的那块玉会失魂落魄,某些退休官员丢失了"头衔",也是"惶惶不可终日","紧箍咒"仍套在头上,怎能"一身轻松"呢?

与"头衔"配套的,还要有原来的办公室。这对保持"身份",

也极为重要。美其名曰："我热爱这个工作。""我离开了这个办公室,思路也没有了。"于是,退休了五年十年的还照常"上班",继续享受着免费午餐、空调等等;退了二三年的自然如法炮制,前有榜样,后有来者,何乐而不为。其实,这并非是一个"被人遗忘的角落"。群众的忿忿不平、窃窃私议,他们却视若无睹,你能奈何得了我? 现任领导,勉为其难,作点官样文章,收效甚微,继而顺水推舟,维持现状,谁肯做这个出头椽子,"老领导"得罪不起!

当然,退下来的领导,自觉离开岗位、交出办公室的还是大多数。远的如今年两会期间,我们不是看到温家宝清理办公室、书籍整理的照片吗? 向读者展示了一任总理即将退出办公室;近的如沪上著名老报人、文汇报原总编马达,在他千辛万苦、亲手主持筹建的大楼里,他在退休后,也并未占用一间,而是在几十人的老干部活动室里,弄来一张桌子,每天前往写作两小时,照样写出了一本大作《马达自述:办报生涯60年》。退休后仍占据任何办公室,也是"恋栈"的一种形式,无疑是个人品德修养的表现。如何选择退休后的举止,不是靠某种规章制度的约束,靠的是这些高官的自觉,是给后辈留下一个什么形象的问题,是正面的,还是负面的? 应该清醒评估,权衡得失,不可不慎。如果一定等到有关部门听到群众的呼声而"动真格"了,那将会是一种什么味道呢?

为了寻找领导干部退休后的待遇规定,在网上查看了《公务员法》,没有见到具体的说法,倒是瞥见了龙应台一篇文章中的信息:台湾"官员在离职后三个月内搬离官邸或宿舍,撤去所有的秘书和汽车,取消所有的福利和特支。"这是海峡那边的"说法",对海峡这边当然没有约束力,但是不能不引人思考。这个思考就是退休官员是选择"放弃"呢,还是"固守阵地"? 是做一个普通的退休老人,还是做一个"特殊老人"呢? 人生总有落幕之时,该放弃的就得放弃。还是吴官正说得好:"人生有一个过程,有上坡,有高峰,但最终都要落幕,这是规律。"其实,懂得放弃,既是一种美德,一种精神,也是一种智慧。莎士比亚说:"再美的梦也有苏醒的一天,该放弃的决不挽留。"

（2013 年 7 月）

成功"背书"平庸

成功者、成功人士、社会精英……无不是人生辉煌的符号,不乏追捧者与效仿者。可以说,千千万万人都在这条道上追逐、奔驰、开拓,殚精竭虑,夜以继日,梦想加入这个行列。

成功的模式数不胜数,成功的隽语多如牛毛。

走出梦魇,摆脱苦难,以坚忍不拔的意志,终于修得正道;曲折回旋,宠辱不惊,孜孜矻矻,我行我素,步步荣登宝座;十年寒窗,按部就班,从一个台阶到一个台阶,获得某种头衔……这些成功者,当然都离不开自己的品质。见得最多的是说,能坚持就是成功,多一分坚持,就多了一分成功。坚持,成了成功者的座右铭;同时,能登上成功的阶梯,也离不开客观的机遇和良师的指导、助推。

与坚持对立的是满足。在众多成功者中,有的戴上某种"桂冠"后已经满足了。成功的背后,潜伏着某种负面影响:要么是"功德圆满",裹足不前;要就是不敢再去冒风险,深怕丢失得之不易的硕果。对此,以《兔子,跑吧》《夫妇们》两书著称文坛的美国作家厄普代克有深刻的分析,他说:"一个人一旦拥有了他想要的,得到了满足,一个满足的人也就停止去成为一个人了。"甚至说:"一个完全适应的人根本就不是真正的人,只是穿上衣服的动物或是统计数据。"不满足,才是前进的动力;适应,只是懈怠的护身符。

其实,还有另一种成功者。他们不愿躺在已有的成功上,安稳度日,颐养天年,还要从已有的成功上再出发,甚至走向苦难,去获得更大的成功。他们以一种"漠视不可能"的气概,踏上新的征程。他们正应了一位哲人说的"不做平庸的'成功者'。"世人常喻哪里"杀出一匹黑马"? 这不是在常规的马厩和马场中培养出来的普通马,而是驰骋在辽阔草原上放荡不羁的野马、骏马。

人生的前期,大概越不过启蒙和设计两个阶段。古人云"三十而立",也就是人生的设计阶段。按部就班是一种取向,越过常规创业也是一种取向,人各有志。美国作家桑塔格,与西蒙·波伏娃、汉娜·阿伦特并称为西方当代最重要的女知识分子,被誉为"美国公众的良心"。1949 年 5 月,她在加州大学伯克利分校念书,惊恐发现今后那种循规蹈矩的生活轨迹:在英文系保持好成绩,接着念个硕士,当上助教,找些没人在意的冷门题目写几篇论文,然后"六十岁时成为丑陋的、受人尊敬的全职教授",她决不想过这样的日子,不愿做平庸的"成功者",终于脱颖而出,成为另一种成功者。

桑塔格的两位美国同胞,也是走了与她一样的另一种成功的道路。按照常规,后来成为 IT 业的两位巨子,有了这样名牌大学的学位,毕业后就业,日子是蛮好过的,然而,他们选择了另一种成功的道路。这两位成功者就是谷歌的创业者谢尔盖·布林与他的同窗好友拉里·佩奇。

布林的父亲只是希望他拿到博士学位,成为一个对社会有用的人。然而,布林没有按照父亲设定的目标发展,选择了放弃斯坦福大学正在攻读的博士学位,与同窗拉里·佩奇一同从一个车库开始,创建了互联网搜索引擎 google。

比尔·盖茨是尽人皆知的,没有等到哈佛大学三年大学毕业,就急于闯进了电脑设计领域,而成为微软巨头。他说:"我当年离开学校并非因这个环境不适合我,而是因为当时我想迅速抓住微软发展的机会。"当然,他是有准备的,他已收看了大量来自麻省理工学院的公开课,数量超过他所知道的任何人。

其实,我们中国也不乏其人。

现在大家熟知的阿里巴巴掌门人马云,也是一位另一种成功者。他大学英语系毕业后,当了另一所大学的英语教师,还是杭州十大杰出青年教师,也可说是挤入了白领的行列。但他并不满足于"小康即安"的现状,突然辞职,开了一家名为海博的翻译社。为了维持下去,他背着麻袋到义乌、广州进货,贩卖鲜花、礼品、服装,做了三年小商小贩,翻译社才撑了下来。直到 1995 年他做翻译首次到美国,接触到了因特网,回来后创建了阿里巴巴网站。他当时找了 16 个亲朋好友,启动了这艘网络大船。他不但自己辞了职,还动员了老婆也辞职加入了尚不知航向何处的阿里巴巴。不过,他还是非常清醒的,他对大家说:"把所有的闲钱凑起来,这很可能失败,但如果成功了,回报将是无法想象的。"如今,他已经实现了这个当年"无法想象"的梦想,仍然马不停蹄继续前进。

怎么看待功成业就? 不能不联系到当代学者、散文家余秋雨。不管人们对他有多少争议,他对新时期文化的贡献是不可否认的。没有争议的人,是一个平庸的人。他当时已是一位民选而得到领导肯定的上海戏剧学院院长,无论从社会地位和学术成就,已稳居名人行列。但他还是不安现状,写了23次辞职报告,才得以卸去院长的职位,毅然决然地走向大漠,开创大文化散文的创作,于是才有了《文化苦旅》《霜冷长河》《千年一叹》等系统著作,实现了自己的人生理想。

任何成功,都与风险并存。但另一种成功,无疑困难更大,需要很大的勇气。一旦失去了体制的"铁饭碗",生存,还要体面地生存,是一个极度困难又非常重要的问题;继之而来的,是家庭、亲朋和社会的压力能挡得住吗?好端端地工作着,活得也不算捉襟见肘,何必要自讨苦吃,自找麻烦?然而,他们不愿做平庸的"成功者",却是要走出体制的束缚,走向更广阔的天地。当然,迈向另一种成功时,不但自己要有实力,还要有"第一个吃螃蟹的"的勇气。

这并不是说,走出体制的都是优秀者,应该说,体制内不乏优秀者,但保"铁饭碗"的平庸者也不乏其人。现在许多年轻人为什么汹涌澎湃去招考公务员,说穿了无非是向体制的"保险柜"里钻。当然,事物是发展的,有的会在体制内,奋斗成功,有的也可走出体制,成为另一种成功者。

我们现在看得见的是"成功者",如前所述的佼佼者,或者,像因澳网获得成功的李娜,她就是走出体制的职业运动员,是名副其实的竞技场上的"个体户"。诚然,还有许多我们看不见的"失败者",由于各种各样的风险和天时地利的原因,导致了他们的失败,但他们尝试过了,奋斗过了,获得了经验与教训,心情坦荡,也可说不虚此生了。

我们在肯定体制内的成功者同时,更要向走出体制的另一种成功者致敬。还是鲁迅先生说得好:"坐着而等待平安,等待前进,倘能,那自然是很好的,但可虑的是老死而所等待的却始终不至"。

(2014 年 2 月)

一次宴请引出的话题

　　闲来无事,回忆报苑的一鳞半爪,觉得也蛮有趣;如今看来只是一粒芝麻的事,当年却像抱了一个西瓜似的!

　　30年前改革开放初,我供职于浙江日报属下的经济生活报。那时,受领导的指示,让我联系的一次宴请,却不知怎么,成了一桩公款"吃喝"的公案。

　　当时,华东九报有个联席会议,各家报社轮流坐庄。这一年,轮到浙江日报主办。浙江日报的总编吴尧民在会议结束之时,嘱咐我去张罗一次宴请,规格要高一点,餐饮环境要好一点,价格要实惠一点。我自然想到了杭城名餐馆天香楼,他们的老总戴国强与我熟悉,当即赶到餐馆与他联系,请他张罗好这件事。我跟他说:"参加宴会的都是华东各报的头头,难得聚会,要他们领略杭菜风味与精髓;他们都是当地的大笔杆子,弄好了也会给你们餐馆扬扬名。"

　　天香楼是一家百年老店,改革的春风使他们意气风发。餐馆可同时接纳一千多顾客,设施与菜肴都是数一数二的。吴老总交代的这件事我不敢掉以轻心,宴会前我提前一小时到餐厅察看。这是一间大包厢,大圆台面稳居中厅,周边宽敞,气势不凡;进门即可看到壁上一幅楹联"莫放春秋佳日过,最难风雨故人来",联句迎客非常得体,给人以宾至如归的感觉。此联出自清代学者孙星衍手笔,由著名书法家郭仲选书写,内容与形式相得益彰。整个包厢装饰十分雅致,很符合来客的身份。也浏览了一下菜单,囊括了杭菜精华。

宴会开始前,戴经理与我迎接老总们入席。我记得一共来了13位,都是当时新闻界的大腕。多数不认识,只有解放日报的总编王维见过,他在复旦给我们讲过课,是我们浙江人,一口正宗的台州话;文汇报老总马达相对比较熟悉,有过几次交谈。这些老总大都从解放区过来,有的是老战友,相见甚欢,分外亲切。等开始上菜时,有几老总招呼我陪席,我连忙婉谢离开。你想,出席的都是报界的大人物,我这个"小八拉子"轧进去算什么?也会影响他们的交谈。

宴会后,老总们反映都不错。我也为完成了一桩任务而高兴。

谁知,不久传来了报社有人向上面反映吴尧明老总公款请客的事,闹得沸沸扬扬。我当时想,浙江日报主持的一次联席会议,即便是公款开支,也是说得过去的。既然,这次宴请成了一桩事,我就要了解一番了。这时我才清楚,原来这次宴请,总价六十元钱,是当时的工资和餐饮价格水平,由于冠西、谭克、吴尧民三人分担,各出二十元,完全是私人出资。于冠西原是浙江日报的老总编,谭克是省出版总局的领导,他们两人都来自山东大众日报,宴请对象多数是他俩的老战友。吴尧民则是东道主,也当然要出一份。事实清清楚楚,后来听说也没啥事了。

至今追思起来,这桩宴请"公案",其实是一次廉洁的展示,也反映了当时的风气。想想看,一个报社总编的工作宴请,哪有自己掏腰包的?! 首先,老总们很廉洁,不揩公家的油;第二,他们的思想很先进,那时已搞 AA 制了。其实,尧民同志在报社是以廉洁著称的,他两袖清风,为人公正,这种作风,一直保持到退休后不变。八十年代后,大家的住房条件都有改善了,我们这些在他领导下的小人物,大都已有超百米平方的住房了,他还是住着八十几平方的宿舍,熟悉的朋友都很过意不起。于是,有几个"好事之徒"曾策划通过有关方面,向浙江日报要房,一来他是浙江日报的老总编,此事也有先例;二来是浙报造了几幢新宿舍,房源相对宽松。这事被他知道后,他坚决拒绝,劝告不要做此无谓之事。直到这个世纪初,才由省政府调整了他的住房。

从另一角度看,一次正常的宴请成为一桩"公案",也说明那时的民主作风是不坏的。一个报社的具体工作人员,敢于"告"总编辑的"状",不管出于什么动机,其监督作用还是不可否认的。虽然所反映的事实有出入,涉及的双方好像也没有引起大的纠葛,既体现了作为领导者的宽容,也没有使反映者引起惊恐。摆着的事很清楚,一切都是正常的,今天看来却有点匪夷所思啊!

(2014 年 3 月)

也说"慢下心来"

　　拜读 50 期《杂文报》上《慢下心来,体验并创造幸福生活》一文,文中提到 43 期《让心慢下来》被《人民日报》转载,"其中意义耐人寻味",于是把这篇文章也找来一并阅读。

　　两篇文章都是佳作,前文是对后文的发挥。前文感情色彩较浓,后文则提升到理念上来。两文都触及到当今社会上出现的一个共同点:如何把握生活节奏,就是要"慢下来",引导人们树立正确的生活理念和生活方式。

　　"慢下心来",是对现代社会发展中一种副作用的"反弹"。的确,经过 30 年的疲于奔命,快节奏的匆匆步履,我们要沉下心来,给心灵留一个安静的思考空间,规划一下新的生活方式,"细细欣赏沿途风景,深入体味幸福人生。"

　　慢,的确是好东西。慢工出细活,做事才能出精品;吃饭细嚼慢咽,才能吸收营养。心能慢下来,又是对心灵的一种滋补。古人所谓:静则灵,灵则慧,也是要叫人们慢下心来,安静处世,从中悟出智慧来。《大学》有云:"知止而后有定,定而后能静,静而后能安,安而后能虑,虑而后能有得。"目标既定,循序渐进,方有所得。陶渊明的诗文受到后世的追捧,恐怕与他那种"采菊东篱下,悠然见南山"的淡泊从容心态有关。

慢的对立面,是浮躁虚夸、急功近利。当代学者钱理群在谈到他的老师王瑶对他的教育中,深刻的一条就是:"要拒绝诱惑,牢牢把握自己所要的东西。""要学会拒绝。不然的话,在各种诱惑面前,你会晕头转向,看起来什么做了,什么都得了,名声也很大,但最后算总账,你把最主要的、你真正追求的东西丢了,你会发现你实际上是一事无成,那时候就晚了,那才是真正的悲剧。"钱先生能傲立于当代学者之林,与他牢牢把握老师对他的教导不无关系,他不去赶时髦,慢下心来专注学术,静心修炼,终成正果。这正是《让心慢下来》一文的作者所感叹的,那些"被快速的生活携带着,确实一刹那便是一年。"

然而,慢的这种生活方式,曾经是被抨击的对象,真是"此一时彼一时"也!不去说大跃进"一天'革'个'命'"的神话时代,就是在改革开放初期,我们听到的都是"时间就是金钱""把失去的时间夺回来"……也许这是被文革耽误十多年的必然反响。心的快慢是与现实生活紧密联系的。在这种心态的驱使下,各方面都是在与快节奏"赛跑",叫得最响的是"大干快上","只争朝夕";不分对象,凡事量化,快速见效。在这氛围下,"让心慢下来"只是奢望。回过头来看看,生态破坏了,环保忽略了,GDP 加水分了,教育领域大扩招,文学创作一年四五千部长篇小说,不一而足,真个是快节奏。在这个意义上,慢是正道,不是停滞,而是客观规律。"慢是要懂得调整,加油的道理;慢是要人们埋头前行时,学会环视左右,欣赏沿途的风景",《慢》文说的这段话说的正是这个道理。建设一个强国也好,铸造一个文明的民族也好,是要靠几代人的奋斗积累下来的,不可能是"速成法"。

可是为什么人们的心总"慢"不下来呢? 探讨的这个问题,不能忽略一个前提,心要慢下来,静下来,是要有条件的。谁不想过悠闲自在的日子,《让》文描绘的一杯香茗在手读书、写作,或静静坐在沙发上思考情景,当然是美妙的,人所向往的。但对挣扎在生活线上的人,实在是奢望。买不起房子,讨不起老婆,缴不起学费,付不起医药钱,一系列的"不起",心必然是焦虑的,坐立不安的,何来闲情逸致呢? 你已经坐下品香茗、读书写作,而更多的人,还奔波在路上,或挤公共汽车,或骑着电瓶车,或接孩子、或买菜准备晚餐哩! 陶渊明可以"不为五斗米折腰",远离尘世,可他还有乡间的几间屋和几亩地支撑着的。所以,根本的还是要社会共同富裕、拉近贫富差距,这才是创造"让心慢下来"真正环境。

自然,快与慢也是一个辩证的过程。现在强调"慢下来"则是对整个社会浮躁的调整。而具体每一个阶层或每一个人,是不能整齐划一的。相对比较的成功人士、年长而无家庭拖累的人,当然要"慢下心来",也有条件做到;而对于正在生活线上挣扎或创业的中的青年一代,还是要以他们的实际情况取舍,很多是无条件"慢下心"来的,甚之,为了创造"慢下心来"的美妙情景,心还得"快"起来,这个道理无需多说。总之,该快则快,该慢则慢。快与慢,有它的合理和不合理的成分,都应以时间、地点等具体情况而定。

我是赞赏关于"慢下心来"这两篇文章的,只是作点补充而已,不知是否狗尾续貂?

(2014 年 7 月)

"马谡"不死

衣俊卿又衣冠楚楚登台了,网民又纠结吐槽了,舆论又在"说三道四"了。

尽管是西装革履亮相,登的又是官方的讲坛,讲的是满口马克思主义,眼尖的网民还是回忆起了那个与情妇开房 17 次、收受贿赂、课题徇私舞弊的前"中央编译局局长"的本来面目。衣局长的近日沐猴而冠,并不能起到"复出"的效应,反而让封存了 22 个月的"茅厕",越掏越臭,继续发酵。

这位局长是怎么被"兔去"的呢? 2013 年 1 月 17 日新华社消息称"因为作风问题,不适合继续在现岗位工作",就是这样轻轻发落了。令人真怀疑,与下属"卧谈"17 次,只是"生活作风问题",连"通奸"也算不上;至于"收受贿赂""课题舞弊"等等,则一笔勾销了,有关部门并没有向网民作一个交代。这桩"轰动"网络的案件,不能不使人想起"诸葛亮挥泪斩马谡"的故事。

马谡是诸葛亮的爱将,因刚愎自用、违背丞相临行嘱咐,被魏将张郃打败而失了街亭。诸葛亮碍于军纪不得不斩了马谡,却是"挥泪"而斩的。甚至在《空城计》一剧中,面对司马懿兵临城下时,诸葛亮也是庇护说"一来是马谡无谋少才能,二来是将帅不和失了街亭",这明明是文过饰非的。马谡是常伴诸葛亮身边的一员心腹大将,称赞他"自幼饱读兵书,熟谙战法",连刘备临终嘱咐"此人言过其实,不可大用"也不当回事,怎说是"无谋少才能"呢?明明是马谡抗拒副将王平"不能在山顶扎营"的劝阻,怎么是"将帅不和"、各打五十大板呢? 戏中马谡临刑前,诸葛亮与他的一段对唱,感情充沛,淋漓尽致,一个是"丞相"啊……一个是"幼常"啊……相互涕泪交流,难舍难分,把他们相处之久、感情之深,做足了功夫,无可奈何之情状,表露无遗。当然,诸葛亮还是诸葛亮,并不以感情代替政策,参军蒋琬以"今天下未定,而戮智谋之臣,岂不可惜"为由,相劝"刀下留人",诸葛亮答曰:"昔孙武所以能制胜于天下者,用法明也。今四方分争,兵交方始,若复废法,何以讨贼耶? 合当斩之。"

当然,马谡与衣俊卿是不一样的。一个是违犯了军纪造成了重大战略损失,导致了诸葛亮空前绝后地扮演了"空城计",非斩不可;一个则是通奸受贿、道德败坏、违纪违法,私德与信奉反差之大,不能不使马克思主义的信誉遭到创伤,怎么能被一句"生活作风问题"而轻轻带过呢? 明明要对其进行党纪法纪的处理,却只以"不适合继续在现岗位工作"悄悄发落?

也许,衣俊卿的"诸葛亮"有难言之隐,小民不得而知。网络种种传说,也不作为凭。但衣俊卿能在 22 个月后"复出",大概不无缘由吧。如果衣俊卿被开除了党籍,或蹲了大牢,还有谁敢去请他登台亮相呢? 马谡违犯军纪毕竟是被斩了的,就是人头落地;衣俊卿却没有被"斩",但仍逍遥法外。这倒并不是说他罪到了要"人头落地"的地步,而是说这样"轰动"的案件没有追责、清理,只是"不适合继续在现岗位工作"而已,但也并没有说"不适合其他岗位工作",说不定,哪一天他又悄悄带上冠顶,再在马克思主义研究阵地上"大显身手",你也不必拍案惊奇,所以说"马谡"不死!

既然"马谡"不死,当然会以各种角色亮相。他也不愁场地和人脉的配合,黑龙江就是其发迹与经营的故土,这次"复出"的舞台选此一点不奇怪。由中国当代国外马克思主义研究会主办、黑龙江大学马克思主义学院承办的"第九届国外马克思主义论坛"上,他便登台演唱了。虽然,因劣迹昭然不能在京城演唱,只能屈身到"小地方"去唱唱一样,但毕竟是故土重游,"衣锦还乡"。他担任过黑龙江省委常委、宣传部长,省社科联党组书记,那里有他肥沃的土壤,众多的粉丝和"朋友圈",也可装点门面,炫耀一番。可恨的是,网民眼尖,又给他曝了光,引起了一场轩然大波。这说明,当今的网络世界里,"遮眼法"已经不灵了,老鼠过街难逃网线了。这不仅是科技的进步,也是民主与法制的进步。

这倒并不是说非把衣俊卿一棍子打死,像对马谡一样斩了不可。问题是不能对此案高高举起,轻轻放下。常某的揭发和衣俊卿的态度,应当还事件予真相。否则,给人的印象似乎"卧谈 17 次",也只是"生活作风问题",连通奸也算不上;研究马克思主义与私德操守两副脸孔,也只是"不适合现岗位"而已。这对明辨是非,严肃纪律,倡导官德有何益处?"万恶淫为首",官员与人通奸不是生活小节,也不是一般道德败坏,而是显露出在道貌岸然下掩盖着的肮脏灵魂。官员的地位决定了隐藏在背后的是权力寻租,金钱交易,权色交易等不法勾当,由通奸导致的贪赃枉法、买官卖官,难道还见得少吗?中纪委并不小看通奸,最近公布的不少贪官罪责,与他人通奸被列为其中之一。其实,衣局长身边美女如云,通奸何止常某一人,因此不追究衣俊卿通奸背后的名堂,不把他的肮脏勾当大白于天下,就是模糊界限,就是包庇纵容,就是法律不公。不查清衣俊卿"睡"其他女博士及是否收受钱财的问题,不撕开他的"潜规则"画皮,就让他"软着陆",这是党纪与法律被遗忘的"一角",完全与从严治党、反腐倡廉背道而驰!正如一网民调侃所说:"潜规则已经遍布于各个角落,连马克思恩格斯都不放过,它正在侵蚀着当今的社会大厦,总有一天这个大厦会倒塌的。"不能让衣俊卿的通奸与课题舞弊,在"生活作风问题"外衣掩盖下溜之大吉,这是小民的期待!

（2015 年 4 月）

与吴波有缘

　　吴波，共和国第五任财政部长。怎么说跟他有缘呢？非亲非故非老乡，一个是德高望重的一位革命的老前辈、高级干部，一个是普通工作人员，或者乃是一介平头百姓，距离十万八千里。是想攀高枝，还是找靠山？且听我细表。

　　看到《一位共和国部长的"五子棋局"》一文（载 3 月 8 日《浙江日报》），就是说吴波的。他活了 99 岁，今年是他逝世十周年，人们再度怀念他的廉洁奉公、伟岸人品。这就使我想起了 30 多年前，我也写过一篇《评吴波荐贤》的文章，那是在五届人大三次会议上，作财政报告的不是原先的老部长吴波，而是新任部长王丙乾。在这关键时刻部长突然"换马"，引起各种猜测，怀疑"会不会是老部长犯错误了?!"正在此时，多家媒体报道吴波荐贤的佳话。吴波看到自己年逾古稀，主动推荐王丙乾当部长，自己退居二线当顾问。80 年代改革开放之初，还没有部长任期和年龄杠子一说，他却心甘情愿让贤。我的这篇发表在《文汇报》的小文，只是为当时的干部能上能下的好风气，摇旗呐喊而已，在众多舆论中连一片水花也谈不上。

　　今天再来读怀念吴波的文章，就觉得分外亲切。说与他有缘,不免有点夸张就是了。所谓"五子棋局",就是对房子、票子、车子、帽子、儿子,吴波都有独特的价值观。他胸怀宽大,举贤荐能,秉公无私,两袖清风,可说是一个透明型的人物,有水晶般的心灵。

俗谓"近水楼台先得月",他却是"近水楼台"不得月。守着一座庞大的"财神庙",一丝一毫都不沾,相反,政策规定要给他的,他都要上缴。原本财政部给他的两套住房,价值千万元,他晚年两立遗嘱,坚持归公。他认为,子女自己工作的单位已购得住房,"不得以任何借口继续占用或承租这两单元住房,更不能以我的名义向财政部谋取任何利益。"后辈虽曾有不同意见,但出于对父亲的尊重,完成了他的遗愿。反观,现今某些所谓高级干部,是怎样对待住房的呢? 不必再举什么事例了,他们与吴波是反其道而行之,占有多套不在话下,给子女留着多套也比比皆是。用吴波的这面镜子,对照一下,一些借权肥己者难道不应该脸红吗?

大的如此,吴波在对待"小钱"问题上也不马虎。他告诫部下说:"为了国家富强,把账算准算细,节约每一元钱,应当是财政干部必须具备的素质。"现实的潜规则是"常在河边走,哪有不湿鞋",吴波却就是"不湿鞋"。他对公家规定给他的钱都是"斤斤计较"的,公家每月给他52元保姆费,他全交了党费,保姆工资则从他工资中扣除。吴波夫妇曾回老家安徽探望,省委办公厅两次派车火车站接送,他临走都要付50元车费。谁能设想,这样一位财政部长,在2005年逝世时,仅有5万元遗产,基本上只够丧葬费。革命老前辈张劲夫说:"我们的干部都能像吴老这样公私分明,何愁党风不正,何愁执政能力不强!"

　　吴波的"五子棋局"，像是一个"现代神话"，却是对一位人民公仆的真实写照。它的可贵在于，坐拥财城，一丝不沾；手获大权，决不肥私。反观当今，无论那个领域，都有那么一些人，把此看成自己的势力范围、"家天下"，可以借此权力寻租，权钱交易，形成的腐败是"一坨一坨的"，是"塌方式"的，腐败不仅在高层，在大大小小的官员，而是在遍及经济、教育、卫生、文化等各个领域的整个社会，老虎出没人间，苍蝇满天飞，这是多么可怕的情景？"五子棋局"这面镜子是一面"照妖镜"，照出了真假革命者的原形。

　　吴波事迹的意义，还在于对那些官权显耀者，是一服清醒剂。长期以来，当官的总以自己取得的权力，来炫耀他的神通广大，高人一等；心里装的是"有权不用，过期作废"。民间也大都见怪不怪，认为做官就是有名有利。因此，人民的公仆，变成了人民的老爷。他们不把权力看成是人民所赋予，而成为他的"私有财产"，形成了一种老百姓难以企及的"特权"。吴波公私分明，不贪不沾的作风，不也被认为有点"过"或"偏"、不近人情吗？正常的变得不正常，不正常变得正常了，这是舆论的颠倒，是造成贪腐的温床。试看，在污浊的氛围下，一个不正常的领导班子里，它的成员要么跟着"下水"，同流合污；如果抵制，就会被"边缘化"或干脆"下岗"出局。即便出于道德约束，要想洁身自好，也难乎其难，轻则是"作秀"，重则是"不保持一致"，当然不会有"好果子"吃的。可见，作风问题，它不是一般问题，好的作风，严于自律，能培育一个好班子；坏的作风，同气相求，藏污纳垢，滑向"塌方"腐败深渊。

　　最后还是回到"与吴波有缘"，笔者只是借这个话题作为文章的引子,这个"缘"无论从哪方面说都高攀不上。作者的本来的意义,则在于说吴波与优秀的党风有缘,与正派的官风有缘,与清清白白的人民公仆有缘!如此而已。

(2015 年 4 月)

现代版"焚琴煮鹤"

前几年,上海发生过一起"打电话的少女"的铜雕被盗被毁的案件。今年春天,杭州街头一座名为"城东少女"的雕塑,也遭到了袭击,少女的躯体被锯成五六段,然后被卖到了废品收购站。为了得到铸成少女身躯的铜,并变铜为金,不法分子不惜把二三十万元铸造的这座雕塑,以二三千元出售。少女被"粉尸碎骨"了,留在街头的则是被锯剩下来的一双少女脚的残痕,这成了一个活生生的现代版的"焚琴煮鹤"。

焚琴煮鹤这个典故,历来是扼杀美好事物的代名词。这种"煞风景"的事,古人也屡有所论。"焚琴煮鹤垂垂尽,打鸭惊鸳事事非"、"自从焚琴煮鹤后,背却青山卧月明",焚琴煮鹤,鸳惊鸭飞,山背月暗,惊扰了世间的美好事物,能不使人痛心疾首。清代戏剧家李渔则把"焚琴煮鹤"比喻为"蹦玉蹂香",这位出生于浙江的名人真是天才,一语说中了百多年后发生在他故乡的"蹦玉蹂香"事件,蹂蹦的虽是一座少女雕塑,却让美的化身香消玉陨;它毁掉的不只是一个少女的美,而是象征千千万万少女的美,也是建设现代化城市的环境之美。

这一次的偷盗事件牵动了成千上万市民的心,引起了深深的思索,它不只是一桩触目惊心的刑事案件,更成了上上下下关注的一个文化事件。

现在案犯已缉拿归案,艺术家也表示再献设计图纸,有关工厂将精心重铸铜像,"少女"复活指日可待。从今年2月案发,历经艰辛,多方配合,至5月9日才将最后一名案犯抓获,所有这一切当然不容易。然而,提高对艺术之美的修养,唤醒人们对城市文明价值的认同,使维护精神文明成为每一个市民的自觉要求,这个灵魂的塑造工程,恐怕比重铸一座城雕"少女"更为艰巨。

这当然取决于一个人的教育程度、文化修养,然而也和一个人的艺术良心紧密相连。19世纪英法联军火烧圆明园,是人类文明史上的一次大暴行。法国作家雨果公开抨击法国政府的这场暴行,他在给巴特雷上校的信中,说"在世界的某个角落,有一个世界奇迹。这个奇迹就叫圆明园。"但是,"这个奇迹已经消失了。有一天,两个强盗闯进了圆明园,一个强盗洗劫,另一个强盗放火。""将受到历史制裁的两个强盗,一个叫法兰西,一个叫英吉利。"对艺术的热爱,也可说是对艺术的良心,即使对自己祖国政府的罪恶,雨果的态度是多么鲜明,毫不含糊。据说在下令焚烧圆明园时,受过贵族教育的英国最高级官员额尔金也有负疚和罪恶感,他在日记中说:"对一个地方这样地抢劫和蹂躏是够坏的了……在那些价值一千万磅的财产中,我敢说五万磅都变卖不到。战争是一项讨厌的事情,看得越多,越加厌恶。"身处统治营垒的官员在对别国敌对侵略中,对艺术的敌对也充满着罪恶感,更何况对自己民族、祖国土地上的艺术杰作呢?

一座"少女"艺术雕塑的被毁,当然是件坏事。然而,一个现代版"焚琴煮鹤"所引起社会的种种思索,对这个文化事件的一次聚焦,未尝不是一件好事。

(2006 年 6 月 26 日)

新版《鲁迅全集》未购之前

　　媒体透露新版《鲁迅全集》将于今秋与读者见面,这对众多鲁迷来说真是一个好消息。虽然我已有了一套上世纪80年代版本的《鲁迅全集》和众多选本,但绝不会错过购一部新版《鲁迅全集》的机会。这样的经典恰如一座"大山",够几辈子啃的,可惜我们只有一辈子,难以"挖"动这座"大山"的几分几厘。但像"挖山不止"一样,是可以子子孙孙挖下去的。当然,如果你的子孙将来把你的藏书当作废纸几毛钱一斤卖掉,那也只能怪你"教子无方"罢了。

　　扯远了,还是回到本题上来。媒体还透露,出版《鲁迅全集》的人民文学出版社,考虑到已经购买1981年版《鲁迅全集》的老读者不仅增加几百元一套的新版本的开支,就此淘汰旧版也是浪费。为了方便以前购买老版本的20万读者,将同时出版《修订记》,收入所有新增加的内容,并详细注明所有修改的部分,让老版本读者可以对照、参考。(见《文汇报》今年4月6日)这样的消息真像是天方夜谭,令人刮目相看。20万老读者如果一人购一套,就是20万套,这是一个什么数目,这在出版业不景气的今天,无疑是一个天文数字,而出版社却要去搞一个什么《修订记》,免得"多了一笔开支","淘汰旧版也是浪费",这不是明明白白把送到眼门前的"金元宝"丢到太平洋里去吗？蠢啊蠢啊！现在还有这样悖时的举措，真是不可思议！

　　弄出如此悖时之举，大概是这家出版社缺乏能人之故。送上门来的"金元宝"都不要，真让没有这样机会的出版社垂涎三尺！千载难逢，机不可失，切莫浪费了资源啊！你没有能人我有能人啊！原本没有的我都会制造机会，炒作出机会来啊，更何况现在机会已摆到了你面前哩！鲁迅可是张"金不换"的大品牌呵，咱们是不是好好策划炒一番，《修订记》这样的蠢事做了就算啦，"悟已往之不谏，知来者之可追"嘛！热热闹闹搞个首发式是不言而喻的，可不能亏待了鲁迅先生，但那不是关键。重点要抓住的是签名售书，大大增加书的销售量。"鲁公去世已六七十年了，找谁来签啊？""你怎么这样不开窍啊，鲁迅死了有他的儿子海婴，还有他的孙子周令飞，令飞大概也有孩子了吧，鲁迅的曾孙曾孙女更引人眼球嘛！还有鲁迅博物馆、鲁迅研究会、鲁迅学术基金理事会……的馆长、会长、理事长不都是最佳人选吗？多如牛毛的鲁研专家，更是抓抓一大把嘛。"这些话真是说得头头是道，能不让人心动，"谁说这是'吃'鲁迅饭啊，这是让更多的人读鲁迅的书，弘扬鲁迅精神！"

　　这样的设想也许很美，但是不是"如意算盘"呢？怕首先还得征求一下事主的意见，他愿不愿意接受这番"美意"呢？"事主"自然是鲁迅先生，他的著作，他当然是"法人代表"，他虽已去世六七十年了，不能再发表意见了，但先生洞察一切，对他身后事早已说得非常透彻了，先生早已预见："但我想在这里趁便拜托我的相识的朋友,将来我死掉之后,即使在中国还有追悼的可能,也千万不要给我开追悼会或出什么纪念册。"他认为这种追悼,"结果至多也不过印成一本书,即使有谁看了,于我死人,于读者活人,都无益处"。在先生的睿智、冷峻面前,要想钻空子也不容易哩! 一切"热烘烘"的炒作怕只是一盆"冷水"罢了。谁说再版《鲁迅全集》的人民文学出版社没有能人?! 不会炒作?! 正是他们"吃透"了鲁迅精神,以鲁迅的风格来出版鲁迅的书,于是才有再版"全集"的同时另出《修订记》这样的"愚蠢"之举,才会把送到眼前来的"金元宝"丢到太平洋里去。

上面这番感慨,也许会被人质疑:无病呻吟乎? 想入非非乎? 敝人答曰:乃痛感时下出版"能人"太多了,以致弄得出版之风每况愈下,读者怨声载道;而像人民文学出版社这样的出版"蠢人"太少了,以致实实惠惠替读者着想的出版人,反而变得不可思议了,如此而已。

(2005 年 7 月 1 日)

再谈人寿与房寿

报载一部名为《中华百年建筑经典》的专题片要播出了,入选的经典作品中,当代作品所占比例微乎其微。专家惊呼:"中国当代建筑的短命注定了它是'一个没有经典建筑的时代'"。

说到当代建筑的"短命",不免使人想起"笔会"发的那篇《人寿几何 房寿几何》的杂文(2006 年 5 月 6 日)。人有寿命,房屋也有寿命,这是说到了点子上。据一项资料显示:美国房产寿命约为 50 年,瑞士、挪威约为 70—90 年,英国达到 132 年。而我国的房产寿命则一般为 30—40 年。人家以二倍、三倍的比例超过我们,难怪专家们要惊呼了。

从"人寿几何"引申到"房寿"几何,对人为的房寿短命进行呼吁,不论从住房建设还是从杂文写作看,都是一个很独特的视角。顺着这个思路,似乎还可以再作些思索:中国的建筑为什么经不起苍老?

我们看到不少学者、教授、艺术家,即使已进入耄耋之年,仍然是风度翩翩,奋斗不息。如笔耕不辍,著述迭出的季羡林;幽默连连,画作频频的华君武;谈笑风生,书画俱佳的黄苗子……他们都是 90 好几的人了,却仍然像一座座人物"建筑"那样傲立于世,令人惊奇他们如此经得起苍老！一座房，也犹如一个人，当今建筑之林中有多少像这样老人的"经典作品"能屹立于世？

房寿短，经不起苍老。除了设计上的亦步亦趋、你效我仿、城城雷同等"先天不足"外，恐怕还有"后天作怪"；"大破大立"、"旧貌变新颜"、大撤大并等一路风行，不到老化极限的建筑物，强行拆除者有之；建了拆、拆了建的假古董又何其多，那些"金玉其外，败絮其中"的豆腐渣工程当然更谈不上房龄……

某市原本有好多所大学，有的知名度不低。但一个政策来了，盲目照搬国外经验，便把他们合并成一所学校了。起先还是分散办学的，近来又把它拼到一个"大学城"，一座已有七八十年历史的医学院校舍被一卖了之，其中一些是 50 年以上的老房子，也有才 10 来年的好房子，均被敲呀，砸呀，爆炸呀，好端端的建筑顿时粉身碎骨，荡然无存，一些当年校友路过见状，犹如心中插刀，欲哭无泪，感叹校有何辜？房有何罪？要遭此大难？

国外那些保护建筑的经验，他们为什么不学学呢？一位在美国待了多年的作家回来说，我们老说美国建国历史短缺乏文化传统，但他们多么注意保护自己任何一点的历史沉积啊，仅仅纽约就有 200 多个保护老房子、老街区的协会，因此市景丰富多彩、千姿百态。不少从国外访问或留学回来的人说，西方人有一个珍惜保护古迹和文物的共同心理和习惯，即一座房子能不拆就不拆，即使它不是什么文物，但对一条街的居民或一家人来说，仍有它的纪念意义在。因为不轻易建，也不轻易拆，所以很少有那种大规模的拆建。像匈牙利的布达佩斯市政府就明文规定所有门面建筑超过 50 年的一律不准拆迁。法国对有 20 年历史的或在国内外有过影响的场所,都被政府立了标记。所以,这些城市的特点非常明显。

房寿远远不如人寿,究其原因多数是人为造成的。在科学和文明的不断进步下,人都在不断延长寿龄,出现了许多经得起苍老的人物"建筑"。人为什么要折短房寿呢?房屋无言,但一座座不同时期的建筑,都代表着不同时代的标记,诉说着一段段丰富多彩的历史,愿房寿与人寿比翼齐飞!

(2006 年 3 月 20 日)

谢晋如果不去上虞

一代电影大师谢晋的突然去世,万民痛悼,备极哀荣。不止是他的乡亲父老,生前友好,受他哺育过的影坛名流,泪眼涟涟,哀思滚滚,连拍摄过《清凉寺钟声》的河南偏僻小村郭亮村的15个村民也雇了一辆巴士,千里迢迢专程赶到上海的殡仪馆参与悼念。这是心灵的自发、人民的评分、时代的纪录。

在痛定思痛之余,总想不通谢导虽已85岁高龄,却从来是一个生龙活虎、大步流星、精力旺盛、不时豪饮的人,怎么转眼就消失了呢?在想入非非中,一个念头顿时而生:谢晋如果不去上虞,能否免了这场灾祸?

当然历史是没有"如果"的,"如果"只是一个没有办法的办法,只是寄予不能实现的美好!谢晋夫人事后就痛哭流涕说:"你不该去呀,我不该放你去呀!"

以谢晋这样的性情中人,虽然他胸中有堆积如山的电影构思,手头还有干不完的影务筹备,但是他不可能拒绝母校百年华诞盛会的。他踏上了去故乡之路,和他们无数次来来回回一样平常,谁知这是一条不归之路呢?他自己、他的亲属、他的乡亲,谁也料不到的。

故乡的接待自不必说,五星级宾馆,有专人陪同,上虞市的有关部门在谢晋逝世前,甚至列出了一张活动时间表,几点报到、几点用餐、几点散步……直至晚上 9 时就寝,可说关怀周到,无微不至。然而,难免百密一疏,为什么没有想到 9 时以后的事呢?对一个顶级艺术家,对一个 85 岁高龄的人,在没有亲属陪同的情况下,能否考虑有熟人或在上虞的亲戚陪一下呢?

我国民间就有"七十不留饭,八十不留宿"的古训,国外也有"七十不做客,八十不出游"的习俗,当然,现今人的寿命延长得多了,与古时不可同日而语。也许,谢晋不服老,不愿人陪,但是自然规律是不可抗拒的。已经见到报上有人就谢晋的逝世提出要"遵循生命的规律",即使谢晋不愿让人陪,主办方也得尽最大的责任,派一位工作人员全程照顾谢晋。这位工作人员最好能懂得保健和医药知识,也不能让他独自一间宿舍,以防不测。

所有这些只是"事后诸葛亮"了,但前事不忘,后事之师也!

其实,"谢晋如果不去上虞"这样的命题已经不是第一次了。只要稍稍追索,近年来这样的"如果"已经有不少个了:沈尹默如果不去湖州,新凤霞如果不去常州,汪曾祺如果不去赴会,牧惠如果不让他关起门来一个人写文章……这种假设虽是空想,但如果他们不出去,或有专人照顾,让他们多活几年,多对社会作些贡献,也不是不可能的。

这就牵涉到一个"名人效应"问题,现在举行什么活动,都要靠名人撑市面,否则,媒体不来,难以引起"轰动效应"。作为主办方,邀请名人时也要实事求是,不要勉为其难。翻译家傅雷说:"做一个名人也是有大危险的。可怕的敌人不一定是面目狰狞的。"有时是"和颜悦色、一腔热爱的友情。"所以,已届高龄的名人得有一种"婉拒"的本领。即使出行,居住、饮食、活动等等,都需慎之又慎。不服老只能是一种精神,身体决不能"拚设备",得尊重生命的自然规律。

谢晋这样的顶级艺术家,实在是艺坛的"大熊猫"了,这在当今的艺坛、文坛、学界、科苑已经为数不多了,如何保护他们是一个迫切的议题。我们当然不可能像某些有级别的退休的领导那样,有警卫、秘书、司机围着走,他们是国家的功臣,完全应该;但像谢晋这样的有级别的艺术家,同样是"国宝",他们也是创造精神财富的"功臣",也应该有相应的保护措施。一个谢晋突然去了,让万民痛心疾首,已是难以弥补的损失;让未来的无数"谢晋"尽量避免、或少出现这种突然灾祸,我们不能再去无谓的歌颂"以一种特殊的方式魂归故里"了,"亡羊补牢,犹未为晚"!

(2008 年 11 月 4 日)

拒绝传媒

　　传媒不是香饽饽吗,为啥要拒绝它呀? 再说要拒绝,就能拒绝得了吗?

　　一点也不错。当今铺天盖地的报纸,千家万户的电视,无所不在的电脑,传递着多少精彩的信息啊,可以变幻出五花八门的游戏,真是神仙过的日子,其乐无穷啊! 离开了传媒不是"两眼漆黑"了吗?

　　有人最近以《杀人不见血的电视机》为题,撰文说:"让我们把绝大部分晚上和节假日时间交给电视机支配,跟引颈就戮并没有什么两样。""因为杀得巧妙,不带血腥味儿,所以人们毫不在乎。"这绝不是危言耸听,而是有识之士的忧虑。

　　当然,同这种"杀戮"抗衡的勇士也大有人在。前些时候读了一本名为《伟大的书》的书,作者是位名叫大卫·丹比的美国人,原是一名记者和电影评论家,但他说:"作为媒体的一员,我也厌倦了媒体;在那个图像的深谷里……十足的忙乱感,不停的运动、难以置信的活动和从头到尾的无聊,需要得到满足时的哼哼声——我感到的不仅是不安。"什么不安呢? "我拥有观点,却没有原则;我有本领,却没有信念。"正因为感到这种危机,于是在

1991 年当他 48 岁时，又回到了他的母校哥伦比亚大学同 18 岁的学生坐在一起，认认真真阅读荷马、柏拉图、索福克勒斯、奥古斯丁、康德、黑格尔、马克思以及伍尔夫的著作，他认为"严肃的阅读或许是一种结束媒体生活对我的同化的办法，一种找回我的世界的办法。"他在整整一学年里，埋头读书、细作笔记，观察学生和教师，反省自己，最后写出了这本 500 页、45 万字的《伟大的书》，这本著作被《纽约时报书评》、美国图书馆协会评为"1996 年令人瞩目的书"。犹如一座巨大堡垒的伟大著作，在遭到商业文化、大众媒体的"围攻"面前，大卫·丹比成了这座堡垒的"守门人"。

传媒原是可以抗拒的，诱惑当然也是能够挡住的。其实，在我们周围一片沉溺传媒的汪洋大海中，也不乏翘首大地抗拒传媒的浪花。一位文友撰写的《读书"自供状"》透露了他的阅读心迹。他在喜欢阅读那些学问做得深、文章写得好、富有学养的著作外，提出自己的"五不读"：一不读当代人写的游记；二不读所谓的"青春美文"；三不读摆出"替天行道"状态的杂文；四不读人生自助类读物；五不读文白对照的玩意。这虽然只是他自己的阅读口味与个人兴趣，却道出了一种拒绝传媒的倾向，远离时髦，甘于寂寞。他"五不读"的就是眼前充斥传媒的"泡沫文化"、"快餐文化"，不读，就是不被那种矫揉造作、故弄玄虚或玩弄文字游戏的东西拖住阅读的脚步。

当然，适应商业时代的传媒还将迅速发展，诱惑与拒绝也会呈现出胶着状态。但对有志于阅读的人而言，你要充电，要思索，要创新，就要学会拒绝，挡住诱惑；至于圈外之人自然又当别论，沉浸传媒,多多益善,笔者上面那些唠叨只是无聊的说教罢了,请勿介意为幸。

(2002 年 10 月 11 日)

法律的"网"和人才的"鱼"

最近,《中国青年报》和央视"今日说法"都报道过这样一起法律纠纷,黑龙江尚志县圆宝纺织公司与正在读高中二年级的杨永华签订助学协议,公司资助其读书直至大专毕业;杨需按照公司需要填报高考志愿,并在大学毕业后到公司工作。但杨在大专毕业后,成绩名列前茅,求学心切,顺利考入本科继续读书,有违双方签订的助学协议,被告上了法庭。法院判决杨永华违约需双倍返还圆宝公司助学培养费和负担案件受理、诉讼费。

看来,这是一张法律的"网",网住了一条人才的"鱼",也就是说,人才的脱颖而出,难以摆脱法律的"网"。虽然从法律角度来说作出了准确的选择,所谓法律无情,但于人才的培养是幸呢,还是不幸?

从形式上看,法律是"网"了这条"鱼",但实质上这条"鱼"还是没有"网"住,杨永华照样读他的本科,只是承担赔偿公司的助学金,以其学余打工和家教来弥补,对一个家境情况不佳的青年学子来说,其艰难可想而知。

企业资助学生求得回报,这是天经地义的。诸如按约规定受助学生学成要到企业工作,受助单位要冠以企业的名字,或者由当地政府给予政策补偿,等等。凡此种种,取长补短,双方受益,彼此满意,使社会的某些"齿轮"啮合起来,促进了社会这部大"机器"更好地运转,可说是功不可没。在市场经济的游戏规则下,这可否称之为"等价交换"呢?这当然不是一个贬义词,有了交换,才能促进发展,等价体现公平合理。

但是,在这类资助与受助之间还有没有一种不等价的交换呢?当然有的。有不少企业或个人,捐资、资助灾区、希望工程、革命老区、残疾人事业、下岗工人……采取了隐姓埋名、不求回报、拒绝张扬的态度,我们也见得不少。我们见过一些企业家,把辛辛苦苦积累的资金,资助贫困大学生学习期间的费用,好像并没有图"回报"。它用另一种形式,让一部社会"交响乐"和谐起来,奏出更动听的音符。

采取什么形式资助,那是根据各自的条件决定的,无可厚非。不论用何种形式资助,都做了对社会有益的事,都值得鼓励提倡。但我想说的是法律能否偏向一点弱势群体,也许这是一个不懂法的外行人提出的问题。法律当然是铁面无私的。以法律为准绳,以事实为依据,管你是大官还是蚁民,是大款还是穷光蛋,都只能用一把尺子来衡量。然而,执行法律除了"铁面无私",还有没有个感情问题,也就是道德层面的问题。像上面这个案子,一方是有着不小财力的一个厂,一方则是一无所有的一个穷学生,他们的分量原本不相等,却要去完成一个"等价"的任务,则无疑是"失重"的。能不能向作为穷学生的弱势群体倾斜一点呢?这是笔者的异想天开。法律要是能在法庭外作调解,既然厂家资助了人家读大专,人家有心向上读本科,虽然厂里眼前利益有所损失,但从长远来看,于厂、于社会都是有利的,放他一码,不是功德无量吗? 这可不可以说也是法律范围内的事呢? 如此,法律是否会变得温馨柔情一些呢? 正像任何事都有两面性一样,法律是不是也应该有这种对弱势群体有利、而对强势群体也无伤大雅的"两面性"呢? 让人才这条"鱼"从法律这张"网"中漏出来,岂不是两全其美吗?

(2004 年)

漫说"职务银行"

　　银行是一个与人们的日常生产、生活密切相关的金融机构，因其具有促进经济发展、维护社会稳定的巨大功能，在现代社会发挥着巨大的作用。

　　如今，有人把它的"经营范围"扩大和延伸了。例如，"时间"可以存入银行，"道德"可以存入银行，"绿色"也可以存入银行，连"语言"也被策划储存进银行。近日又有媒体报道，浙江有了首个"岗位银行"……"银行"一下子多得让人眼花缭乱。既然银行的职能被大大延伸了，我们不妨也来探究一下"职务"能否存入银行？显然，要保证职务不断升值，最好的办法也就是放入"银行"——我们姑且称之为"职务银行"吧！

　　"职务银行"其实古已有之。《红楼梦》第十三回写道，秦可卿突然病故，但其丈夫贾蓉"不过是黉门监生，灵幡上写时不好看"，为了使丧礼上风光些，就得去"捐"个头衔，用现在的话说便要有个"职务"，于是想方设法弄了个"龙禁尉"，待到出丧时秦可卿便能以五品职例，成了"防护内廷紫禁道御前侍卫龙禁尉贾门秦氏宜人之丧"。贾蓉所以能从"职务银行"支取这个"龙禁尉"，其实是他祖先"存"在那儿的，贾蓉在"捐"取这个"职务"时，填的红纸履历就这样写道:"曾祖,原任京营节度使世袭一等神威将军贾代化……父,世袭三品爵威烈将军贾珍。"

现代的"职务银行",有了一纸"红头文件"便意味着把"职务"存入"银行"了。因此,有了这张"红头文件",很有点像得到了一张银行的存折。当然,"红头文件"的价值远比银行的存折高。一般情况下,存入"职务银行"的东西只会升值不会贬值。别看职务有任期,但只要关系过硬、头脑活络,虽所有者平平庸庸,"职务"一旦存入"银行"后,也是保险的。一线到限退二线,二线到限转三线……有时虽然职务"变"了,但"含金量"还在提高。职务虽不能传给子孙(当然变着法儿传给子孙的也不是没有),"荫及"是不在话下的。这说明,"职务银行"真是靠得牢,绝不会贬值的。而且,这里说的,是稳当的储存,是能遵守操作规程的那种。

更有聪明的,则把"职务"存入"银行"作为象征权力的"卡",并以此像变魔术似的变出滚滚银子,源源不断地从银行提取。这样的升值就更快了。他可以凭借自己的这张"卡",甚至开起"职务银行",当"银行"的"老板",向有"需求"的人发放"职务卡"。当然没有"免费的午餐",你要求得"职务卡",那是不仅要向他交上"本金",他以后还要收取源源不断的"利息"的。媒体揭露的开"职务银行"的"老板"已经不是一个两个了。他们所以有资格、有条件开"职务银行",无非是手中有一张"卡",可以向所管辖范围内那些上门求官的人,发给大大小小的"职务卡",从而坐收渔利。

还有一种人运作更为"巧妙",他们可以把已经到期或过期的"职务卡"发挥长效作用。当他们从正式职务退下来后,还能弄个什么董事长干干,其"含金量"不降反升。这当然归功于他们的

"预见性"，在自己"鼎盛时期"即"深谋远虑"，利用自己的"职务卡"，先期把一些有用的资源存入另一种"职务银行"，到时慢慢索取，变成一种"期权化"。近日有一个省的一位副书记撰文指出："现在已经发现一些原职能部门的负责人从领导岗位退下来后，到自己'关照'过的企业摇身一变成了董事长、总经理，收益丰厚。这种领导干部'期权化'现象必须引起重视。"可见，"职务银行"的神通广大、千变万化，不断延续"职务"的可用性，正像存入银行的钱不断升值一样，他们把银行的职能运用、发挥得真是"出神入化"啊！

利用银行"变戏法"，到头来是金融诈骗。同样，玩弄"职务银行"的人，最终也会"聪明反被聪明误，反误了卿卿性命"。

（2003 年）

"赵大叔"的真言

赵忠祥先生无疑是名人。不但在电视、而且在众多媒体上也经常"露面",因此,叫他赵大叔的人反比称呼他大名赵忠祥的多。既然是名人,当然要出书,讲点什么也受媒体关注,对此我常一略而过,他的《岁月随缘》虽在特价书市只要五元一本,我也不肯掏腰包的。不过,他在媒体最近说的一段话,倒让我琢磨了许久,觉得这一番真言值得推荐和深思。

赵大叔的这段话是这样说的:"我对主持人这个职业永远充满挚爱之情,我不怕受累吃苦。但我毕竟年纪大了,有些观众已经烦我了。因此,我如果有精力,还是多做一些幕后工作的好,把台前位置让给那些有潜力的年轻人。"他还说,在一段时间找不到更合适主持人的情况下,让他顶一段时间没有问题,但不能把希望寄托在他这个"老朽"身上。他期待着有能耐的新人早日出现。

这话说得何等好啊!请原谅我在这里学了点"官腔"。这话说得既有自知之明,又不唱高调、不作秀;说得既有真情实感,又鞭辟入里。他这番话至少有三层意思:

其一,并不恋栈。尽管他热爱主持人这个职业,也并不怕苦怕累,"但我毕竟年纪大了",该撒手时就撒手,要了断时就了断,决不拖泥带水。其实,这并不容易。原本在这个岗位上做得好好的,辉煌一时,一下子要离开,恋恋不舍也是人之常情。但赵大叔却要急流勇退,这是在关键时刻的品质流露。我们见过不少这样的人,当他(她)离年龄杠子还远时,可以高调唱唱,什么"早点退休,早点轻松"啦,"顶好同退休的交换,让他们来工作,我提前退休"啦,等等。但真要事到临头,却"花样经"十足了:要求更改档案、身份证有之,哭哭啼啼、胡搅蛮缠者有之,甚至说某人"报复"他而大吵大闹的也不乏其人……对此我们难道见得还少吗?

其二,有自知之明。他说"有些观众已经烦我了"。这见解更不容易,可说是洞察观众心理。俗话说"花无百日红",虽然被捧星多年,观众总是图新鲜的,时间长了难免会有厌倦感。正像最美味的菜肴天天吃也要腻烦一样。我们见过一些名角,到了腰身已似"柏油桶"似的还要登台扮演少女,怎能不让观众倒胃口呢?但要认识这一层并不容易。有些人被吹捧和抬轿者弄得迷迷糊糊了,以为这个舞台少不了他而洋洋得意。其实,背后的喊喊嚓嚓议论他却听不到,有几个人能直面你讲真话令你扫兴呢?赵大叔却像背后长了"眼睛"一样,看得清清楚楚,分分明明,而且还能公开说出来,确是难能可贵的了。可见,他的自知之明,是有足够的勇气所支撑。

其三,"棒"也不是随便交的。交棒,就是要找接班人,这点他也不含糊。他提出了交棒的原则,也不是凡年轻者都是好的。他要把台前位置让给那些"有潜力"的年轻人,"期待有能耐的新人早日出现",这不是随便撂挑子,"反正我要走了,随便阿猫阿狗来都与我无关了"。赵大叔的责任感,说到底是挚爱主持人这个职业的流露,他甚至提出扶持新人的意愿,找不到更合适主持人的情况下,让他顶一段也可以,但接着就声言:"不能把希望寄托在我这个'老朽'身上。"我并不是想赖下去,需要我这样做就这样做,坦坦荡荡,实话实说。

总之,赵大叔的形象在我心中升华了。他真是一个可爱的人,一个对事业有责任感的人,他无疑能赢得观众的赞赏。如果他没有这些坦荡的品质,求实的举止,而是遮遮掩掩,躲躲闪闪,甚或以"元老"自居,赖着不走,那么,他在观众心目中的形象必然要大打折扣了。他想到了观众所想,讲了观众所要讲的话,真正的与观众心贴了心。这里,用得着一句古语:"塞翁失马,焉知非福。"

(2003 年 5 月)

"护士学校"哪里去了？

国际护士节这天，《钱江晚报》公布了非典期间备受关注的杭州市六医院非典病区40位护士的全记录，并称这40位护士是"我省人民关注的焦点护士"。这个创意多么好啊，让站在这场"没有硝烟的战争"第一线的白衣战士成为今天媒体的"明星"，实在深得民心。

粗粗翻看一下这40位护士所受教育情况，竟有30多人毕业于"杭州护士学校"，占全体护士的四分之三以上。这不能不给这所学校带来某种荣誉，使人肃然起敬，它培养了这么多卫生事业的护理人才，战斗在今天的刀尖浪峰上，真是"养兵千日，用在一朝"，患难关头显英雄啊！

由此也不能不让人想到，这所"杭州护士学校"哪里去了？据笔者所知，这所原先的中等卫生专业技术学校，现在早已难觅踪影，它上升到某个医学院的一个什么专业了，今后这些护理专业人才的学历再也不会出现毕业于"杭州护士学校"了。然而，升是升了，层次也高了，但它对整个医疗卫生事业的需求，护理专业人才的培养，又有何好处呢？

对于医生与护士的职业，历来是分工不同，绝无高下之别。

在这次治疗非典病人过程中,医生与护士共同面对恶魔,密切配合,生死与共,谱写了可歌可泣的篇章。最近媒体公布的《护士长日记》更是感人至深,再一次说明了护士的不可替代作用。令人记忆犹新的是,"文革"时期在"砸烂一切"的幌子下,医生护士"一锅煮",消灭了分工,于是便有"最怕医生打针、护士看病"的笑话。那时,似乎"护士"这个名称有辱"尊严",这所老牌的"杭州护士学校"也几度更名为"杭州卫生学校"。

其实,对护士事业的重视,历来有目共睹。我国的革命先辈秋瑾,就亲自编写过护理学教程。国际上有个南丁格尔奖,专门表彰优秀护理人才。上世纪五六十年代有部电影叫《护士日记》,曾风靡一时。记得拨乱反正后,杭州护士学校又恢复了原名。但是,不知从什么时候起,也不知为了什么原因,这个"护士学校"又消失了。而今,在这非典时期,在报纸上又看到了"杭州护士学校"的金字招牌,这真令人感慨。

杭州护士学校的消失,也许是因为调整合并的需要。但我想,为什么不能保留这样一所有七八十年历史的老牌学校呢?杭州护士学校不但在杭州声名卓著,在全国护理教育界也有较大的影响和地位,它不但培养了战斗在医院第一线的大批护理人才,也造就了不少行政管理人才。因此,这所学校的金字招牌丢掉实在可惜,它也是杭州所独有的知识品牌,应当像胡庆余堂、楼外楼等"老字号"一样被保护下来,而且让它继承和发展。

(2003 年 5 月 22 日)

"首席"是过度"包装病"

前不久从报上读到一则消息，一位读者投诉说，在上海徐家汇千子晨婚纱摄影工作棚看中一套 3380 元的"快乐新娘"的婚纱照，当即签下了"婚纱摄影预约单"，交付定金 1000 元，预约单上还特意注明"指定首席摄影师"。结果是"首席"并非是高级别的摄影师，如要选择更高别的摄影师，价格还要提高，于是这两位消费者要求取消预约，但店家不肯退回定金。消费者投诉后，店家解释说，目前本市婚纱摄影行业并没有统一的行业服务标准。各影楼对自己的摄影师的称呼各不相同。在"千子晨"的"首席摄影师"是普通级别，是消费者理解有误。这是企业的"噱头"，还是消费者的"误解"，其实不言自明。

"首席"并非可以随便叫的。在古代，首席就是最高的席位。唐代张九龄在《徐文公神道碑》中说："皇帝稽古崇训，以公才学之长，命登首席。"无才学之长，是登不了这个首席的。古时寺院也有"首座"，那是寺院的最高职位，唐宣宗曾敕命辩章为"三教首座"。说这些"古训"，倒并非万世不变，而是说要坐这把"交椅"还是有它的一定规矩的。这些规矩，有的还沿袭到今天。例如，古时的经相也叫"首相"，至今有的国家的总理还是称首相，古代的首相也称首揆,也即是总管的意思。

顾名思义,首席就应该是"第一"或"最高"的意思。当今,确有许多货真价值的首席,诸如 IT 的首席执行官、外交上的首席谈判代表,或者前不久逝世的美国首席大法官,等等,就是名副其实的首席。这都是经过法定程序任命或主管机构批准的,具有无可辩驳的权威。

然而,这个"首席"现在被滥用了。很多人看到"首席"既时髦又值钱,可以吸引大众的眼球,于是企业就拿它用来招徕顾客,各行各业也都纷纷设置首席。诸如首席指挥、首席教练、首席记者、首席编辑、首席专家、首席驾驶培训师等等,不一而足。播音的加上"主"还不够,硬要变成"首席主播"。这跟演艺界的一大堆领衔主演、主演,几乎没有副演、配角的广告,乃是同一套手法。更有意思的是,首席不够用,怎么办? 就来个大单位有"大"首席,小单位有"小"首席,大"首"小"首",与大"长"小"长"并行不悖,就像《智取威虎山》中大家弄个"师长、旅长"干干一样。

乱戴"首席"的帽子,其实是一种过度"包装病"。月饼就是月饼,豪华包装并不能增加它多少价值,反而变成累赘让人消受不了。记者、编辑也一样,是以文章、版面和策划取胜的,读者并不看你是"首席"还是"次席"的。也许有人会问:"记者、编辑不是也分高、中级和助理吗?"这是职称,像学校的教授、讲师一样,是国家有明文序列规定,需层层申报评定,尽管此中会有种种不合理因素,但它总是一个标准。而"首席"呢? 它的被滥用则是无序所致,很多是随便封封的。既然是缺乏某种权威性,它在实际生活中也就没有多少价值,可以套用一句俗话:"首席遍地走,主演多如狗",呜呼!

(2005 年 10 月 19 日)

牧惠逝世一年祭

　　提这样的问题也许是可笑的,孔老夫子早有格言"死生有命",一些帝王寻求长生不老之药都已成为历史笑柄;现代科学也难有新的长生不老科学发现,人总难免一死,名人岂能例外? 然而对此并非不可探讨。杂文名家牧惠逝世一年多了,现已见到许多悼念文章,还是令人值得想一想的。

　　杂文界失去了这样一位为坚持真理而又坎坷一生的学者和杂文家,令世人尤其杂文界陷入了深深的悲痛之中。这种悲痛不是对一位久卧病榻、奄奄一息而去世老人,也不是被歹徒突然袭击飞来横祸身亡,而是对生龙活虎驰骋文坛,时有佳作问世的杂文家突然离去缺乏思想准备。当时,不少悼念文章发出惊叹:"上两天还通过电话,怎么才过一两天,人遽然没了?""收到他寄来的著作才几天,怎么就去了?"杂文家邵燕祥在他的悼念文章中说:"然而,他实际上年纪并不算大,现在平均年龄普遍提升,比起八九十岁的健者,他还不过是七十六岁方入老境不久的人",感叹他还是死是太早、太突然了。

　　牧惠为世人奉献了六七百万字、40多本著作后西去,似也生而无憾了;其实他怎么也不会想到正在写着杂文的时候,会向这个世界告别的,怎能不遗憾呢?

最先披露牧惠噩耗的朱铁志6月18日在《文汇报》撰文说,6月8日,牧惠所在单位组织老同志到一个温泉度假村参观学习,中午一时他因要赶写稿子调侃不要"骚扰"他,直至4时半许多外出参观的老同志已陆续回来,还不见他的身影,这才感到有些不妙,往他房间里打电话一遍一遍无人接,结果打开房间都惊呆了:"牧惠先生头朝东俯卧在浴池里,身上没有穿衣服,右侧脸颊有明显磕青的痕迹⋯⋯"急救为时已晚,就这样猝然走了,桌上还摊着文稿和参考书。

一个坚强的人,虽已76岁高龄,仍每天爬景山,每周游泳,一下水就是800米,心脑血管都很健康的人,怎么会变得如此脆弱,一下子被这偶然击溃了,怎么让人接受这个现实呢? 这样硬朗的人,人们有100个理由让他再活10年、15年或者更多时间,牧惠是可以死得晚一点的,没有任何理由让他短短的不到4个小时内就结束自己的生命。

对这样一位级别的老革命、老学者、老作家,如果能对他多一些保健防范及配备必要或兼职的"身边工作人员",是否可以避免这样的灾祸呢? 历史当然是不能"如果"的。我们历来只对有某种级别的官员(不论在位或离退休)都享受这种待遇。官员当然要照顾的,他们是国家的栋梁;但创造精神财富的文人,也可说是社会的脊梁吧,难道就不应该得到必要的照顾吗? 而事实上,有些七老八十的文人学者治病、与会、访友,要车没车,要人无人,只能靠衰老的残躯,颤巍巍奔波,此种景象我们难道还见得少吗? 这不是一个官本位社会的悲哀,又是什么呢?

其实，文人的猝死，牧惠并非第一个。年虽 70 多岁，身体也是很棒的，著名邮票设计大师孙传哲，不就是因为挤公共汽车而被摔倒猝死的吗？新凤霞、汪曾祺等不也是因为参加了一次会议或活动而突然去世的吗？……如果我们真正能把这些文人中的佼佼者当成"大熊猫"，也像那些有等级的官员一样，有秘书、保姆、司机们围着他们团团转，他们的突发事故也许会少得多，那么"牧惠们"是否也可以死得晚一点呢？这种"如果"当然只是异想天开，不切实际，但是，我们这样一个号称有 5000 年文化的泱泱大国，不断在强调以人为本，对社会著名的文化学者、作家、艺术家，他们虽然没有官员等级，难道不应该作出一些保护和防范措施吗？在"文革"那样混乱和严峻的时代，不也是周恩来总理圈定了一批高级民主人士和文化人名单，才使他们幸免于难吗？

对于文人之死，笔者只能空口说白话。著名作家李国文先生对此作了大量的研究，写出了许多振聋发聩的文章，但往往写古代文人居多，较少涉及当代文人之死，也许现代文人有个"盖棺论定"的问题，有某种难度。然而他们的非正常之死对世人的惊醒程度要比古代文人之死大得多，可由此引发国人有更多的保护意识，像保护国宝"大熊猫"一样保护仅存的已进入高龄的文化名人、学术名流、科学精英呢？国文先生是否可以将此列入研究视野呢？也能写出《中国当代文人的非正常死亡》这样的著作呢？

（2005 年 7 月 5 日）

讣闻忆往

　　最近电影演员傅彪逝世，稍前，国学大师、著名学者启功仙去，报章上都发了很多怀念文章，宣传规模不小。为人民作出了贡献，而且人品、艺品广受称赞的作家、学者、艺术家，受到媒体的深切关注，给予"超规格"的报道，是很得民心的。

　　然而，10多年前要这样做是很困难的。那时一位著名学者文人的逝世，无法得到这样的"待遇"，现在这样做也是社会的进步。我亲身经历的沙孟海先生逝世讣告刊登经过，就是一例。

　　1992年10月10日，我正好在Z报管文化新闻，晚上突然传来书坛泰斗沙孟海先生逝世的消息，有关方面发来讣告要在次日刊登。这样一位浙江书坛的大师，我国书法界的巨擘的逝世，使我震惊与悲痛，我觉得报纸应该突出处理这条讣闻，这有全国影响，我把消息发上去，建议在刊登这条讣闻的同时，配一张沙老的肖像照片。这可给组版的编辑出了"难题"，他们也很为难，深知沙老在书法界的地位，但按照报纸的这类讣闻规格，只能是副省级以上的人逝世才能刊登照片，"非不为也，是不能也"。在这种局面下，我只能喃喃地说："现在副省级有多少，而沙老能有几个呢？"那当然是我自说自话罢了。

　　报社总编略作思索后，抓起电话向上级请示，但省委主要领导正好在北京开会。他接着把电话打到北京，居然找到了省委主要领导同志，顺利获得同意。随即，我连奔带跑赶到沙老家里，拿到了他家属提供的一张一寸见方的标准小照，照片虽小，我觉得沉甸甸的，如获至宝地返回报社。第二天，在沙老讣闻见报的一版版面上，嵌入了这张来之不易的照片。

　　事隔多年，在去年 11 月我应邀参加"沙孟海旧居"落成典礼时，遇到沙老的小儿媳，她居然叫得出我的名字，顿时使我十分惊讶，便对她说："你的记性真好，还记得我的名字。"她说："是你那年到我家来取沙老的照片，怎么会忘记呢？"

　　一个人死后的"待遇"之类，原是反映了后人对死者的感情寄托。斯人已去，即使灵魂升天，也顾不得人间发生的事了。更何况，像沙孟海这样的大家风范，生前淡泊宁静，低调为人，以他这样的书法业绩，也只办过一次书法展览，哪会在乎什么"规模"、"待遇"？但他的人品艺品，翰墨华章，却会长留人间，世代相传。这样一想，以上所谈的往事，沙老如泉下有知，也许并不赞成这样的"折腾"哩！

（2005 年 9 月 13 日）

写一部《文殇》如何？

今年 2 月 25 日《文艺报》一版用 6 条粗黑的铅线、两张加黑框的照片同时报道了 3 位作家的逝世：铁依甫江，终年 59 岁；鲍昌，终年 59 岁；莫应丰，终年 51 岁。编辑这样集中地处理版面，我想决不是偶然的。

几年前，谌容的一部《人到中年》引得知识分子一片唏嘘，作家在小说中让陆文婷死去，原是为了让更多的"陆文婷"活着，活得轻松点，活得自在点。可是，多少年过去了，大多数"陆文婷"活得还是够艰难的：事业上的重负，经济上的拮据，家庭子女的拖累，再加上知识分子那种自命清高，还有不少人在重走那位眼科大夫的老路。

有人说，在死神面前是人人平等的，这从人总要死的这个自然规律来说是对的。但事实上在死神面前并非人人平等的。各人的生活遭遇、工作条件诸种因素的不同，是可以延缓或加速向"死神"报到的时间的。为何"黄叶不落青叶落"呢？邓友梅曾问鲍昌："你搞了这么多创作和担负了那么多行政事务，时间从哪里来？"鲍昌答："回家后放下筷子就拿起笔，从不舍得睡午觉，很少娱乐。"这种为建造我国文学殿堂的拚搏精神自然是可贵的，然而当我见到这些中年作家接二连三逝世的消息时，我不想再唱赞歌了,我也要呼吁舆论也不要再去歌颂这种"拼设备"的超负荷劳动了。有人预言我们现在是出大作品的"前夜",中年作家自然是"台柱",我们怎能眼看他们一个个提前向马克思报到呢?

去年,一个"殇"字在报章杂志屡屡出现,语惊四座。影视界有了《河殇》,它的问世不管引起多少争论,但使民族的忧患意识深入人心,总是事实;科技界有了一部《国殇》,一批 50 出头的科技英才的早逝也向国人敲响了警钟,著名作家冰心是在病榻上流着眼泪读完这部作品的;那么,我们的文学界在把笔伸向别的领域的同时,为什么不能伸向自己,写出一部《文殇》呢?

(1989 年 5 日)

"周瑜打黄盖"

　　《人民日报》华东版李泓冰写的时评《政绩广告做给谁看》一文（2004 年 12 月 30 日刊），一如她过去的时评，视觉独特，鞭辟入里，条清缕析，引人眼球。

　　这篇时评就《半月谈》关于江苏"政绩广告"的一文，指出"报道很尖锐，现象也存在，不过原因分析得似乎不够到位；广告做给谁看？"时评回答说"广告是做给领导看的"——这个问题确实也提得很尖锐。不过，笔者觉得，李文的分析似乎也不够到位；地方官员做"政绩广告"是让领导看的，这无疑是地方领导的一面；但谁促使这种"政绩广告"的泛滥？无孔不入的媒体广告策划到底起了什么作用？文中好像有点躲躲闪闪，力度远不够对地方官员的抨击。其实，江苏省委书记的批示中除了指出政府机关不能搞"政绩广告"外，还指出新闻单位不能搞"有偿新闻"，这才是这股"泛滥"的两种势力，也可说是"周瑜打黄盖"，一个愿打，一个愿挨。

　　当然，李文也不是没有触及媒体的问题，但没有道出它的实际状态。虽然，《人民日报》等三家中央报刊已承诺不再刊登形象类广告，这当然是件好事。因此，李文认为这给"政绩广告"敲响了丧钟,也不否认这类广告"仍难以绝迹,且不独发生于有群众评议的江苏,而且蠢动于更广大的领域。"笔者认为"丧钟"远未敲响,"绝迹"离得更远,何止是"蠢动"? 简直是"泛滥"成灾。君不见,省市以下报刊,整版整版的"专刊"、"咨询"、"导刊"等形象广告层出不穷,照登不误,而且变着法儿出笼,绝无收敛之心,却有更加广泛、深入之势。

不能否认,地方领导做"政绩广告"有给上级领导看的一面,但也不可否认有难以拒绝媒体的一面。这并非是为地方领导开脱。你打着上级党报的牌子,上门去征订政绩广告,能随便拒绝吗? 而且媒体常常是"整体攻势",某某市(县)已做了,就缺你们了,于是便"各个击破"。"江苏部分厅局级机关排队刊登广告宣传领导政绩",笔者就怀疑是媒体"策划"出来的。一些地方领导对应接不暇的广告,常常有苦难言:做了不甘心,不做又不行,最后只能"花个放心钱吧!"什么叫"放心钱"? 将来地方如果出了事情媒体要"曝光",还可去"摆平"一下,否则就把路搞断了。而媒体"曝光"对一个地方来说,无疑把"丑事"放在阳光下,最难堪的是上级领导一下能看见。对"政绩广告"笔者不敢说没有地方官员不喜欢,但"逼上梁山"的可能也不仅是绝无仅有。由此可见,在"政绩广告"的这股歪风中,媒体的作用能低估吗?! 如果媒体拒绝"有偿新闻"的形象广告,你地方领导要做"政绩广告"能做得成吗? 可见,泛滥并非不可制止,关键是媒体真正自律,不但不见钱眼开,更不去策划、开发这类广告。

对这类花了纳税人钱的"政绩广告",老百姓早就十分厌恶。这不但占了报纸的新闻版面,而且目的为树"形象"的形象实在不佳。常常是两位穿着西装的书记、市长（县长），或板着脸孔，或装点笑容，站在满篇政绩的中间，是向外界世间显耀，还是俯视当地的公民？谁会去欣赏这样的"形象"，体味这样的"政绩"？这样"政绩广告"其实只能两败俱伤，官员的形象被弄得不伦不类，买个"自我吹嘘、自我表扬"的"硕果"；媒体虽然"银子"进了口袋，其实，"司马昭之心，路人皆知"。这种形象广告的花招，能不损害自己的报格、报风形象吗？

"周瑜打黄盖"的戏不要再演下去了，这是刹住"政绩广告"的一帖药。"周瑜"和"黄盖"应当从"戏台"回到人间，这才能让"有偿新闻"的形象广告敲起"丧钟"，无法"蠢动"，真正"绝迹"。结果如何？那就不是一个普通读者所能为力的了。

注：《周瑜打黄盖》一文，刊于 2005 年第 2 期《人民日报》华东分社《华东编务》，该报编者李泓冰附言："您的大作我看了，非常到位。如你所言，关于媒体的一面，我的文章确实没能点到位。因为就是在本报，这样的广告也没有彻底绝迹，因此我有投鼠忌器之虑。你的文章痛快淋漓，说实在的，身为媒体中人，对这样的'广告策划'也深恶痛绝，也深知其仍有生存条件之背景。我们已把您的商榷文章出了一期内部编务，以期为大家敲一警钟。深表谢意。"

麻雀充金鹰

热闹了一阵的电视金鹰奖收锣了,但新闻媒体却没有息锣,可谓余音绕梁,竟日不绝。

尽管媒体的锣鼓五花八门,但鼓点则是聚焦在一点上:是金鹰乎,还是麻雀?金鹰奖由原先的 12 个奖项扩充到了 125 个,于是出现了用半个多小时宣布获奖名单,领奖者排起了长队的壮观。媒体的文章含蓄地做了一些标题,诸如《电视"金鹰"铺天盖地》《金鹰,成色几何》;有的干脆直言不讳:《发奖如撒胡椒面》……发这么多奖,不能不令人生疑:我们的电视剧生产成果,是不是已经发展到该登上月球了?

金光闪闪的鹰人人喜爱,谁都想捧走一只。但没有那么多鹰怎么办?只好拿麻雀来充数了。好在麻雀早已恢复了名誉,不是害虫是益虫,而且你捧回去的还是金光闪闪的鹰,尽管只是 1/125,谁会去考证是金鹰还是麻雀?谁知有批好事的记者,偏要弄个究竟,真是没事找事,大概是想做点文章挣点"工分"吧!现在事情越弄越多,南宁原本背回去的是一只鹰,又是这帮记者七查八查,原来是做了 13 万张选票手脚的一只麻雀,实在连一只麻雀也称不上,只能算是一只披着金光的乌鸦吧!据媒体报道说,做手脚的某电视台台长毫不介意地说："此次评奖中做假处处存在，大家都心知肚明，在深圳彼此熟悉了，还互相'交流经验'。"这么做的不少，可见谁弄得清这金鹰与麻雀的真正含义！

其实，把几只金鹰变成一群麻雀，非电视奖独然。评奖"撒胡椒面"由来已久，渗透在许多领域。前不久落幕的第六届中国戏剧节 24 台参赛剧目全部获奖，且有一半以上荣获"最高奖"即"大奖"。再追溯得远一点，两年前某省评优秀期刊，全省 300 多种期刊中，戴上优秀桂冠的达 91 种之多。近又闻某省评出了"文学50 杰"，在满天飞的"评十杰"中，这种"杰"更加膨胀，竟被扩大了5 倍。天哪！杰者，杰出是也，一个省竟出了 50 个杰出文学家！可见，评奖早已像幼儿园的小朋友那样"排排坐，吃果果"，一人一份，皆大欢喜。谁都分得一杯羹，奖岂不变成一盆"浆糊"？

奖之价值已变成了一堆泡沫，这是谁都清楚的。然而，奖还是照评不误。为什么？评者和被评者都需要，真有点像"周瑜打黄盖"的味道。这玩意儿毕竟还是有用的，评者可以显成绩，拉赞助，可谓名利双收吧；被评者拿到这个东西自然是"金字招牌"，升迁、评职称、称大师……用处多多。于是，来个心知肚明，彼此彼此，管你是金鹰还是麻雀，能飞的总是鹰吧！难怪有的媒体不无揶揄地说："如今的评奖不弄虚作假本身就值得授奖。"

当然，这并不是说评出的都没有好的了，而是一些货真价实的也被"亵渎"了。金鹰被埋在麻雀堆里，怎能闪出它的金光呢？奖还是要评的，这是大家都喜欢的嘛！但评奖应以作品实力取胜，要真正把金鹰选拔出来，切莫弄一大堆麻雀滥竽充数，更不要让一些乌鸦钻进来。鹰和麻雀虽然都会飞，但高度岂能相比？鹰击长空,翱翔千里;而麻雀只是屋檐喳喳,离地数尺。正是:燕雀安知鸿鹄之志,同样会飞的,高低却是大大不同的啊!

(1999 年 10 月 26 日)

"淡淡的"招呼

　　"淡淡的"一词，在作家笔下出现颇多。随意想想，就会浮现出"淡淡的晨雾"、"淡淡的忧伤"、"淡淡的一天"、"淡淡的幽香"、"淡淡的笑"这样一些描写。"淡淡的"，显示一种本色，像是包含着纯、雅、诚。其实也未必。笔者最近遇到了一个"淡淡的"招呼，这"淡"就反映出五颜六色。

　　阔别多年，一个偶然机会遇见了一位昔日的老友。久别重逢，当然不会像老外那样有热烈拥抱、喜极而泣的场面。尽管我已听说他现已成了有别墅、有汽车的大款，但仍以老眼光看人，还是想迎上去叙几句。谁知，故友回敬我的则是一个"淡淡的"招呼，随即挥手而去，我甚至连冲过去的身子都来不及缩回。

　　这个"淡淡的"招呼之韵味，非身临其境不可意会。在一般情况下，朋友间点点头，笑一笑，拱拱手，是很自然的，也可说是一种淡淡的招呼。然而，如果原先彼此很熟悉、长久没见到了，甚至是一方很想见一见、叙一叙的，那么这时碰到的是一个"淡淡的"招呼，就不大有滋味了。当时对此情景，我真不知说什么好。我望过去，对方的眼神是得意的，勉强的，甚至有点无可奈何的；它所传达的意境像是想赶快甩掉一个不速之客，以免会出现什么托情、办事或借钱之类的麻烦。

想想也是，原本是自作多情嘛！这不见的多年里，其间蕴藏着多少变化？所谓士别三日，当刮目相看：有的变得富裕了，当上大款了；有的已经升迁了，官至哪个级别了；而另一方，却仍是一介布衣，或是一个十年不举的"老童生"，甚至是穷困、落魄、潦倒等等。这种变化，无可指责。在同一蓝天下，或许是各人奋斗程度不同、机遇不一；也或许是各人所走路子不同，施展的技巧优劣，因此所得结果自然不一样。不明此中道理，却想当然地以为是老朋友难得相见，于是点头相迎，倾出身子、伸出手去……结果迎来的是"淡淡的"招呼，自讨没趣。这大概还算客气的，给你一个不理不睬，也并非没有碰到过。所以，今后凡在公众场合遇到老朋友，哪怕是当年的赤脚朋友，也应：头莫乱点，手莫乱伸，身子莫乱倾，而要多一点人情世故，少一点自作多情。

"一阔脸就变"，这是鲁迅先生早就说过的。虽然，脸的变法各有不同，但也不外乎两种：一种是趾高气扬、傲视属类；另一种却是笑眯眯的，包括那种"淡淡的"招呼。前一种粗鲁，咄咄逼人，一目了然，让人直接领受，不必费心；而后一种粉面含春，也许更艺术一些，要细细体味其中的韵致，一不小心，还可能领会不到。前后两种变脸方式，虽表现形式不同，本质是一致的。

这种"淡淡的"招呼，在《红楼梦》中有生动的描写。刘姥姥一进大观园，凤姐在接见时的一番话，颇有这些味道："亲戚们不大走动，都疏远了。知道的呢，说你们弃嫌我们，不常来；不知道的那些小人，还只当我们眼里没人似的。""侯门深如海"，刘姥姥那种哆哆嗦嗦进大观园的神情，书中已经描写得淋漓尽致，能见到凤姐,不知道过了几道坎儿。而凤姐的话儿艺术性更强,看似蛮客气、蛮欢迎的样子,其实是倒打了一耙:要就是"你们弃嫌我们,不肯常来";再则是小人造谣,"只当我们眼里没人似的"。这很可以代表眼前的一些大款(或大腕)的待人心态。

"淡淡的"招呼,浓浓的韵味,深深的记忆,于是才有此文。

(2002 年 1 月 20 日)

当了一回阿Q?

真不忍心写下这样的题目，想了又想，拖了又拖。然而，黑马先生写的《诺丁汉的"形象大使"》一文在脑海中久久挥之不去，总让人觉得阿Q又"得得，锵锵，得，锵令锵"地来到了我们身边。

中国的著名学者、科学家被英国的诺丁汉大学委任为校长的新闻，着实令中国人兴奋了一阵。身在彼地的黑马先生形容当时的情景说："诺丁汉的中国人海了。"

然而，细读了这篇文章，却让人"海"不起来了。黑马先生当时在诺丁汉大学做访问学者，闻悉这个喜讯后，受报界朋友的委托，要采写新任校长"从上任一周开始，不断地写到上任的一月、一季度等"。但盼了很久，却没有音讯。后来有人告诉他校长来过了，"和留学生、学者代表数十人见了面，聚了一聚，吃了顿自助餐，合了影，然后打道回府，早回上海了"。

很多人发出疑问，校长怎么悄没声息地走了，这是怎么回事？黑马透露了底细："他是名誉校长，一年只象征性来一次颁发学位证书。他其实就是形象大使。"喔，原来如此！尽管黑马在大失所望之后赞扬说："能当上英国大学的形象大使也是光荣的……这是中英教育交流史上最大的一件事了。"但读后不免有些心酸与苦涩。

笔者绝不敢把不尊的名号加到尊敬的校长头上,只是从这件事情思考有"当了一回阿Q"的感觉。某位科学家作出的巨大贡献,使他成为世间的楷模。他的声望在受人尊敬的同时,也让一些人垂涎,想从他身上"挖金"。此类事在国内各种广告中早已司空见惯,只是这一回走出国门罢了。诺丁汉大学所以要找一位有声望的中国大学校长去当他们的名誉校长(国内媒体报道一直是称"校长"的),也实在是深谋远虑。还是黑马先生说得最清楚,聘请一位名誉校长,"是本大学的前瞻之举,因为本大学正巧试图向远东辐射"。此举也实在收到立竿见影之效,"2000年,诺丁汉的一个MBA海外学费是13000英镑",2001年名誉校长去转了一圈,"就涨到了14000英镑",涨的1000英镑折合人民币是13000元。这样的巨大财源,英国人算是开发定了。

英国绅士把这顶只给爵爷的桂冠给予一位中国校长,当然不是无缘无故的。这除了我国国力的增强,国际地位的提高和中国校长自身的声望外,恐怕更多的是着眼于他们发展教育的商业操作。这一次操作当然非常成功。不说诺丁汉学费的涨价,那铺天盖地的媒体报道,起到了免费广告之效,早已有目共睹。至此,英国人所以要抬举一个中国校长之端倪便清晰可见,中国校长只不过当了一回诺丁汉的"形象大使"。这不能不使人想到阿Q的灵魂真是无处不在。原本对阿Q不屑一顾的赵太爷,听说他在城里因"革命"而发了财时,也怯怯地称他为"老Q",赵白眼竟肉麻地叫起"Q哥"来了,弄得阿Q飘飘然了一通。其实,阿Q也只是"精神胜利"了一下而已。

　　也许,对诺丁汉的这场操作并无必要介意。当形象大使也很光荣嘛! 北大著名教授季羡林 90 高龄出示公益广告,也是当"形象大使";著名主持人杨澜为促进我国申奥,也做"形象大使"。但那是他们对国家和社会履行自己的责任,是堂堂正正之举。而诺丁汉就不同了,他并没有叫我们的校长去当"形象大使",而是去当他们校长的,结果在国内舆论欢呼中国人当了英国大学的校长时,成了每年去转一圈的"形象大使",岂不冤哉枉也!

　　当然,也有人会说在市场经济的条件下,要实现商业利润就要靠操作,教育领域也难避免。操作,自然是一种策划,只是看谁高明罢了。只是人们在面对此类操作时,必得多一点脑髓,可不能像阿 Q 那样被"赵太爷"们牵着鼻子走。

(2001 年 8 月 2 日)

"光"里斗法

  腾云驾雾,刀光剑影,尤其是用光斗法的场面,过去在舞台上、电影里见得比较多。旧时看机关布景的《荒江女侠》,只见侠客们手掌一伸,五颜六色的"神光"四处乱射,击得对方屁滚尿流,落荒而逃。后来的《星球大战》,当然不可同日而语,那个电子剑、棒放射出来的光芒,让人眼花缭乱,天马行空,如入宇宙,与其说是"星球"大战,倒不如说是"电光"大战和斗法。

  想不到这种光里斗法的场景,却移到了 20 世纪的太空。斗什么?斗曙光,斗这"光"的"第一缕"最先射到谁的地盘上。始作俑者是浙江的温岭,在 2000 年的元旦搞了个曙光节,成千上万的观光客拥到了有东方巴黎圣母院之誉的石塘。事后媒体宣传,因为办了这个节,获得了一个多亿的商机云云,不少地方因此而眼睛发红了,也要跟着去争一争了。真是好事一桩,曙光牵线,经济唱戏,银子就会滚滚而来,何乐而不为?

  过去有出戏不是叫《曙光照耀莫斯科》吗?哪里没有曙光?只要睁开眼来,曙光照耀大地,遍地都是。于是,一些地方相继召开新闻发布会,本地开了不过瘾,还开到北京去,都有权威天文机构的权威天文学家撑台,而且都有充足的根据,弄得新闻媒体莫衷一是,闹不清哪里是真正的"第一"。大家都第一,谁也不肯当"老二",怎么办? 还是天文学家出来"圆场",你从这个角度是"第一",他从那个角度也是"第一",大家都是"第一",皆大欢喜。至此,从南到北,"第一缕"如雨后春笋,"卖阳光"声此起彼伏,就等待新世纪第一天曙光来临。

老天爷还是理解主事者一番苦心的,那天曙光没有被阴霾遮住。然而,"上帝"——游客却不买账。一些媒体做了这样的大标题——《"曙光游"为何黯淡》《第一缕世纪曙光让游客迷糊》。游客怎么说呢? "这么多第一缕曙光,叫我们相信哪一个呢? 我们可不愿花这个冤枉钱。"尽管商品经济时代,云、雾、光都可以变成商品,但也不像计划经济那会儿容易兜售。据说,曙光降临在一个奇冷无比的山顶上,有人做起了冬天烤火一人 50 元的生意,虽打着"冬天一盆火,神仙不如我"的广告,还是乏人问津。观光地的"曙光刀"、"曙光斧"、"曙光馒头"吆喝声到处可闻,也只是给游客增加了一道道"小品"而已。

"第一缕曙光"当初原是个很好的创意,又为何变得像一场闹剧? 沪上某大学旅游管理研究所的一个旅游博士说:"国内目前在旅游产品的设计方面确实存在着克隆和一窝蜂现象。千人一面的'大路货'肯定不会受到特别青睐。"曙光节后,科学家也出来讲话了。上海交大一个科学史系教授说:"关于第一缕阳光先落何处的争论,在科学上几乎没有任何价值,有的只是商业上的价值。""作为一个旅游者、消费者,花很多钱千里迢迢赶到那些地方去,值不值得呢? 如果你到泰山或海边去看新世纪的阳光,第一缕、第二缕、第三缕又有多大区别呢?"说得多么透彻啊!

"光"里斗法的结局,大概无需再多赘言。但不知"斗"第一缕的叫卖"阳光"者,有没有算过一笔账:银子是大大滚进来了呢,还是滚出去了呢? 在那些偏僻荒凉的山顶上去造饭店、建碑亭,抛出成百万、成千万"银子",到底有多少实际价值呢? 你那些地方观阳光,难道能超过令人神往的泰山、黄山、普陀山吗?

(2001 年 4 月 6 日)

评两种"上当"

一听到报名参选可以当明星，少男少女最容易上当。尽管诈骗者的手法那么雷同，要往这个"瓮"里钻去的还是不乏其人。诈骗者像煞有介事地装扮成"张导"、"李导"的，虚拟起一个什么电视剧剧组，宾馆包下一个房间，打一个广告招人试镜、做小品，自然少不了要缴"报名费"、"试镜费"之类。然而，当那些花季少女正焦急地等待回音时，那些什么"导"早就逃之夭夭了。

据新闻媒体报道，最近在杭州被抓获的一个"杨导"，竟以所谓的《剑客》摄制组名义，在短短 10 天里骗了百名少男少女。一位应试者做了一个节目后，就被"录取"了，要她赶快去"签约"、交2000 元保证金时，她才感到不对，哪能这么容易就当上演员？后来请公安查一下，终于揭穿了这个花招。原来这个"杨导"是个安徽籍青年，伪造了委托书，私刻了摄制组公章、财务专用章，地摊上买了发票，就在杭州大摇大摆地招起演员来了。这也只是诸多骗局中的一个故事罢了。

然而，除了上面这种上当，还有比这更温柔的，故事也就复杂得多。如名为选"幸福少女"的创举，比起"杨导"那种招演员是很"雅"的。这绝对是够格的大牌导演，正规的电影剧组，数路人马飞来飞去,更有媒体连篇累牍助阵,那些花季少女自然被"吊"起了"胃口",千万不能错过了去"幸福"一下的机会。于是,有的为此放弃考试,有的辞职去面试,甚至有为"幸福"而流落街头也无怨无悔的。其实,这些向往"幸福"的少女哪里知道大片导演葫芦里卖的"药",早就胸有成竹。这样大海里捞针式的去选"幸福少女",只不过是一次做秀和炒作。

选拔"幸福少女"揭晓后人们才清楚,原来大导演要的是脸蛋有一定模型的、科班出身的演员,并非普降"幸福"甘露。当然,设身处地替大导演想一想,一部电影的重要角色,总不能找一个光有靓丽脸蛋而毫无演艺经历的人。可是,"早知如此,何必当初"!天真的少女啊,"幸福"早就注定要从你身边擦肩而过的,说穿了,你不过当了一次"陪选"而已,也同样是一次上当,只是温柔一点、雅一些罢了!

少男少女由追"星"到想当"星",并非只是现今的时尚。远的不说,就连大家熟知的《红楼梦》里的贾宝玉,也是一个"追星族"哩!你看他见了"唱小旦的"蒋玉菡,那个热情样真够劲的,先是问他:"也是你们贵班中,有一个叫琪官儿的,他如今名驰天下,可惜无缘一见。"当蒋玉菡回答"就是我的小名儿"时,贾宝玉真是受宠若惊,欣然跌足笑道:"有幸,有幸!果然名不虚传……"连忙将一个玉块扇坠相赠,就差点上前拥抱和接吻了。可见,现在的花季男孩女孩上当受骗也就不奇怪了。

自然,不能把大牌导演和上面提到的那位"杨导"相提并论。但从少男少女"上当"这个角度看,虽然形式不同,实质是一样的。"杨导"是急吼吼要来者"上钩",赤裸裸地骗取钱财;而大导演则娓娓道来,温柔有加,选"幸福少女"的戏,是一幕一幕展开的,让你一步一步"进戏",甜甜蜜蜜地期待,手法当然比那个"杨导"高明多啦!然而,最终揭开"谜底"的时候,大导演却亵渎了多少少男少女的信任和仰慕呢!

(2000 年 9 月 19 日)

不妨编一本《怕鬼的故事》

20 世纪 50 年代何其芳编过一本《不怕鬼的故事》,我看现在信神信鬼的这么多,且有一些干部参与其中,倒不妨编一本《怕鬼的故事》,从反面来看看那些因怕鬼而落入陷阱的丑态,这也是一种警醒。

散文家董桥说:"现代人嘴里说不信鬼神,心中布满鬼神。"这话真说到家了。不但是现代人,而且其中的所谓一些"精英",你别看他表面上一副正人君子模样,肚子里却塞满了鬼。这些人肚子里鬼影憧憧,一遇适当的时机,终究要一个一个跑将出来,由"鬼影"而变为一个个活生生的形象。

鬼和迷信是"双胞胎",其"长兄"则是神。新近见诸媒体的一个原河北省副省长丛福奎,贪污受贿被揭露后,其迷信活动也大曝其光。此公身为高干,家中却设佛堂、供佛像。专案人员要他交代问题,他却在一张纸上连写 13 遍"佛话":"揭谛揭谛、波罗揭谛,菩提萨波诃……"意在祈求保佑,消灾免难,甚至盘腿坐床,双目紧闭,念念有词,可谓丑态毕露!

无独有偶。报载某省一家名为"春都"的企业破产,缘于被"算命大师"搞垮。该企业大到人事任免、投资决策,小到领导出差方向、办公室的门朝向,都要"大师"看看凶吉。可见,迷信已深入到企业的肌体里,更布满在人的脑髓中。

也许人们很难想像,社会主义的共和国已建立半个多世纪,迷信活动何以还在一些人中如此盛行?其实怪也不怪,从唯物主义观点来看,意识形态总有它的长期性和顽固性。受了多年唯物史观教育的一些当"官"的,为什么连这一点都弄不清楚呢?他们身在共产党内,当的是人民的"官",脑子里想的却是神、是鬼。买官卖官可能是羞羞答答、半公开的,当然也有赤裸裸交易的,但烧香拜佛求菩萨升官的、得了官而进佛殿还愿的,却是"温温柔柔"隐蔽着的,只有你知我知神灵知,"天机"不可泄露!迷信幻想的内核,透视出为官的人生价值取向。堂堂一个省级干部丛福奎迷信活动搞到了如此猖獗的地步,决非一朝一夕形成,而是"冰冻三尺"。

马克思说:"人把自己越多地寄托给上帝,他自己保留得也就越少。"很好,我们的老祖宗在这里提出了一个"寄托"给谁的问题。无疑,像丛福奎之类把求官受贿、谋划解救寄托在他心中的"上帝"——封建迷信上面,不但失却了"自己",而且陷入灭顶之灾。尽管他平时在家中设佛堂,供佛像,紧要关头念咒语,虔诚之极,却"保佑"不了他所干的那些坏事不被曝光。原因非别,迷信是沙滩,是死水,是并不存在的幻境,寄托在那上面,岂能赐你什么"官"位,身陷囹圄又怎有起死回生之术?

科学和迷信水火不相容,纸包不住火,迷信救不了贪官。也许有人说这些连小民也懂得的道理,何劳你去向一位"高级干部"说教,但事实就这么严峻,一个走火入魔的"高贵者",哪里及得上一个头脑清醒的"卑贱者"。只有寄托在科学的真理之上，寄托在人民大众身上，不作爬在人民头上的"官"，而为人民大众办事，那才是最坚实可靠的。鲁迅早就说过："科学者，必常恬淡，常逊让，有理想，有圣觉，一切无有，而能贻业绩于后世者，未之有闻。"

（2002 年 6 月 7 日）

"放"与"派"

　　国人历来善于创造词汇,内容丰富多彩,乍听怪不习惯,久而久之,也就约定俗成了。譬如,那会儿"失业"叫"待业",现在则称"下岗"了。再譬如,生产的发展总有增长或减少,增长这个词不必去找"别名"的,而减少在见报时要称"负增长",但读者是心知肚明的。这些都不去说它了。

　　本文倒要说说"放"与"派"这两个词。同样是干部下到基层去锻炼,从前叫"下放",现在则叫"下派",这大概是区别不同路线时期的叫法吧!说起下放,那是把作为"臭老九"的知识分子打入"另册",完全是一种惩罚手段,经历过的人无不有一本"苦难账"。现在的干部下到基层锻炼,与过去的下放有着本质的不同,是一种培养提高的手段,因而称作"下派",原是有道理的。那还有什么好说的呢?

　　先是望文生义,想想"放"和"派"两个字,字义也不同。翻了一下字典,放,果然有豪放、旷放之含义,但主要的意思是放弃、放逐,乃抛弃、驱逐吧。当然,在那极左的年头,对一帮"臭老九"不只是放弃、放逐,还要叫他们"下"到泥土深处才甘休。"派"字则无多大别意,主要是委派、委任,即使下到哪个基层,人家都知道你是上面派下来的,说得文雅一点,"来锻炼锻炼的,迟早要回去",说得俗一点,"来镀镀金的"。人们戏称被派的地方是"黄埔军校",也是不无缘由的。

这些议论虽有偏颇,甚至误解,但也说出了人们的某种忧虑或一些弊端。把干部下派到基层去锻炼,让他们在改革开放第一线去创建功业,增长才干;与工农群众打成一片,从他们身上汲取养料,确是培养干部的一条有效途径。许多下派干部正是这样做的,因而取得了为人民担当重任的某种"资格"。但也不可否认,某些被下派去的同志,到了基层以后,不是去经受锻炼,而是去做官当老爷,学到了一套官场的坏作风。

从前放下去的连当个"蚁民"都不够格,现在派下去的是去领导人的,所受的待遇自然是天上地下。被派者本身处于领导的核心地位,在一个地方可谓一言九鼎,举手投足,无不带着权力的痕迹;再加上官衔在身,所到之处,前呼后拥,甜言蜜语,更有不可言传的某些特殊待遇时时向你袭来,凡此种种,如果没有一点自制力,不弄得晕晕乎乎,才是怪事哩!君不见,有的下派去的,成天住在宾馆里,泡到酒席上,周末小车飞回城,或找批哥儿们公款"小乐惠"一番……一年两年,时间一到,打道回府,至于为当地老百姓办了多少事,自己锻炼提高多少,那只有天晓得了。更有甚者,被权力的染缸浸泡,被"派"进了"大牢"里面,也绝非是个别的。

下放的时代虽已过去,但它留下的累累伤痕却是短期内消失不了的。父兄辈那时所受的苦难,可说是记忆犹新,但毕竟替后来人肩扛了历史的重负,后来者总要比前人幸福得多,这

是历史的必然。而被下派的人首先要珍惜这种来之不易的
机遇。

（2000 年 3 月 28 日）

敢摸烟"屁股"吗？

俗话说"老虎屁股摸不得"，这就是说，一旦摸了就有被老虎吃掉的危险。那么，烟"屁股"就摸得吗？也未必。敝人倒是想摸一摸的，当然只是想写点批评文字而已，但友人忠告曰："摸不得，摸不得也！你写了也没有哪家报纸敢发，损了财政收入谁负得起责任？"想想也是，写了也白写，何必劳心费神；当然也有点纳闷：怎么摸烟"屁股"也像摸虎屁股一样危险？或者说烟"屁股"也成了"老虎屁股"？

但不摸烟"屁股"总有点不甘心。敝人历来对烟敬而远之，无冤无仇，但烟之危害也略知一二。之所以想摸一下烟"屁股"，只是看到烟的攻势实在凌厉，充斥媒体广告，而且常常涂着一层保护色，堂而皇之，招摇过市，深感有摸一下烟"屁股"之必要，5月31日第12个"世界无烟日"又鼓起了这股勇气。

忌烟与崇烟原本难解难分，势均力敌。一方面，高呼"为了健康，放弃香烟"，"请放下你的'烟枪'"，媒体惊呼"本市控烟现状不容乐观"（上海），成千上万的人在"珍爱生命，远离烟草"的横幅上签名；有的政府还在"世界无烟日"明令禁售香烟一天，可谓声势浩大；但另一方面也决不示弱，你看，"大红鹰——新时代的精神",以套红连续出现在报上显著地位;"利群——永远利益群众"则在电视屏幕上天天嚷叫;至于一些会议、赛事、论坛的群众性场面,也可说"大红鹰"无所不在……

其实,被包裹着美丽外衣的这些广告,读者和观众心里是明明白白的:"大红鹰"是什么样的"新时代的精神"? 利群,是真的永远利益群众吗? 统统是变相的香烟广告。谓予不信,请看最近一张演出说明书,"大红鹰"才亮出了真相:冠以"新时代的精神"标题下,印着一包红红的香烟,一只昂首的雄鹰衬以醒目的"大红鹰"品牌,呵,原来如此!

那么,谁都清楚的这点小小的伎俩,为什么能让它天天向群众灌输呢? 说穿了,谁也离不开"大红鹰"。你明明是香烟广告,还美其名曰:"新时代的精神"、"永远利益群众"。我们的媒体成了被金钱捆住的"巨人",既要大张旗鼓地宣传戒烟,又要乔装改扮让"大红鹰"隐隐召唤烟民,这种矛盾的表现,既抵消了戒烟的力量,也损害了媒体自身的肌体。这也就清楚了为什么不敢摸烟"屁股",其实就是不敢摸金钱的"屁股";烟的威力实质,就是金钱的威力。如此而已,岂有他哉!

"世界无烟日"是世界性的行动,足见烟草危害之烈。无论是发达国家还是发展中国家,都已认识到烟是"无情的杀手"。我国是卷烟消费量最大的国家,占全球市场的百分之三十一。我国目前有烟民 3.2 亿,占世界吸烟总人数的四分之一,尤其是青少年吸烟的势头还在增长。也许,这些数字是枯燥的,然而它的内涵却是惊人的。媒体应该是精神文明的卫士,面对烟草商的金钱,与几亿青少年的健康,孰轻孰重,是最明显不过的,更何况,对香烟广告国家又有明文规定,切莫再用隐性广告来为香烟涂脂抹粉了,应该用公益广告打出"珍爱生命,远离烟草"八个大字!

(1999 年 6 月 28 日)

从"黛奶奶"说到"黛妹妹"

  一部"红楼"真有说不尽的故事。现在又因复排舞剧《红楼梦》，围绕着 56 岁的陈爱莲该不该主演林黛玉一事，传媒"炒"得沸沸扬扬。

  林黛玉，人们习惯上称她为"林妹妹"，这会儿怎么忽然称作"黛妹妹"了呢？这原本是惯于创新的某些传媒把陈爱莲尚未亮相的林黛玉称为"黛玉奶奶"，不乏诙谐，相应的当然有个"黛妹妹"了。

  的确是够"悲哀"的。陈爱莲这把年纪，当然只有"抱孙儿"的份儿了，却还别出心裁地去搞什么舞剧精品《红楼梦》的复排，以致引来一片戏谑之声，甚至女士原该保密（演员尤甚）的年龄"56 岁"也被传媒大喊大叫。这或许是自作多"情"，老妪扮少女，引来一枚苦果；或许是"舞"心难改，"蹈"志不移。

  据说，这出尚未亮相的舞剧"卖点正好是令陈爱莲忧伤的'56 岁'"，引起人们兴趣的是快去看"老太太"演"黛妹妹"。这个悲哀的 56 岁，忧伤的 56 岁，像压在箱底多年而又拿出来剪掉两只裤管当时髦的"牛仔裤"！未来观众对陈爱莲最兴高采烈的话题可能是"怎样减肥"？却涌出个"黛玉奶奶"的喜剧效果！

　　然而,"不识相"的陈爱莲一点不忧伤。她充耳不闻"56",并振振有词地对记者说,苏联芭蕾舞大师乌兰诺娃年过 50 还演朱丽叶,移居美国的苏联舞蹈大师普列辛斯卡娅 70 岁时还演《天鹅之死》……"这些不可多得的精英,一直是鼓励我继续前进的榜样"云云。这下传媒又热闹了,这个说:你已人老珠黄,还要压制年轻人! 陈爱莲似乎针锋相对,比起那些世界级大师,我还年轻哩……

　　岁月流逝,是谁也无法改变的自然规律。陈爱莲"56",最好减去 10 岁、20 岁、30 岁……退回到《红楼梦》中林黛玉的年龄,真正由"黛奶奶"变为"黛妹妹",但那不过是"梦"罢了。但是,如果能以扎实的艺术功底,加上心理年龄不老,舞台上还是可能出现一个"黛妹妹"的。当年梅兰芳大师就以 65 岁高龄演过《穆桂英挂帅》,无论唱腔、身段、做功,无懈可击,堪称典范,好像也无人非难他的"花甲之年"。逝世于 1961 年的梅大师,除了晚年坚持舞台实践,还带出一批梅派传人哩! 当然,这些可能都是"过时"的扯淡了。

　　从最近传来的信息看,"黛奶奶"陈爱莲也好像不是独"霸"舞台,替年轻人还是想得蛮周到的。她认为"延长舞台生命也是培育新人的一种方法",而且相信"年轻人会青出于蓝而胜于蓝"。这次复排的整台演出,除她而外都是新人,年龄均在 14—25 岁左右,仅"黛妹妹"这个角色就有 4 位演员,另外 3 人中,一个二十多岁,两个十几岁……由此看来,"黛奶奶"还是真心实意地在培养"黛妹妹"的。

　　能延长舞台生命吗? 这得看实力。舞台不相信怜悯。如果身材已像"柏油桶"那样笨重,那肯定让人倒胃口的,不如趁早"收摊"。而从陈爱莲"我为什么不能演黛玉"的话中听音,情况并非如此。当然,"百闻不如一见",陈爱莲塑造的到底是"黛奶奶"还是"黛妹妹",还得看过表演再作定论,如果断定它的热点是忧伤的"56",似乎还过早了点。

青春是美丽的,艺术自然是青春的事业。然而艺术也并不是简单化的吃青春饭。56 岁的不必忧伤,他们也有过 16 岁的花季;16 岁的不要自得,你们也要走向 56 岁。因此,不论是"黛奶奶"还是"黛妹妹",还得相互多一点理解与宽容,我们传媒的"立足点"大概也应从"快去看老太太演林黛玉"转到这上面来才好。

(1997 年 8 月 22 日)

《从"黛奶奶"说到"黛妹妹"》续篇

围绕56岁的陈爱莲复排舞剧《红楼梦》，去年曾引发一阵快去看"老太太"演"林妹妹"的议论。笔者曾为此写过《从"黛奶奶"说到"黛妹妹"》一文，近日陈爱莲到杭州来了，于是有了这个"续篇"。

从媒体报道得知，陈爱莲这次到杭州是担任全国第四届舞蹈比赛的评委。尽管她没在舞台露面，记者还是抓住她谈《红楼梦》这个老话题，以《年近花甲演"林妹妹"，行吗?》为题作了长篇报道。文章说："在北京重演《红楼梦》时，有不少观众带望远镜入场，就是为了找林黛玉脸上的褶子。"可是观众在台下争论的却是"台上是不是陈爱莲"，甚至看了演出还认为台上"明明是她女儿"，种种笑话，不一而足。结果演出8场，好评如潮。

好了，"卖点"是否"忧伤的56岁"? 总算有了一些答案。陈爱莲演的是"黛奶奶"还是"黛妹妹"? 实践证明，某些人的"忧伤"是早了点。

对陈爱莲的议论自然还会继续下去，但对某些媒体的文艺评论倒可以作些思考：要么是捧杀，即使戏还在"娘肚子"里，就断定"出生"后定是"精品"，要得"大奖"的；要么是扼杀，戏还没看，就大做"年龄"文章,冷水一盆盆浇,惟恐不熄火。如果看了演出,加以评论,仁智各见,倒也罢了。问题是,演出不看,操刀乱舞。这次茅威涛演《孔乙己》,也是议论纷纷,不是说削去一头青丝是为了"炒作",或是说风流倜傥的女小生演不好穷困潦倒的孔乙己。结果一演出,轰动上海滩,叹服这是一出惊世骇俗的好戏。陈爱莲情况也相似,台还未登,就断定她演的"黛妹妹"是"黛奶奶","卖点"是去看"老太太"热闹的。呜呼,艺术家成了他们手中的一团面,可以随便捏来捏去。经过 8 场演出,陈爱莲说:"舞台是大家尽情施展的地方,我没有压制任何人,别把我推到历史审判地位。"这话既悲凉又坦然。

对艺术家还是宽容一点好,尤其对那些实力不凡的老艺术家。他们也是"被耽误的一代"。他们在年富力强时被剥夺了演出机会,可以说壮志未酬。天朗气清后,凭着对艺术的虔诚,他们总想补回失去的时间,重登舞台,大有"艺不惊人死不休"之慨,也想以此培育后人。陈爱莲并没有霸占舞台,她演的林黛玉只是四个中的一个,就说明了这一点。77 岁的老格林近日重登太空,好像也没有人说他"发疯",媒体也不挖苦说"这老头儿活得不耐烦了",而是一片赞扬之声。蓝天之大,自然还容得下一个"格林";而我们偌大的舞台,怎么就挤不进一个陈爱莲呢?

我们的"笔杆儿"常喜欢用自己的幽默和俏皮去揶揄一些老艺术家,似乎这样才过瘾。如把老艺术家比作剪掉两只裤管的牛仔裤当"时髦",牛仔裤"包装"不出青春来,等等。如果把牛仔裤比喻成一种新事物的话,那么,让老年人弄条牛仔裤穿穿又何妨呢,只要穿得得体就可以了。当然,一些老艺术家能不能登台也不能一概而论,一要看有没有实力,二要不挤年轻人。如果无此两条,硬要撑着去表演,弄不好便丢丑,只会自讨没趣,让捧场的人也会尴尬。艺术是无法掺假的。舞台不相信眼泪,自然揶揄也难不倒舞台。

(1998 年 12 月 4 日)

买个"不像"的尴尬

现在年轻人结婚拍婚纱照不是一张两张,而是七八张、十来张。价格当然不菲,不是一百二百,而是一千两千,甚至上万。这自然是生在这个时代的幸福,我辈望尘莫及。

但看了一些年轻人的婚纱照,虽是五颜六色或坐或立,或搂或吻,千姿百态,但总有些纳闷:怎么不是原先的模样,像是变了个人。虽心有存疑,也怕"用老眼光看新事物",只能以"艺术比生活高"来解惑。

近日看到沪上新闻媒体一则报道,解开了我的疙瘩:"上海新婚夫妇开始厌倦'不像自己'的婚纱照。去年下半年以来已有20多家影楼停业,约占现有总数的五分之一。""人们厌倦的原因是拍出来的照片,美则美矣,却千人一面,缺少特色。"

年轻人拍婚纱照留纪念,正像流行歌曲所唱"一生只有这一回",旁人原不该说三道四,"只要自己喜欢就是了"。所拍一二十张相片,摆在床头的相夹里,钉在墙上的镜框里,插在精致的相册里,终究给喜庆气氛留下了痕迹,也是值得的嘛!然而,看来看去,家家如此,千人一面,也就不大有味道了。有的照片,经拍摄者导演,发型一变,装束一改,把原有的"我"几乎弄得荡然无存。

更难堪的是,因为要摆出新郎新娘的架势,增加了不少添加剂:原本清纯可爱变得搔首弄姿,本来潇洒大方却成了袒胸露肩,摇来摆去,来回折腾,竟把本来的气韵都赶跑了。

对于照相之类,鲁迅在半个世纪前就专门作过描述。他在《论照相之类》一文中说那时人的照相,"旁边一张大茶几,上有帽架,茶碗,水烟袋,花盆……人呢,或立或坐,或者手执书卷,或者大襟上挂一个很大的时表……""雅人早不满于这样千篇一律的呆鸟了,于是也有赤身露体装作晋人的,也有斜领丝绦装作 X 人的,但不多。较为通行的是先将自己照下两张,服装态度各不同,然后合照为一张——名曰'二我图'。"今天来读这段文字,真令人发笑,但那时的人想改变千篇一律的照相模式,结果又弄到另外一个极端去了。如今小姐郎君所拍婚纱照,原来也是走出了过去双双呆坐的结婚照模式,当然是一个进步。然而,用成千上万的钱拍到一二十张,多则多矣,美则美矣,结果却反而弄得不像自己了,是否与从前的"雅人"扮作"晋人"、"X 人",抑或成为"二我图"有异曲同工之妙呢?

照相当然是美的记录,但总应以拍出气质神韵为上。而用婚纱、胭脂为支撑,搔首弄姿,装腔作势,怎么能像自己呢? 花数千上万元而买个"不像自己",总不免尴尬吧!

沪上新婚夫妇已发现了这个"不像"而开始厌倦了,不知别的城市热衷于拍此照的新婚夫妇和准新婚夫妇有没有这个感觉?

(1998 年 4 月 24 日)

当代"冯煖"的感慨

"长铗归来乎,出无车!"古之豪士冯煖,虽一时沦落寄食孟尝君门下,也很在乎坐车的。拥有食客三千的孟尝君,倒是十分大度,并不因为他的部下说冯"无能"而予以拒绝,却"笑而受之",曰:"比门下之车客,为之驾。"就是说,冯煖如果出去要车,照开"绿灯"。

今之"豪士",同样为车所困惑。除非你是腰缠百万的"大款",可以自己买车,有各类"总经理"帽子的也不愁无车,再就是以"官"级论车。作为"士",即使像冯煖那样的"打秋风",也无济于事,不知现今的"孟尝君"在何处?据闻,年逾古稀的我国邮票设计大师孙传哲,就是在两年前因为外出挤公共汽车时,人未上车就被撞倒在地顿时殒命。一些上了年纪的老专家、学者、教授,也可说是今之"冯煖",或因外出参加科研活动,或因治病上医院等,因"出无车"而无法成行者,也绝非个别。

如今,轿车已成为某些人手上的一张"名片",是身价和气派的象征。"不论官多大,都买桑塔纳;不管哪一级,都要坐奥迪。"没车的,千方百计钻进"有车者"队伍;有车的,则想尽办法换上响亮的名牌;如碍于某种坐车档次之规而无法逾越,便在车内搞豪华"装修"……曾经看到《南方周末》一幅名为《缺口》的漫画很有意思：画面上是用100元的钞票码起来的一堆"某地财政"之墙，中间所挖缺口是一个"轿车型"的空白，曰"教育拨款"。其实，何止用教育经费，连拿救灾款、扶贫款去购置轿车者，也屡有见诸报端的。

当然，并不把轿车视为权力气派者，也大有人在。据报载，年营业额八亿元的沈阳和光集团有限公司的总裁们平时不坐专车。他们说，养车不如租车合算。有5万职工、42亿多资产的江西第一大企业新余钢铁公司去年封存了40多辆进口高级轿车和一批"大哥大"，仅此一项即可节约1000多万开支。诸如此类见诸报端的事实，决非企业家的"精明"。谁不羡慕自己有车，于公事之外，钓鱼游览、婚丧祭扫，说走就走，优哉游哉！对握有几亿、几十亿资金的企业领导者说来，要辆车可谓唾手可得，也名正言顺。然而，其可贵之处正是在于握有权力而不轻易使用权力。

群众是通情达理的，说战争期间毛主席和其他领导人还要单独一匹马哩，谁会有意见呢？可见，今天说车，无非是说要用在"刀口"上，对那些有贡献的、有成就的"士"，就应该给予一"车"之坐。对必要的公务和外事活动，当然要讲轿车的品牌、档次，这是国家的"名片"。中俄等五国元首曾经在上海聚会，140多辆国宾车队中有卡迪拉克、奔驰、奥迪等各种型号豪华轿车，叶利钦总统还专门从莫斯科空运三辆专用防弹车到上海，这种空前规模的国际性活动，"车"不能不说是一次国家"实力"的展示啊！

（1997年7月4日）

"瓜皮帽"为何而来？

通常说的"瓜皮帽"，似乎是指遗老遗少的一种特征。而这里说的则是一位影坛"大腕"，因为她的拿手戏是头戴瓜皮帽，一手持扇，一手执话筒，唱着《前门情思——大碗茶》登场……诸暨、义乌等地观众上月有幸一饱眼福，"大腕"像是真的越来越深入基层了。

据传媒报道，上月 18 日在义乌演出，一开头就令观众尴尬："瓜皮帽"掀起"盖头"的第一句话便是："我是第一次到这种地方演出……"似乎"这种地方"原不配"腕儿"来的，来了只是"慈禧"的"恩赐"。撇去这不说，据笔者记忆，1989 年这位"腕儿"就到过与义乌类似的丽水、金华"这种地方"，本报还发过一篇《"大明星"掠过浙南》的文章，披露当时高价演出的内情。

到义乌"这种地方"，当然还要抬出她的"注册商标"：不接受采访；不与任何陌生人接触；不准摄像；不准拍照，当然也包括不准合影……据说，她在台上演出时就当场指责了几位"不知趣"的摄像拍照者，有的当即被逐出有效区域，俨然一副"老佛爷"御驾巡幸的神态。这真让人弄不懂了：你深入到"这种地方"来，是要把艺术带给群众，还是要群众像电视剧中那样奉你为"陛下"？这种把自己与观众隔离得越远越好的举止,同今年文化部组织的一批著名艺术家深入老区演出,与群众鱼水相亲的场面,反差何其大。看来,"腕儿"之所以有兴趣不远千里一站站奔波而来,正如一位媒体同行在报上撰文说得好:"在小地方挣着大地方挣不到的钱,又在小地方摆着大地方摆不得的架子。"真正一针见血。

有"几不准"的"注册商标"挡架,搬来的大概是艺术精品了。其实真是天晓得。除了几年一贯制的《火烧圆明园》《垂帘听政》中的对白;《白毛女》《天仙配》里的选段外,着力的还是传授保持青春的"秘诀"。明眼人很清楚,"醉'腕'之意不在'戏'",难怪一位看惯此类表演的观众提前报告:"你们看着吧,又要做广告了……"果不其然,"瓜皮帽"开口了:"我都是用自己的名字命名的××牌化妆品,你看我用了5年,就可以演武则天了……"对此,其实她自己也很心虚。她问一位看罢《小花》的观众:"你花钱买票来看的是我,还是电影?""我是不是还像10年前那么年轻?"不是靠自己的艺术而是靠一张脸,靠打扮得像小姑娘那么年轻来吸引观众,悲哉呜呼!

杭州俗语中有句话叫"越舞越兴"。你越要围着他转,他越要拉开架势,奇货可居;你不把他当回事,他就未必有这么好的自我感觉。几年前,这位"瓜皮帽"也曾到杭州演出,事先也昭示几个"不准",其中自然有"不接受采访"一条。记者们泰然处之,曰:"我们并没有想采访她啊!"于是,"腕儿"就难耐寂寞,转而又主动提出,要"同记者聊聊天"。

人家肯出大钱把"瓜皮帽"接到"这种地方"演出,那是人家的事。局外人似乎毋需说三道四。然而,"瓜皮帽"除了做广告、推销化妆品外,把"陈年百古"的节目像煞有介事地塞给观众,那还是可以议论几句的。不要再把观众当"阿斗"啦,靠一张脸还能兜售到何时? 其实,群众的心里是最明白不过的。对这位"腕儿",杭州的记者就曾不予理睬;有的领导拒绝观看高价演出;金华的记者也敢于撰文掀起她的"盖头"……可见,对付拿腔捏调的"瓜皮帽"还是有办法的,她的那套"几不准"也只是吓唬吓唬老百姓的。当然,说是"不合影",结果还是与"这种地方"的一位老板合了影的。上月,她在浙江兜了一圈,观众问:"你现在除了离不开化妆师毛戈平外,还离不开谁?"——妙极!

(1995 年 9 月 20 日)

何必"抱"在自己身边

　　抱在手里，含在嘴里——从幼儿园到小学、中学，以至上大学，还舍不得让子女充分自立，人们称之为"抱大的一代"，这样抱下去抱到何时呢？按照一般的见解，抱到中专或大学毕业，找个合适的工作岗位，总该像长硬翅膀的鸟儿一样，让他独立飞翔了吧。不，还不行，这种"抱"的过程依然在新的条件下进行。

　　想办法把子女"抱"在身边，"抱"在与父母同一城市，那已是司空见惯的"理所当然"。现在是这还不过瘾，抱得越近越好，顶好抱到自己单位里，抱到自己权力可以荫及的职位上，抱到可以进入"第三梯队"的有效视野里。为此，虎狼抢不去，同类啄不着，像老母鸡的翅膀底下护着的小鸡，这才放心了！由于这种"抱"，使子承父业，女继母位的"垂直遗传"变得天经地义了。卫生局长的女儿医大毕业了，"抱"到老婆医院里；文化局长的儿子戏剧学校回来，到妻子剧团安排；当经理厂长的将儿女塞到自己身边当科长、办公室主任，在即将离退休之前，不忘苦心把自己的子女放到后备干部名单里，站完了"最后一班岗"……

　　怜子之心，爱子之情，人皆有之。没有一个做父母的没把子女抱在怀里过。即使子女年长了，成人了，抱在一起，其乐融融，从传统伦理上说,也未尝不可。何况,现在早不是那个父母进"牛棚",子女下边疆的年代了。倘有真本实力,又"专业对口",来点父子搭档、母女同行,往往会引出佳话。如电影演员陈强与儿子陈佩斯同演《父与子》,妙趣横生;茹志鹃与王安忆母女同写小说,誉满文坛;侯宝林与侯跃文合台演相声,令人捧腹……但是,这里的前提是当子女的确实有了同父母"比肩"的本事,甚至"青出于蓝又胜于蓝",完全是顺乎自然的。如果不是这样,而是运用各种"法道"把子女捏在一起,抱到一道,还不出足洋相?艺术的舞台是硬碰硬的,不像政治舞台的某些角落,往往要看老头子呼风唤雨的本领,很有点"好风凭借力"的味道。这样,老子抱儿子、儿子抱孙子,生生不已地抱下去,这就令人忧虑了,人们担心如此不已,裙带风会发疯一样地刮起来,政治清廉的透明度越加难了。

着力把子女抱在身边使用的,当然是要手中有点权柄的,在这点上,我倒以为有点"今不如昔"的。五十年代遇到夫妻、子女在一个单位共事这种事,是力求避嫌,尽量设法调开的。即使在旧社会,在这点上也有许多明智之士的。这可以请出一位老先生来作证。他姓张名元济,浙江海盐人,赫赫有名的近代出版家、商务印书馆元老。三十年代初,张老先生的儿子树年从美国留学回来,张老就反对"藉父兄之余荫",把儿子安插在自己身边。他对儿子说:"你进商务有三不利:一是对你不利。你若进了商务,必然会有人吹捧你,你就失去了刻苦锻炼的机会,浮在上面,领取高薪,岂不毁了你的一生。二是对我不利。父子同一处工作,我要受到牵制,尤其在人事安排上,很难主持公道,讲话无力。三是对公司不利。你进公司,这将开一极为恶劣的先例,必然有人要求援例。大家都把儿子塞进来，这还像什么样的企业。"他的儿子终于放弃进商务，去干别的研究工作了。

张老先生是半个世纪前的人，但他的清醒、达理、明晰，则胜于今天某些糊涂的"抱"儿女者。在这里"抱"之弊端，逐个分析，可谓明快矣！事实上，抱来抱去，靠老子吃饭，蹲安乐窝，会得"软骨病"的。如果本不是当官的料，也非要在老头子的羽翼下去挤一把"交椅"，无异于把自己放到炉子上去烤。有志者，怕也未必会甘愿把自己当成父母的私有品被长久地锁在"摇篮"之中的。当然，今天热心于"抱大"事业的人，比当年张老先生手中获有更大的权力，权力的实惠似乎比规劝的箴言容易接受得多，那怎么办呢？看来最好的办法还是定出几条法规来，让为大众服务的权力，从为"家族"服务的束缚中解脱出来，回到大众中去！

（1987 年 5 月 8 日）

一则泄洪新闻引起的议论

　　气候异常，长江中下游接连大水，党中央、国务院紧急指示"防御特大洪水"，沿江军民奋身抗洪抢险。这些自然会成为报刊的重要新闻题材，而报刊的新闻，也自然会传达举国上下的关切、奋战、顾大局、同安危的心情。这是毋庸细表的了。然而也有别样心情和别开生面的报道。比如有家报纸在头版登了一个加框的、独家采写的专电新闻，标题曰：《新安江电厂大坝昨起泄洪万余群众观赏奇景》，电文劈头第一句就是："黄河之水天上来"的"瑰丽雄奇的景观"……"真实地再现了"。接着便是"好似千万条狂怒的巨龙，挣脱群山和大坝年长月久的封锁，奔腾呼啸地冲向滚滚东去的大江"的描绘，并赞叹这是"足以令人惊心动魄的人间奇景"。还渲染了"当地万余名群众怀着寻奇探胜的心情，分聚在两岸山腰上尽情观赏"的气氛。幸而文末有一句"泄洪是降低水位，保护堤坝安全的必要措施。省、市、县党政领导人和有关单位负责人在现场参加泄洪指挥"。否则，真会使人不知是什么心肠人发来的专电了。

　　尽人皆知，在"新安江大坝泄洪"的背后，是揪动人心的灾情。新安江大坝，十七年来平静蓄水，由于近来连日暴雨，水位猛涨，大坝面临险情,下游地区危在旦夕,如今为了保全大局减少损失,不得不忍痛泄洪。在这样的情景里,哪里生发出来的这种巨龙挣脱年长月久的封锁,奔腾呼啸向前的自由奔放的心境? 随着库水一分一秒的排泄,下游成万顷良田将付之汪洋,许多人被迫已迁离家园,"滚滚东去的大江"上正漂浮着青青的禾苗……这算是什么样的"人间奇景"? 即使李白再世,怕也不忍看作是"黄河之水天上来"的瑰丽奇景的"再现"的。至于两岸半山腰上聚观的上万名群众,是否会都像记者那样"怀着寻奇探胜的心情"来"尽情观赏"这"人间奇景"的,大可存疑。因为我就听到有的老百姓读了这条新闻很有点生气,说"写稿和编稿的人是'城隍山上看火烧'"。而我接触到的在现场的一些领导人都是忧心忡忡,反复衡量得失才作出决定的。倘说这新闻显露了一种"幸灾乐祸"的心情,未免有些过分,我们的记者、编辑决不至于心硬如此。但说这是观景的不知受灾的苦,两情相违,总是有口难辩的了。那些为了保全大局慷慨作出牺牲的灾民们对于这种"尽情观赏"者该给以什么样的评价呢?

过去,写新闻、写作品、看问题是很强调感情和"立足点"的。如果排除掉那种以政治需要来任意曲解和捏造事实的"左"的流毒,这"立足点"和"感情"至今还是要讲的吧。我并不是说像新安江大坝泄洪这样的新闻只能以沉重的心情来写,而不能以高昂的情调来写。只要同广大群众融成一片,安危、甘苦共之,那就会写出另一番心情和景象来。比如大坝能使特大洪水按照人民的意愿东去,这本身就是值得赞叹的。但这是洪水听命于人的驱使,而并不是什么怒龙挣脱封锁获得了自由;这是人民回天之力的表现,而并非什么大自然创造的人间奇景。

  或许有人会说,这是为了把新闻写活,增加可读性而作的一种新颖写法的尝试。尝试我赞成,但要考虑群众感情。决不能"我只管我的观赏,哪管你洪涝不洪涝"。

(1983 年 8 月 16 日,与成杉合作)

"胎记"种种

　　阳台上那盆茶花，结出往年少有的一枚硕大花朵，洁白中略带丝丝微红，恬淡、素雅。然而，这花朵却被盖在两片肥大的绿叶下面，像是含羞似的不肯抬起头来，要欣赏她的"尊容"，得低下头去，这美终究打了折扣。世界上的事物有时就是这样不遂人意。

　　这花在蓓蕾时，我原想为她动一下矫正"手术"，凑巧读了霍桑写的短篇小说《胎记》，却令我束手。小说写一位有高深智慧和幻想力的科学家霭尔玛，娶了一位如花似玉的妻子娇芝爱娜。妻子脸上有一个特殊的嫣红斑痕——胎记，尽管它纤小得只有一个小指那么大，但在这位科学家看来却破坏了美色的魅力，总希望将妻子的"这边可爱的面颊改善到十全十美的毫无瑕疵"。他研究了一种外用药水，未能奏效；继而又使用一种内服药水。作家写道，当"这个胎记的最后一丝红色——那是人非完人的惟一象征——从面颊上退色时，那个十全十美的美人所有最后一口气，也散入大气中去了，同时她的灵魂，在她丈夫左右徘徊片刻后，也凌空而去！"

　　这不是一桩谋杀案，而是一篇带有深邃哲理和讽刺意味的佳作。霍桑不愧是美国文坛巨人，他刻画人物心灵的妙手神工，远播异邦，久而弥新，这篇小说发表至今已一百多年，然而在今天的现实生活中仍可找到霭尔玛的影子。

世界上没有纯粹的美,如果霭尔玛懂得这个道理,这场悲剧自可避免。客观事物通常的情况是"美中不足",而不是"十全十美"。生活中不乏优点甚多而缺点很少的人,但更多的人常常是优缺点相伴而生,甚至难解难分。大胆泼辣,容易简单粗暴;处事果断,难免考虑欠周;态度鲜明,又往往失之偏颇。有的人虽沉着稳重,却疑而不决;态度谦恭,但缺乏主见,等等。

霭尔玛要把妻子改造得更完美,也许有他的可爱之处。现实生活中沾染了霭尔玛遗风的人,其出发点就甚为可疑了。他们细心寻找别人脸上的各种"胎记",往往是一种"东方式"的嫉妒在作祟:"你美?我能找出你脸上的'胎记'。"在他们眼中,凡是有改革和进取精神的人,大都有各种各样的"胎记":"独断专行"、"骄傲自大"、"不听话"等等。像步鑫生这样改革者的遭遇,就是鲜明的例证。人非"青埂峰"下蹦出来的顽石,而是从娘肚子中出来的凡身肉胎,难免会带着这样那样的"胎记"。即使是千里马,在有些人眼中也会有"不驯服"、"难驾驭"这样的"胎记"。可是,小小的"胎记",怎能掩盖住事物的整体!那些以寻找改革者"胎记"为快事的人,难道不恰恰证明,他们自己身上有着更严重的"胎记"吗?

霭尔玛医治妻子的"胎记"是彻底失败了!但医治霭尔玛自己"胎记"的药方何在呢?还是请出一位东方的高明医手吧!郭沫若生前在评价郁达夫时曾说:"应该用望远镜把他的优点引到我们这边来;而不是抱着显微镜去专门挑剔他的弱点!"

(1984 年 7 月 14 日)

论"劳动路小学"改名

　　"杭州劳动路小学更名为杭州娃哈哈小学"。这是"六一"前后在报上见到的一条新闻。"娃哈哈食品集团公司"出资 100 万元,改善劳动路小学教学设施,于是"劳动路小学"变成了"娃哈哈小学",似在情理之中。

　　出资赞助教育事业,自然是善哉善哉!而且像由校办工厂"发家"起来的娃哈哈食品集团公司,不忘自身的"根基",把大笔资金用来扶持教育事业,确是难能可贵。

　　然而,在赞颂之余也产生了一点想法。作为一个企业,花钱去资助别人,也许留下一个名字完全合乎情理,这本身也是一种"双向赞助",或者讲得俗一点,也未始不可称为"交易"。但是,这样的企业资助,把个企业的名字加到学校头上,就难免产生一点杞人之忧:你娃哈哈去资助劳动路小学,于是该小学变成"娃哈哈小学";如果杭州中药二厂去资助某中学,于是某中学又变成"青春宝中学";如果广东太阳神集团去资助某大学,于是某大学又变成"太阳神大学"……这样于是、于是下去,会否演化到我们儿孙辈的"履历表"上,将来介绍他们的学历会出现:×××毕业于"娃哈哈小学"、"青春宝中学"、"太阳神大学",甚而至于产生供职于"××宇宙食品研究院"、"××太空服科学院"之类。所以,窃以为,资助教育事业,还是不留企业的名字为好,实实在在地为"百年大计"出了力的,功不可没,日后总有人会来树碑立传的。试想,当年多少社会文化名流,如经亨颐、夏丏尊、朱自清、丰子恺创建或执教于上虞春晖中学,今日桃李满天下,名士布全国,有谁会想到那是"经亨颐中学"或"夏丏尊中学"培养出来的呢? 他们的名字不是和"春晖"溶合在一起了吗?"谁言寸草心,报得三春晖",无论是名称、寓意,不都是"刮刮叫"的吗?

也许,敝人之浅见乃陈腐观念,"雁过留声,人过留名",自古皆然,有什么值得大惊小怪的! 君不见,"包兆龙图书馆"、"包玉刚游泳池"、"邵逸夫医院"……不是比比皆是吗? 一点不假,有目共睹。港人台商,不忘故土故乡,把辛苦积攒下来的钱财投资到内地,建立了一些文化教育或娱乐设施,爱国爱乡之心,可敬可佩,由此而留个名字,完全可以理解。然而,海外名流捐资与我内地企业或个人赞助,总还是有所区别吧,不是引进外资(自然包括海外港台)也要有许多优惠条件吗? 再说,对医院、游泳池、图书馆之类,与学校还有不同之点,人们到这些地方毕竟去一次是一次,去两次是两次,不会成年累月置身其间,不会写在履历表上,而小学、中学、大学,一进去就要好多年时间,在人的一生中是要刻上"烙印"的,是要写在经历上的。也许由于此,包玉刚先生赞助建设的宁波大学也没有称"包玉刚大学"的缘故吧!

以上陋见,也许只是形式问题,或者是杞人忧天,但愿如此,谢天谢地!

（1992 年 6 月 18 日）

新凤霞如果不去常州

新凤霞远行了。一代才女,以她的演艺、写作称颂于世,虽然艰难跋涉,终究是达到了人生的辉煌。

凤兮,凤兮,新凤霞是笑嘻嘻进入另一个世界的。然而,毕竟去得太突然了,太早了。连她的好友黄宗江也在报上撰文说:"日前拙笔为新凤霞写一祝文,尚未及广发,伊人已匆去,寿文成祭文矣。"

如果不去常州,也许她至今还在自己的轮椅上构思写作,画案前涂抹丹青呢!

自然,历史和人生是不能"如果"的。如果可以"如果"的话,那么许多历史面貌、不少人的身世将会是另一个样子。不过,某些事情倘事后"如果"一下,也不失为"前事不忘,后事之师"。

新凤霞在京寓所静静地生活,多年来已经形成了一个规律。以她的残疾之躯,长途跋涉,谈何容易!然而,所谓盛情难却,身不由己。新凤霞生前就对友人说,常州是她一直未去过的婆家,他们欢迎我和祖光去,怎么好拒绝呢?其实,我出门实在太难了……

热情,是友谊不可少的。然而,有时也会走向反面。著名翻译家傅雷曾写信诚子说,"做一个名人也是有很大危险的。可怕的敌人不一定是面目狰狞的。"有时是"和颜悦色、一腔热爱的友情。"这个看法实在"人木三分",极为深刻。热情有时不但是个"敌人",而且是个"杀手"。在某种意义上说,新凤霞也是被热情所"杀"。其实何止新凤霞一个,像汪曾祺的突然去世,人们也记忆犹新。老一辈的名人专家,大都严以律己,以诚待人。你热情邀请他,他一旦接受,总要千方百计如约,否则,就会于心不忍,觉得有辱斯文。让我们回过头来看看新凤霞在常州的日程表,足可说明这一点。据一位叫她"阿姨"的作者写的《新凤霞的最后日子》一文中透露:

4月4日到达常州,出站时"开始在卧铺车厢内活动起那不听话的右腿,做好下车准备。"——身体有残疾,又不愿麻烦别人,精神紧张。

4月5日上午10时,参加刘海粟美术馆落成典礼。后又接受采访。"满足了每一个要求与她合影的观众要求……"——这有多累,只有新凤霞自己知道。

4月5日晚,观看滑稽戏。一结束,"她便坐在轮椅上被热情的观众抬上舞台,又对演员讲话,又和全体演员合影"——已经累了一天,还得付出超负荷劳动,此时的鲜花是否也含泪欲滴?

4月6日上午参加画家笔会,"很兴奋地在两宣纸上分别画牡丹和扶桑",分送常州大酒店与刘海粟美术馆珍藏。

4月6日中午,出席招待会。计划晚上看锡剧。"三时半,起身后又画了几张画,准备分送别人。"临行前入厕坐在马桶上,忽然人要倒下,幸被一旁照顾的小王挡住。晚6时50分入院急诊。

从 4 月 7 日至 12 日 11 时 40 分,心脏停止跳动。

从这张时间表来看,4 月 6 日到达常州后不足 3 天的活动,把虽有残疾,却是活生生的一个艺术家给折腾死了,这个"杀手"难道不是难以拒绝的"热情"吗? 它没有"狰狞面目",而是一派"和颜悦色"。也许,"热情"自己也难预料会"制造"这样的"后果",然而,这却是血淋淋的事实,并非危言耸听。

由于众所周知的原因,我国仅存的老专家、学者和艺术家已经屈指可数了。如何让他们多留存一些岁月,挽回失去的时间,保护他们,不干扰他们,这才是真正应当具有的热情。就大多数邀请者来说,主观愿望无疑是好的,总想为本地的事业增光,也表达了家乡人对名人的美好祝愿,但美好的愿望并非一定能达到好的效果。当然,也不排除那些把名人拉来拉去张扬门楣,为某件事"贴金",当"偶像",以"名人效应"为自己"增值"者,如此热情的动机便大可怀疑了。

新凤霞已经随风而去,毕竟无法"如果"了。但是应从中引起一点思索:改革开放已经 20 年,国人何时才能沉淀浮躁之风,转变"追星"之举,签名、合影、索画种种,对名人是何其沉重的负担,会把他们压垮的。爱护名人,保护名人,不干扰名人,这才是真正的尊敬名人,实实在在的热情,如此,则是名人之大幸,国之大幸了!

（1998 年 12 月 1 日）

烧来烧去"三把火"

把当领导的称作"官",这是现今百姓对"头儿"的口头语,也许经不起科学论证,但大家都这么习惯地叫,我也只能是"入乡随俗"了!

有人说,现在当官的享受多,我则以为现在的官也难当。其实,各有所指,只是视角不同罢了:为享受而当官的自然讲享受,为"难当"去当官的大概也难当。

俗话说:"新官上任三把火",为"难当"而去当官的,自然要放点"火"的,不然,就让自己去享受好啦,何必瞎费心思,引"火"烧身!

一位友人,也是一本正经要去当个"难当"的官,他觉得,人来到地球上总不能白白走一趟,既然被推上了"头儿"的地位,总要领头去干几件事的。于是,也就放起"火"来了。原先一个沉闷闷、乱哄哄的单位,几个月时间,倒也烧掉了不少懒懒散散、无所事事的风气,整顿了班子,订出了制度,工作走上了轨道。

可是,火也无情,也烧着了一些人的利益,甚至烧掉了有些人的位置。这还了得,你"三把火",我何尝没有"三把火"?一些人手中的"三把火",也对这位"头儿"熊熊燃烧起来:你一把火"烧"

出了一辆奥迪轿车,为己服务;你二把火"烧"出了一套高级房,升级换代;你三把火把个女儿"烧"出国去了。这三把火似乎有鼻子有眼睛,颇具幽默,却也离奇。一时间,悄悄流传,莫辨真伪。

这位新官,原先就是抱着"难当"而赴任的,这些自然难不倒他。他也来了个幽默的回答:我领导和管辖的十多个公司,现在又增加了一个"谣言公司"。在一阵笑声中,他理直气壮辟谣:一把火,奥迪轿车是调的,那是为离休老干部服务的,我本人和党组成员一概不坐,有会议记录为证;二把火,本人还是住在原先在基层工作时分配的住房,有派出所作证;三把火,我惟一的女儿还在读初中,离出国深造相差几个档次,有学校可证……一身正气,绝不回避,大有不在烈火中"永生",也要在烈火中"求生"的气概。

于是,还是回到本题,现在的官也难当。当官、做头,是干什么的,无非是领着人干事。你要干,要治理,就得动真格的;而一动真格,就会触犯人,就要引火烧身,就得"吹皱一池春水",跟着而来的便是给你造点谣言,向上告点状,让你坐不稳,干不成。大家疲疲塌塌混日子,懒懒散散干活儿,你我他,无所谓好与差;一潭死水最好,波不起,浪不掀,正好安安稳稳度良辰!

呜呼,要当官,似乎只能当个"太平官"。多种花,少栽刺,顺水推舟,左右逢源,日后考察也能平步青云;你想干点事,变点面貌,这就难矣哉! 碰不得,推不动,吃不了叫你兜着走。于是,不少当官的也学聪明了,不要说去放三把火,就是连三枝蜡烛也不敢点,没有火星,哪会烧到自己头上!

官场中事,原非我辈布衣所能议论的。因为有感于那位当官的友人的一点遭遇和他向我叹起的当官苦经,于是就说了这些话,弄得不好,笔者自己也将"引火烧身":为当官的说话,大有拍马抬轿、攀龙附凤之嫌,不过我相信读者诸公明鉴!

(1991 年 12 月 1 日)

给"明星派头"击一槌

"追星族"早已渐趋平静,而采访文艺的"老记"却不得不去"追"一下。然而一些明星却大耍"派头",以显示其高人一等,许多情况下记者只能赔笑脸,忍气吞声。

然而也有好样的。本报 1 月 25 日登载的《明星与记者》一文,就提到一位记者给这种"明星派头"重重一槌,令人感觉痛快淋漓。导演陈凯歌回答记者提问时,居然说"最烦恼的是被记者包围",这位记者当即反问:"既然你最烦恼的是被记者包围,为何还要邀请这么多记者前来片场?""大导演"冷不丁被"小记者"回敬了一下,无言以对,只得"王顾左右而言他"了。

笔者搞过多年文艺报道,对明星的脾气略知一二。你要去采访,对方就拿架子;你不去采访,人家又觉得受冷落,没面子。几年前有位大腕明星来杭州演出,事先就向新闻界宣布"不接受采访","老记"们闻言说:"我们并不想采访你呀,你何必来这套禁令呢?"不出所料,临到演出,明星有些寂寞了,主动要主办单位找些记者"聊聊"。好说歹说,"老记"们看在主办单位的面子上才去。那日采访有些冷场,明星只好频频启发。然而"老记"们的热情早被"禁令"冷却了,采访最终草草收场,无言可"聊"了。

"明星脾气"用杭州人的说法叫做"越舞越兴"：你理他，他像煞有介事；你不理他，他倒又要"牵"上来了，像是演戏。可是生活毕竟不是戏，你把舞台上演戏这套拿到生活中来，有的可能被吓唬住了，有的也可能不吃这一套。对记者的采访作风、采访方法不是不可以提意见，但是学会平等待人最重要。记者与你只是工作分工不同而已，而且你许多时候仰仗记者出了名，何来贵贱之分，何来谁欠谁？

张丰毅"一般不接受 35 岁以下记者采访"的禁令更荒谬，言下之意，35 岁以下太"嫩"了。试问你自己是否过了 35 岁才开始演戏的？要是你的老师当年不准你在 35 岁以前演戏，你有今天的名声吗？

当然，没有沾上"明星派头"的也大有人在，李雪健就是一个。李雪健不可谓不大红大紫，但他就是以平等态度待人。无论哪家媒体的记者，无论年长年幼，只要他一有空闲，都认真接受采访。我们看过李雪健塑造的焦裕禄、李大钊等光彩照人的艺术形象，生活中他也是以剧中人的品德来要求自己，演戏与做人是"一张皮"，因而成为一名德艺双馨的人民演员，这是多么难能可贵。"明星派头"是"星儿"、"腕儿"的修养欠缺所致，真正的明星、艺术家是一点也不会经不起"捧"的。

（1998 年 2 月 2 日）

寻找"自己"

"打了多少电话,也找不到老兄,上哪啦?"

"唉,别说你找不到我,我连自己也找不到自己啊!"

与朋友的这段对话,颇感新鲜,于是打趣道:要不要给你登一则"寻人启事":"本人已失踪多日,无法找到自己,如知其下落者……"

这虽说是"黑色幽默",却也是实情。

"自己找不到自己",听来是够怪的,难道真的"分身有术",抑或魂灵儿出窍?

其实,仔细想想,说怪也不怪;作点观察,这种现象随处可见。

像"华威先生"那样整天拎只包的,到处赶场子,今天这儿茶话会,明天那里开业典礼,说些不着边际的话,干些应酬敷衍之事。看似忙忙碌碌,风风火火,实是成了"官呆子",作了别人的陪衬和点缀,似空中的风筝一般,随风飘东荡西,也就难以找到"自己"的影子了!

一些人见眼热的事就跟,"下海"也想试试,股票也想"炒炒",房地产也想搞搞,神思恍惚,七上八下。殊不知,眼热的东西并非每个人都能"热"进去的。譬如"下海"吧,固然会锻炼出一批"弄潮儿",但也会有人被淹没的。连银行储蓄也弄不清楚的人,何必去问津股票。人是要掂掂自己的分量的,适合者会更加显示"自己"的光彩;不善此道者,就会把"自己"失掉。有位知名度不低的歌唱家,几年前"下海"当酒家老板,结果使她身心交瘁,后悔当初的选择。

"自己"是什么? 是区别于他人的专长、特性。自己的优势和特点是长期积累和形成的,切不可轻易丢掉。让赵子龙耍大刀,总要比关云长稍逊一筹的。见眼热的事,就跟着走,加入"追热族",久而久之,"自己"便渐渐丢失了。只有一心盯着自己的目标,"咬定青山不放松",才会充分体现自己的价值。当然,也不排斥在原有基础上重塑自己,转向其他,这就要找准自己的优势,方能在更高层次上施展"自己"。

能不失却"自己"的人,才能完完整整创造"自己"。暂时丢失一点眼前的热门事,也许能获得"塞翁失马"之福。美国大作家福克纳,一生在乡间从事写作,对于别人的种种邀请,他总回答说:"我不是文人,我是农民。"即使总统邀请他去白宫参加宴会,他也婉言谢绝。福氏不被外界的种种诱惑所动,他一生才能有这样的记载:创作长篇小说 19 部,短篇小说 70 多篇,而且对"美国当代小说作了强有力的艺术上的无与伦比的贡献",获得诺贝尔奖。一代文豪,可以说是在把握"自己"中诞生和完善的。

正像任何艺术作品贵有个性、贵有"自己"一样,人生万万不可丢掉"自己"!

(1993 年 3 月 8 日)

漫话"适从"

　　适从,是个"保险"的字眼,适者生存,从者稳妥。

　　但有时也令人困惑。原先不成问题的一些字眼,也生出了"问题",于是就不得不蹦出一句口头禅:"真叫人无所适从啊!"

　　近来浏览报刊接触的一些材料,就大有"无所适从"之感。

　　"饭后百步走,活到九十九",这是形诸已久的长寿秘诀。然而,科学家研究,饭后立即散步,不利健康。于是,这条长寿"秘诀",就此成了问题。

　　大笑,有益健康,人所共知。但有些人就不宜大笑。高血压患者大笑,会血压增高,诱发中风;疝气病人大笑,会使腹腔增加压力,促使疝囊增大;孕妇大笑,腹部压力加重,还会造成早产或流产……

　　……

　　列举了这些东西,可真让人有点无所适从了吧! 你简直是在"抬杠"嘛! 非也。我只是想以"适从"这个字眼说明,我们看事物,想问题,应从一元思维方法走向多元思维方法,从拥挤的一条胡同走向四面八方。客观事物的形成,本来就是多因多果的,因而它的表现形式也是千姿百态,你怎能硬把它纳入"一元"的轨道呢？从这个思维方法去看"适从"这个字眼，那么，它不是个"保险"的字眼，而是个"思考"的字眼。

生活中，我们不是常会遇到无所适从的事吗？你尽可以用自己的独立意识去观察、分析、判断，然后决定适从与否，大可不必套在一个"模式"里。回想一下，年轻人很喜欢的迪斯科和摇滚乐，当初不是被许多人侧目而视为"邪气"吗？甚至把此与"靡靡之音"、"流氓阿飞"相提并论。现在，同样这个迪斯科和摇滚乐不是"生"出了多少好处吗？中老年不也是到处"扭一扭，摇一摇，乐一乐"吗？而且大有取代多年提倡的广播操之势。可见，青年人是勇敢的，惯于独立思考的，适从，正是思考的果实。

青年人对传统意识和思维方法的挑战，正是一种积极的"适从"，非此不足以发现真理，推动社会前进。对真理的发现，有披荆斩棘的，也有在熟视无睹的事物中默默掘进。这里用得着一位诗人的佳句："真理有时像无花果，静悄悄，萌生于树叶之间，它和树叶一样是绿的，并不红得耀眼。"在客观事物的适从与不适从中，你能从一片片绿叶中，发现一点隐隐透现的红点，你就是智者。

（1989 年 4 月）

不容荆棘不成兰

"一香已足压千红",被称为"王者之花"的兰花,历来被人们用来比喻美好的事物。古人把至交称为"兰交",把良友谓为"兰友",把好文章叫做"兰章",甚至连做的好梦也称"兰梦"的。

然而,人们爱兰花不是只喜欢它的幽香高雅,而是更加钦佩它容得下荆棘的品格。古人的"不容荆棘不成兰"的佳句,准确地写出了兰花的宽阔胸襟。

"幽兰遍山谷,本自无人识,只为馨香重,求者遍山隅。"陈毅同志的这首兰花诗,点明兰花的"出身"。它默默无闻地长在深山野谷,与荆棘同生。荆和棘在植物家族中,属于被人瞧不起的"三等公民"。而那令人爱戴的兰花却甘与荆棘为伍,不怕锋芒锐利的刺儿,怡然自得!难怪不少丹青妙手曾把丛兰与荆棘一起入画,使之交错相偎,亲密无间,以此颂扬兰之豁达大度。

像兰花那样容得了荆棘,经得起"刺"的谦谦君子风度,是我们民族的美德。现在要在领导与被领导、同志与同志之间,造成一种宽松、和谐、融洽、信任的气氛,尤其需要提倡这种美德。有没有这种美德,气度大不大,和个人的品德修养有关。

据说,夏衍同志任文化部副部长时,有一次,在讲朱元璋的故事时,说了一句外行话。吴晗同志不客气地说:"你还当文化部长呢,这一点都不懂!"对这既尖锐又带嘲讽的批评,夏衍并不感到有损"尊严",而是从中看到自己的不足。从此,每天他用一小时的时间读《二十四史》和《资治通鉴》,这是何等的气度啊!

相反,那些学识浅薄的"半瓶醋",那些气度很小的领导者,听到一点批评或不同意见,或怒形于色,或耿耿于怀。与此相应,在用人问题上,他们总像《红楼梦》中的王夫人那样,喜欢那"可以使得"的、低眉顺眼、言听计从的袭人,而不喜欢那有见解的、"眉眼儿上头也不是很安顿的"、说话带"刺"的晴雯。

由于客观事物错综复杂,人们看问题的角度不同,所处的地位各异,产生一些矛盾和不同意见是正常的。有矛盾,事物才能发展;提意见,有利于改进工作,领导者应当欢迎。哪怕受到一些话语的刺痛,也大可不必或大张挞伐,或伺机报复。因为堵一人之嘴,则塞千人之言路;纳一句真话,却能引来千句良言。当然,我还是主张多提建设性意见,批评时注意方式方法的,无意提倡言必带"刺",光发牢骚。但在某些缺乏民主空气的单位里,某些带"刺"的"牢骚"话,却正是对事业的责任感的流露。遇事不假思索,一味顺竿儿爬,见问题成堆缄口不言,却是一种慢性"腐蚀剂"。高明的领导者能从七嘴八舌的议论或带"刺"的话中,发现工作中的问题和自己的过失,并找到改进工作、提高自己的方向。

常言道:带刺的蔷薇,分外艳丽。因此,切莫见到扎人手脚的"刺"就否定美丽的花朵。兰花一身馨香，荆棘的护卫着实有功。"不容荆棘不成兰"！

（1986 年 6 月 15 日）

副部长演戏的题外话

　　不知是偶然的巧合，还是有意的安排，电影和电视剧《末代皇帝》同时播映，这就使剧中担任角色的两位副部长同时站到了观众的面前。

　　这两位副部长，一位是在电影中饰演抚顺战犯管理所所长的现任文化部副部长英若诚；另一位是在电视剧中饰演溥仪老师陈宝琛的已经离休的文化部副部长吴雪。从艺术角度说，这两位久经"沙场"的艺坛名将出马担任角色，称得上表演精彩，宝刀不老，评论家们自有许多精辟的见解。而我所感兴趣的，则是副部长演戏的"戏外戏"，于是就有了这一番有别于戏剧评论的题外话。

　　这一回两位副部长演戏，新闻媒介没有对他们的"亲自"演戏作大肆渲染，似乎也听不到那种对副部长"下海"演戏的窃窃私议，这不能不说是舆论的一大进步。

　　他们都是以一个普普通通的演员身份登上银幕和荧屏。英若诚，正在任上，管戏剧这一摊子。演电影需要他，就摇身一变成了个"战犯管理所长"。吴雪虽然早已从副部长的位置上下来，但看到有戏可演，也不失这个良机，重温他《抓壮丁》的旧梦。他们对这一切觉得是自自然然的，是顺理成章的，绝没有那种当了（或当过）

副部长而再去演戏的那种"屈尊"感。否则,他们推掉个把角色还不易如反掌吗? 然而,他们不被职位和名望的障碍而丢掉心爱的艺术,兴致勃勃重操旧业。

论资历和声望,这两位"副部长级"的艺术家,绝不比影视《末代皇帝》剧的导演逊色多少。可是他们心甘情愿接受导演的指挥,在《末》剧这盘棋中去当一兵一卒,充其量至多也只能当个"马"和"炮"。这就要有点气概了,这种气概就是既能当官,又能演戏。干部工作中嚷嚷了多年的口头禅"能官能民"在这两位艺术家身上也算是一种体现。这不就是他们演的一出小小的"戏外戏"吗!

(1988 年 11 月 14 日)

苏"市长"登台有感

杭州话剧团曾演过一出《西湖太守》的话剧,把八百多年前的杭州"市长"苏东坡请到舞台上与当今的"市民"见面,颇有点新意。

这出戏主要是称颂苏东坡对西湖建设之功。人们不会遗忘他在杭州担任"太守"期间留下的政绩,因此,如今把他请上舞台,也就不无缘由了。

西湖这颗明珠,之所以能在五洲四海闪光,苏东坡的功劳自然不小。当年坡翁第二次到杭州任知州时,募民开湖,除葑田,筑长堤,建六桥,植桃柳,开浚西湖,挖湖泥建成苏堤。如果没有苏东坡对西湖的全面整治,哪有"六桥横绝天汉上,北山始与南屏通"的美妙画面,何有"卷却西湖千顷葑,笑看鱼尾更莘莘"的胜景。于是,苏东坡的治湖政绩与他的千古名句融会一体,铭刻在杭州人民的心坎上。

当官的在他任内做了好事,庶民们总是念念不忘的。苏东坡如此,当今的"杭州太守"当然也不例外。现在,西湖的拓宽与整治,一群楼宇的建成,一条河道的疏浚,一片山林的绿化,一种优质产品的创造,以至一批干部的成长……那上面虽不会刻上某某官人的姓名，但人们谈论起来时，总会情不自禁地赞扬：这是某长官执政期间搞起来的，也跟"桃李无言，下自成蹊"一样。这中间自然包含着同班人的配合和群众的创造，但人们首先肯定的是他们。我们当今的"长官"，如果在执政期间留下一点令人赞叹的政绩，那么日后离任，虽鬓间染霜，额角添纹，也是其乐无穷，人们是不会忘了他们的呵。倘若为官数年，平庸无为，留下的只是"某长官"的一个空壳，甚而留下了令人沮丧的名声，则不仅愧对庶民百姓、子孙后代，于己恐怕也要抱憾终身了。

苏东坡曾给他的友人写过两句诗："一年好景君须记，正是橙黄桔绿时"，这两句诗并非作者对风光的一般描述，而是对事业的"紧迫感"的一种流露。"橙黄桔绿"之日，一片大好秋光，正是奋发有为之时。但愿目前在任上的领导同志，切莫辜负这"橙黄桔绿"的最佳时间，为人民的事业增添点什么，为我们的子孙后代留下点什么吧！

（1985 年 8 月）

呼唤"大家"

平时书画落款中,常见某某"大家指正",某某"方家正腕"之类,这多半只是酬酢客套而已;也见一些报章杂志称某某为"大师"、"大家",原也大有"水分",所有这些,都是切切当不得真的。

那么,难道就没有真正的"大家"了吗?当然有的。但为数极少,几千年、几百年出一个,至少得几十年或上百年造就一代大师、大家。这是时代的洪流,历史的筛选而留存下来的。

所谓大家,当然"封"不出来的。"大家"的背后,蕴藏着雄厚的实力,扎实的功底,他们对人类文化的贡献与建树,带有里程碑式的,在美术书画领域,不去说宋八家、元四家、扬州八怪等等,在近现代美术长廊中,人们只要一说出吴昌硕、齐白石、徐悲鸿、刘海粟、潘天寿、沙孟海等等,即可知道他们在美术创作、书画理论、艺术教育上独创成果,彪炳史册。戏剧界在议论"大家"问题时,举出梅、尚、程、荀四大名旦,这是历史淘洗后确立起来的大师。他们所以是当之无愧的大师,他们能演上百出戏,晓知音律,工诗善画。他们在自己所从事的艺术活动中,把才智转化为精神产品,代代相传,源远流长。美术领域的大家、大师,所创作的书画,成千上万,为人类的文化宝库增添了绚丽的篇章。

"大家"不但对文化艺术宝库的贡献极大,而且艺德双馨。不仅是他们的作品,他们的人格也是人们的楷模。他们把创作的作品奉献给人们,塑造人间的永恒与崇高美,起着荡涤心灵污泥浊水的潜移默化的作用。而他们自己的心灵,透明得容不下半点尘埃。他们一生钟爱艺术,但艺术奉献人民,为世人挤了一辈子奶,却不带半根草而去。他们创作的作品,绝不作财产留给子女,而悉数奉献给国家。如刘海粟、朱屺瞻、沙孟海等都把作品无偿捐献。文坛前辈夏衍,穷毕生之收藏,把上百幅书画精品捐献给故乡博物馆,自称只是"暂时的保管者",而且要受献单位不发奖金、奖状,不登报宣传,无私品格可见一斑。

大家应具备的个人素质也非一般人所能及,学贯古今,中西合璧,诗书画印,无所不精。一字一印,一画一诗,无不浸透着独特的个性,精辟的创造。人们常说的高山仰止,岂是一句空话。当然,不可否认艺术大师、大家的个人天分,但同样不能否认后天所投入的精力。现实生活中的诱惑太多了,谁能挡得住,谁就是胜利者。钱锺书说:"大抵学问是荒江野老屋中二、三素心人商量培养之事,朝市之显学必成俗学。"美国大文豪福克纳,一生中大部分时间在密西西比乡间居住并从事写作,对于各种邀请,他的答复是:"我不是文人,我是一个农民。"即使总统邀请他去白宫参加宴会,他也加以拒绝:"我年迈体衰,不能长途跋涉去和陌生人一起吃饭。"一领青衫,自得其乐。为什么这些大家能如此挡住诱惑,因为他们内心有一个很高的标准,即使穷一生的精力,也难以在某个门类的学术或艺术中有所突破,如果只想"蜻蜓点水"式的投入创作,浅尝辄止,怎能成为大气候。

　　一部中华民族的文化史,曾经出现过无数大家,璀璨夺目,时代不同了,"长江后浪推前浪",在当今的优越条件下,一定会涌现更多的大家。大家在哪里? 大家必定属于那些辛勤耕耘,承前启后,淡泊人生,无私无畏的人。还是那句老话,灯红酒绿,花花世界,浮躁趋时,见异思迁的环境是造就不出大家来的。

(1997 年 4 月 8 日)

画家的"错位"

　　不知啥时起，咱们的画家也开始成了忙人：喜庆节日，大厦落成，画家们登台剪彩，一展风采；开张志喜，广场促销，画家们当场挥毫，笔底生花。难怪有人叹曰：现今的某些书画家也变得有点像演员了，由冷冷清清的书斋移步热热闹闹的舞台，原本苦心经营的丹青宏卷成了广告招贴，是喜是忧？

　　此中缘由，当然不可一概而论。

　　面对此种闹忙，不少书画家有苦难言。穷于应酬，原非初衷。然而，情面难却，世俗难违。踏破门槛，软磨硬泡，只得硬着头皮出面。谁知口子一开，网便难收，一次上镜，两次挥笔，人家就把你划入"请得动"的，于是日赶两场，长途跋涉，日程排满，风雨无阻。好端端的光阴似水东流，你若叹苦，人家以为你是"装蒜"哩！

　　乐此不疲的，当然也自有其人。面对众星捧月，则云里雾里，洋洋得意；几声"大师"，久仰大名，便晕头转向。于是，在社交场上，穿梭来往，丹青传人，也似粉墨登场，因为看来看去是几张老面孔，人们也真像熟悉演员那样熟悉他们了。

　　但是，就有"请不动"的。真正的大师，绝少在传媒曝光，深居简出，苦守画斋。"热情"难以诱，金钱不为动。他们信奉书画艺术本是一种寂寞的事业,穷毕生精力也难攀登艺术高峰,艺术生命岂有被热热闹闹、甜甜蜜蜜所融蚀。真正声名远播的,往往难见其真容,他不需要用"广告效应"来为自己增光添彩。画家变成演员,这是艺术的"错位"。更何况,一个真正称得上表演艺术家的演员,也是耐得住寂寞的。如果以书画去媚俗,去投合某些人所好,那只是艺术的一种悲哀!至于"请得动"与"请不动"之类,大可不必去管它,因为人们尊崇的,有价值的,还是作品。

(1996 年 10 月 29 日)

花钱能买到名气吗？

如今花钱买名气，已不是什么秘密了。此类事不仅企业界存在，连素称斯文之苑的文化艺术领域，也不乏其人。

早先，企业家只是出资写则新闻报道，弄篇"广告文学"之类，而现在已发展到一些著名企业家花钱进名牌大学"买"张硕士生、博士生的毕业证书，买名气已向高层次进军。在文化艺术领域，则表现为花钱买个大奖赛的头牌小生、花旦，或弄顶艺术大师的桂冠戴戴。最近就看到一则报道说，去年某市办的一场全国性歌手大赛，一等奖得主出人意料地宣称："全国一等奖是我用 10 万元钱买来的！"美术界虽尚无人这样率直表白，但在诸如江南鸡王鸭王、江北猫王虎王、当代徐渭、板桥再世，画坛国宝等等飞舞的桂冠之中，也是有不少文章的。

花钱买名的事儿，可谓是我们的"国粹"。读《红楼梦》，就能看到为秦可卿出殡，宁国府花一千两银子替其夫贾蓉买了个什么"五品内侍龙禁卫"的头衔，以显赫死者的身份；当代名著《围城》里的方鸿渐，也是买了一张子虚乌有的某国"克莱登大学"的文凭，促使学校当局对其重用。作为一种文化现象，这种"国粹"的根源一直延伸至今，阴魂不散。可见，现今的"聪明人"花钱买名，并非是什么创举，只是拾了老祖宗的牙慧而已。

真正的大师是讨厌给他套上种种桂冠的，即使白送上去也要打回票的。我见过不少我所尊敬的前辈学者文人的名片，往往只有一个名字和地址、电话，绝不用一连串累赘的附加物作"光环"。他们不需要虚张声势，而是靠自己的文章赢得读者的真心实意的信任。这与现今文艺界有些人戴了一顶"著名演员"、"知名画家"帽子还不够，而定要弄个"表演艺术家"、"画坛大师"才过瘾的人，是多么鲜明的对照！

也许有人会说花钱买名是市场经济特色，无可厚非。其实，这是一种误解。对此，柯灵先生说得好："一切文学艺术产品，在商品社会里自然要进入市场流通，但艺术无价，灵魂无市。"诚然，文化艺术品在当今市场经济运作中，可以因需求而影响价格升降，但艺术家的身价与人格是不能以金钱来计算的。一个艺术家的名声大小，即取决于他的作品，也与他的人品密切相关。人为的力量，譬如花钱买个名头，或巧取一顶桂冠，可能会有助于暂时的成功，但最终将随时间而消失。

花钱买名背离了社会主义的职业道德。我们的精神产品应当是高雅脱俗、怡人心智的，而花钱买名则为推销劣质精神产品开了方便之门。买者有机可乘，等价交换；卖者人格沦丧，与受贿无异。这种买卖交易，也是精神文明领域的假冒伪劣，有喊打之必要。花10万元钱买一个全国歌手大赛的一等奖得主主动曝光，这是无奈与尴尬；而收受10万大洋给予桂冠的卖主，其内幕难道不该曝光吗？曝光，才能让人看清花钱买名之勾当的可恶,可怕;也给交易双方敲响警钟:神圣的艺术殿堂不容玷污!

(1996 年 4 月 27 日)

桂冠岂能贱卖

恕我孤陋寡闻，连浙江画坛出了个"当代徐渭"竟也一无所知，直到最近见诸报端，才"啊"的一声心生感慨：我们浙江真不愧是个人才迭出的地方！

徐渭，字青藤，号文长，我省山阴（今绍兴）人士。他善诗文，工书法，并长于写杂剧、著戏论，是明代一大奇才，连清代大书画家郑板桥也对他推崇备至，甘称"青藤门下走狗"。时隔400年，而今又出了一个"徐渭"，这当是时代之幸，美术界之幸，理当庆之，贺之！

然而细一思想，又生出些疑惑：当今画坛真有徐渭这样的奇才再世，果有如报上说的"笔力雄健纵恣，丑奇怪乱"的"惊世之作"吗？于是请教画坛人士，答曰：现在大师帽子满天飞，功夫尽在画外，这早已司空见惯，你又何必当真？闻听此言，不禁茅塞顿开。

倒也是，时下大师的桂冠，艺术家的头衔，真也贱得连青菜都不如，又何必当真呢？唱了几年戏，稍有成就，"著名演员"的头衔已不过瘾，要"表演艺术家"才好；画鸡画猴画马者，当然也不是一般的"著名画家"了，而要冠以"江南猴王"、"东南鸡王"、"南方马王"才乐胃,甚至升格到"当代徐渭"……

　　笔者从事文化报道多年,对艺坛圈内之事也略有所知。大凡确有真才实学、成就卓著的大师,总是潜心创作,不事喧哗,常怕被"宣传",更惧大师头衔。像人所共知的书坛泰斗沙孟海先生,到了八十多岁,才举办了个人书展,真够耐得寂寞了。而那些功夫并不怎样的"大师"总喜欢将桂冠往自己头上套,发表欲很强,展览年年办,政要名流都有办法请到。然而,奔走说项,登龙有术,提高知名度似乎并不难,难的是经过岁月的淘洗,很久以后还有人能记起他的大名。正如钱锺书先生所言:"大名气大影响都是百分之九十的误会和曲解掺合而成,经吹嘘后成为'重要'了,必然庸俗化。"这真是一针见血。

　　戴戴大师的桂冠,享誉"当代徐渭"会很舒服吗?未必!没有这份能耐的,道行还不到这个份儿上的,千万别把这个紧箍咒套在自己头上。大师的桂冠是由深厚的学问功底支撑着的,大师的见解往往不同凡响,他的作品总能独树一帜,像徐渭那样著作等身、成就卓越的艺术大师,你能"当代"得了吗?如果大师多得遍地都是,那大师也就不成其为大师了。

　　桂冠之廉价贱卖,其原因除了当事人喜好外,其中自然也少不了摇笔杆者的"功劳"。一些摇笔杆者为了追求"轰动效应",笔下"慷慨大方",总爱送几顶桂冠以加重分量,但读者自有鉴别力,怕其效果会适得其反。一个挡不住说客盈门,一个经不起小人诱惑,因而造成桂冠贱卖,这是可悲的,也有碍职业道德。还有重要的,如果编辑严把门关,不让不够格的大师出笼,那大师的市场也就会小得多了。

因此,对待大师、名家的桂冠,应有实事求是之风,无哗众取宠之虚,这对整个社会风气的好转,增强新闻报道的严肃性都是有好处的。即使对当事人来说,这也是一种爱护,有利于让他们踏踏实实干下去,而不为名利所累,也许,如此持之以恒,水到渠成,日后真能多诞生几个大师也未可知。

（1995 年 6 月 16 日）

卖画的价格与画家的"再生产"

人们印象中，凡当画家的常常是"挥挥笔，着着色"，"大团结"便顿时像一只只燕子似的飞来了，真个是一"挥"千金，"画中自有黄金屋"。

这个感觉不能说全错，一些成就卓著的画家收入确是可观。然而，对画家的这种收入分配，也往往"隔行如隔山"，不大了解其内涵。笔者近日接触一些画家朋友，闲谈起来才略知一二。

画家的"挥挥笔，着着色"，看来潇洒自如，却是一种高级精神劳动。在为我们民族的艺术宝库增添精神财富的同时，他们获得较多的报酬，是理所当然的。但现在这种画作的卖价常常是"五马分肥"，真正到画家手中的往往是折扣打了又打。

现在的书画购买者，大都是"老外"。一幅画成交后，常常是画价的一半被"画倒"作为"回扣"拿走，已经不是什么秘密了。你能抵制"画倒"的"巧取"吗？难矣哉！因为能否叫"老外"掏腰包，你靠的是他呀！一半去掉了，余下的一半中还要付国家税收、代售者的管理费，这自然属于正常范围，那么轮到给画家的还有多少呢？上海一位著名画家向我苦笑说："剩给我的只是'白相相'啦！"

落到画家手中的钱,更有一种常为人们忽略的"再生产"资金。有位中年书画家告诉我,他一幅画卖了二百元,"画倒"拿去一半,再去掉各种正常费用,他净得五十元,而其中的装裱费却要二十五元,这二十五元岂非"白相相"吗? 难怪有位教授画家正在为自己办一个展览发愁,偌大的一笔装裱费、展览场地出租费,还有画作的说明介绍、请柬等等的印刷费,使他束手无策。

这种情况,对正在勤奋耕耘、尚未脱颖而出的许多中青年画家来说,矛盾尤为突出。一般说,他们的名气还不大,功力还不到家,卖画的价格自然更低,而维持"再生产"的经费也同样不可缺少,正如一位中年画家叹苦经时所说:"要艺术上长进,在社会交流中立足,看来我得去经商,不然拿什么来维持这些开支呀!"

卖画的价格,"画倒"的巧取、画家售画的实际所得、维持"再生产"的必要资金……正在困扰着画家们的创作。艺术创作要发展,书画经营要繁荣,谁来帮助画家们摆脱这个困扰呢?

(1988 年 11 月 19 日)

桂冠和豪光

　　我对大师历来是十分尊敬的。大师虽不是"几百年、几千年"出一个，毕竟也是为数不多的。这不只是由于大师的见识深度、艺术功力、知识根底超人一头，而且更有其高尚的品格。中国的大师如鲁迅、梅兰芳……无不如此。大师头上的花环，不是靠自己用五颜六色的丝带编织起来的，而是在深厚的土壤中生长起来的。

　　前不久，在杭州举办的南北昆剧大会串时，昆剧大师俞振飞带病莅临并登台演唱。俞大师高龄八十有五，平时讲话温文尔雅，低声细气，甚至给人的印象似乎有点"中气不足"。谁知，那天大师登台清唱，几句开场白，满口京腔，声音洪亮，顿时像换了个人。等到胡琴一响，一声叫头，可真是声惊四座，台下观众一片赞许和惊讶之声，几乎众口一词："真不愧是大师也！"至于俞大师所带出来的队伍——拥有"七梁八柱"的上海昆剧团，阵容之整齐、艺术之精湛，早就誉满京沪，名闻世界。这样的大师头上的桂冠发出闪闪豪光，把他称之为我们的"国宝"是当之无愧的，他受到人们的尊敬是理所当然的。

　　然而，我们也见到一些大师对自己头上的桂冠并不珍惜。杭州这个戏剧舞台上，凭借它在西子湖畔得天独厚的条件，常有各种大师光临。这是杭州观众的幸运。但前不久杭州观众对有位大师的演唱，真是大失所望。这位大师倒确是货真价实，蜚声全国。大师身在北京，领衔带了一个南方某地的相声艺术团前来杭州、湖州等地演出。这个团的演员占着大师头上的豪光，自然都冠以"著名"量级。但这豪光毕竟是"借"不来的，一与观众见面，便被纷纷贬为连二三流也称不上。大师本人每场演二十分钟左右，节目也是"老掉牙"的东西，让花钱看戏的观众叫屈不迭。

对于大师身份的"跌价"，我是深为惋惜的。大师之成为大师，毕竟有社会提供的土壤养料；大师面对的是多少"小师"和"徒儿"，榜样的力量是不可忽视的；大师所拥有的声望，并非是"私有财产"。有位年轻的作家谈到其创作态度时曾说，试图真实、准确地描绘我们的人世，手中"握起了并不轻松的笔"。年轻人尚且如此，何况大师乎！在某种意义上来说，名声越大，他的写作或表演越不轻松。

难啊，大师也许自有苦衷。名声在外，求者甚众，常常是盛情难却，在仓促应酬之中，难免疏漏。这中间，通过各种渠道"牵线搭桥"者有之，一班"高参"使劲劝说者有之，弄得大师身不由己，招架不住。与其说这是崇仰大师，不如说是有意无意坑害大师。保证大师的身价不"贬值"，决策权当然在大师手中，而其身旁的谋士，似应"多多关照"，维护大师的"价值"不让其豪光减弱，这才是对大师的真正仰慕之道。

(1987 年 1 月 3 日)

啊,现在的年轻人

"五四"谈青年,也像"五一"谈劳模、"三八"谈妇女一样,大概都不能免俗。

对于青年,我是很看重他们的。这倒不只是"青年是我们的未来、是我们的希望"之类,使我对他们仰视,而是与他们相处中,觉得后生可爱、后生可畏。因此,碰到"啊,现在的年轻人……"这样的"摇头"派时,我常常要唱点反调,时时警惕自己变成"九斤老太"。

我经常喜欢跟年轻人在一起,汲取他们的新鲜活力。年轻人由于对时尚、信息、电脑等新事物娴熟,以至于文风、审美情趣等都给人一种新鲜感。我虽是一个老记者,但我喜欢读年轻人的文章。我觉得他们的文风没有框框,不拘一格。有时读到年轻人的好文章,会拍案叫好,剪下保存。有位年轻作者在报上开专栏写文章,我就认为应该提倡。当这些文章结集出版后,我又主动撰文评价。这说明,我是从心底里佩服年轻人的。不能说我没有自己的审美眼光,但我要借助年轻人的思路来补充、纠正自己的思路,原因还是他们的阅读接触面广,思想不保守。在日常生活中如服饰选择、房屋装修、生活方式等,我都向年轻人靠拢,所以同事们看我还是有点"新潮"的。我常常想:人老起来了,脸上皱纹多起来了,但精神和思想不能有"皱纹",这就是说,跟上年轻人的步子,延缓自己的老化。

我还特别欣赏年轻人的创造力。古往今来,许多成就卓著的科学家、学者、教授在年轻时就才华横溢,脱颖而出,这方面的故事很多。无疑,现代青年的创造力,也有很多的故事。前不久读到一本畅销书《激动人心:电脑史话》,深被书中的故事吸引,一翻书的作者,才知是一个不到而立之年的女博士,她把这个最富智慧、变幻莫测的电脑"身世",呈现于读者面前,真令人惊叹不已。电视主持人杨澜也是大家熟悉的,她组织了"杨澜工作室",采写的东西不可等闲视之,从文化名人巩俐、余秋雨到科学家贝聿铭、田长霖……文章写得很有深度,这种不断追求、不断超越的精神,已非一般主持人可比。

尽管我赞扬年轻人,但我也有不满的地方。总体上,青年是我们希望的一代,但也是一分为二的。现在比较热衷于谈"价值观念"、"价值取向",在人生的旅程中充分实现自己的价值,这当然是对的,但实现价值靠什么?有一些人往往以"自我"为中心,只要求别人为我服务,而很少想到为别人服务;需要你的时候,甜言蜜语,热情有加,不需要的时候,视若路人,事过境迁,表现出一种实用主义倾向……有人把这看作"新潮",办事像做买卖一样,一清二白,其实,人还是要讲友谊的。年轻人比较容易接受现代的东西,而忽视优秀的传统道德,甚至认为传统的都"背时",这不好,而应当把二者结合起来,做人做事,要多方面想想,于己于人都有利。当然,年长者应为年轻人创造条件,让他们在更广阔的天地里去发挥作用,这也是自己对社会的一份贡献。

(1999 年 5 月 6 日)

谈双休日的"转嫁"现象

双休日的推行,犹如一股新的"电流"那样,在许多领域撞击出一片新的火花:市场更趋繁荣,旅游景点爆满,业余培训进修活跃,新闻热点追踪不断,连昔日比较冷清的博物馆也热闹起来了。有了两天潇洒的休闲,可谓皆大欢喜。

然而,喜中有忧。在熙熙攘攘的"双休"队伍中,出现了一个"转嫁"现象。即把双休日所需的开支与麻烦"转嫁"到别人头上:私人旅游"转嫁"到公款开支;领导部门、业务主管部门的活动费用"转嫁"给基层单位、关系户,一时间,热热闹闹的游览名胜,宾馆度假,远程垂钓,大吃大喝,在一些地方迅速兴盛起来,可惜的是在这幅色彩斑斓的"双休欢乐图"背后,却刻印着"公款消费"四个大字。

这"转嫁"之风,其实早有所料。双休日实行之初,有的领导部门就提醒不要给基层添麻烦;本报在今年5月3日的一篇评论员文章中也指出,在提倡过"文明健康轻松愉快"的双休日时,"反对用公款旅游、钓鱼、玩乐,用公款大吃大喝"。《双休日度假:谁付的钱?》本报6月6日二版发的这篇"今日视点"文章,引起读者强烈反响,他们尖锐指出"这也是一种腐败",呼吁整治"公费度假"的恶劣行为,报纸要为廉政之风大声疾呼。但是,这种花公费不肉痛,或者到下面去"揩油"的"转嫁"之风,仍在蔓延,屡禁不止。有的心安理得,认为"不玩白不玩,不吃白不吃";有的寻找各种理由为公费度假"正名";也有的认为这种事多如牛毛,哪里管得好,表示无能为力。

"周瑜打黄盖,一个愿打,一个愿挨",这是公费度假中的普遍现象。以旅游吃喝来搞好"双边"关系,早已成为一种不成文的"交际手段",只是双休日"周瑜"和"黄盖"们配合得更默契了。游了还要吃,吃了还要拿,有的甚至带着老婆、孩子一方方游过去,一路路游过去,归来还绘声绘色,津津乐道。

自然,"黄盖"们挨打有时并非心甘情愿。有些名为"莅临指导"、"检查工作"之类的"打秋风",实则是上面向基层"转嫁"双休玩乐费用。"黄盖"对"周瑜"虽然表面上热情招待,内心里也是"有苦难言"、招架不住的。虽然要牺牲自己双休日的休息时间,赔钱赔时赔力,也不能情绪上有所"表露",毕竟"黄盖"是在"周瑜"的掌股之下,丝毫怠慢不得的。

如何堵塞双休"转嫁"之路,其实办法还是有的。首先要在社会上形成一种"自费旅游舒畅,公费度假尴尬"的风气。用自己的劳动所得过双休,痛痛快快,大大方方;靠公费度假,必然要遭到"白眼",内心也难免感到不自在。当然,那些揩了公家的油还自鸣得意的又当别论。这些人,倒可以对照一下文学大师巴金。巴老多年靠稿酬生活,从不拿国家一分工资。他每年到杭州来度假的一切费用都是自理,堪称楷模。

再一个办法是在舆论及本单位职工的双重监督下,动点真格。有些在公费度假时是得意的,一旦被曝光也是怕的。不光彩的事情最怕舆论、怕群众,这是他们的共同心态。如果一经查实,公费花掉的钱让他自己"报销",堵塞其"转嫁"之路,大概也是要叫皇天的。早有领导和纪检部门警示在先,自己玩乐和吃喝的钱自己付,也完全是合理的。

当然,堵塞双休度假的"转嫁"现象,绝不是要堵塞上级部门深入基层之路。这是两回事。正常的深入基层、深入群众,到基层去发现和帮助解决问题,历来是党所倡导的。我们要反对的是借检查、指导之名,而行公费度假之实的"双休"。同时,多年来形成的上下级同志友谊,在双休日里互相走动走动,是正常的人际交往,自然不属"转嫁"之列,用不着去"对"这个"号"的。

双休是个新事物,是大家欢迎的一件好事。去掉了"转嫁"之风,树立起正确的导向,双休一定会达到"文明健康轻松愉快"的境界。

(1995 年 7 月 15 日)

金发碧眼和烧香老太

金发碧眼和烧香老太，一"洋"一"土"，硬把他们扯到一块，似乎有点"土洋结合"的味道。

是否一点联系没有？不见得。春到西湖，生气盎然，好个热闹的"天堂"，游客纷至沓来。其中金发碧眼的外国人和虔诚朝拜的烧香老太，占了相当数量。不论是那挺胸凸肚、奇装异服的洋人，还是头扎花巾、身背"朝山进香"黄袋的乡下人，都为妩媚多姿的西湖增添了色彩。作为西湖的客人，他们同样是杭州旅游业和商业服务业的工作对象，这样把他们联系在一起，也许并无牵强之感。

"有朋自远方来，不亦乐乎。"孔老夫子的这条遗训没有错。宾客临门，以礼相待，理所当然。然而，见外国人低头哈腰，视"乡巴佬"睥睨不屑的遗风尚存，每到旅游旺季，呼吁一下为烧香老太服务好，非常必要，切莫笑她们寒碜土气，"刨"她们的"黄瓜儿"。不但要在诸如住宿、吃饭、购物、交通的服务方面热情相待，而且要扫一扫思想上瞧不起"乡巴佬"的垃圾。浑身土气的"瓜佬儿"又怎么样呢？你自己、以至你的亲朋或祖先，就不跟"瓜佬儿"沾点边吗？美国一位蜚声文坛的大作家福克纳，在四周一片"大文人"的赞誉声中,却朴朴实实地说"我不是文人,我是个农民",不以农为羞,没有忘却自己的"根",我们怎能把自己的"根"忘记得干干净净呢?

在分析瞧不起烧香老太的遗风时,要不要"对照"瞧得起金发碧眼的"崇洋"思想呢? 也大可不必。瞧不起烧香老太并不是因为瞧得起外国人"派生"出来的,并非是一块跷跷板,必然是一头高了一头低的。现今到杭州的外国人,是我们从五洲四海请来洽谈事务的客人,或是仰慕西湖之美远涉重洋而来的旅游者。"朋友来了有好酒"。即使你自己家里来了贵客,不也要拿出好菜、腾出干净床铺接待,而自己人要暂时让位吗? 接待外宾,免不了要派小汽车或举行宴会什么的,并不一定要让外国客人去挤公共汽车或去排队吃阳春面和馄饨,才算一视同仁。虽都是客人,毕竟内外有别,这个区分看来不是多余的。

我们要用一腔服务的热心肠,去欢迎一批批金发碧眼和烧香老太光临,让他们尽情地遨游天堂后,带着一个美好的记忆离开西湖!

(1987 年 3 月 19 日)

以平常心看批评

舆论监督的作用，谁也不会低估；而批评报道之难，谁也无法否认。即使是小小的一点"曝光"，也往往会招来各种人情电话、条子的包围。

《浙江日报》上的一篇《"考"镇长》（载今年 4 月 24 日第一版），倒是迈开了批评报道成功的一步。这篇报道对批评对象不像过去那样使用让人捉摸不透的"代号"，而是指名道姓地亮出了 5 位镇长的大名；写报道的记者也署上了真姓实名，不像过去那样，以"本报记者"的名义把自己遮盖起来。尤值一提的是，这篇报道批评的不是一个完整的事件，更无惊人之笔，却以客观的叙述，朴实的语言，勾画出被批评者"卡壳"和"一问三不知"的窘态，使人感到实在，有说服力。

人们对报纸上的批评，往往期望"反响强烈"，具有"轰动效应"。其实，看批评报道不是看热闹，需要以平静态度处之。《"考"镇长》这篇批评报道发表后，各方反应平静。不少读者认为："'考'镇长'考'得好，这样的'镇长'也许会不少"。其视点不是专注在这几位被批评者，而是以思考的态度看待批评的积极意义。

话说回来,被批评的那些"镇长"这次"考试"不及格,并不等于往后"考试"都不及格。因此,被批评者也尽可采取平静态度,把批评变成动力,如此,说不定今后他们领导农业生产会更出色些。

正确对待批评,是要有点勇气的。过去,即使是小小的批评,有的干部也会把它看成是"灾难",避之惟恐不及;一旦弄到自己头上,便惶惶不可终日,会竭力去奔走说项。像上面所说被批评的 5 位镇长,要是在过去,至少须先作检查,由主管部门向党报表态,弄得不好会丢掉"乌纱帽"。但现在情况不同了,实事求是地全面地看待干部功过的做法已形成主流。上述被批评的 5 位镇长如今"平安无事",便是一个明证。

要使批评报道成为报纸的一个"强项",那就不要把批评看得过于严重。不重视是不对的,惊惶失措也无必要,决不能有一种"被登报批评了,就一切都完了"的错觉。批评是善意的忠告,它在前进路上能起警示作用,可增添一种动力,有何不好?作为报纸,批评报道是推动工作的一种报道形式,是正常的工作,绝不是想同谁过不去。当然,报纸要慎重使用批评报道这个武器。这个武器钝了就不出血,锋利过度却也会伤人。所以,批评报道要弄清事实,分寸适度,有与人为善之心,无哗众取宠之举,切莫使被批评者望而生畏,而能让其从中得到帮助,吸取教训,那么,报纸才会经常有批评的声音,批评报道也才有可能取得理想的效果。

(1995 年 6 月 17 日)

有感于"上海佬"……

写下这个题目,觉得有点儿不敬。因为对这个"佬"字,历来是贬义居多,例如"外国佬"、"阔佬"之类。然而,本文想谈及的,似乎又离不开这个称谓。事情是由这样联想起来的:

"上海佬,输——"不久前,在杭州举行的一次全国女排集训赛上,观众中发出这样一片嘘声。我坐在观众席中,作为一个杭州人,总觉得这种"啦啦队"的"啦"法,实在不大文明,有失礼仪。遂和旁人议论起来,然而,遭到反驳说:"你做啥喜欢上海佬……""就要叫上海佬输,上海佬到杭州来流里流气,有的还打营业员。"观众中相互间也展开了辩论。但球赛的胜负关键毕竟还在双方的实力。上海女排那次与一个省队的比赛中,顽强战斗,并没有在一片"上海佬——输"的嘘声中输掉。

事情也真凑巧,过了三四天,报上登载了一位"上海佬"——姑且这样称呼吧——帮助一位陌路相逢的"浙江佬"的生动事迹。她叫王彩琴,是上海通用电器一厂的女工。今年二月上旬,她在上海新华医院结识了椒江市职工家属周荷莲。"天有不测风云",周荷莲刚开过刀,陪她的丈夫却突然中风死亡。王彩琴主动悉心照料病人,瞒着病者处理好她丈夫的后事,等她病愈后又把她护送到椒江……这是多么好的"上海佬"啊!

把上海人一概贬之为"上海佬",这是"一锅煮"。到杭州来的上海人中,难免有那么几个"佬"干了些有失上海人颜面的事。但这岂能"一粒老鼠屎,坏了一锅粥"呢?我不知道外地有没有人把杭州人称为"杭州佬"的,但"杭州人刨黄瓜儿"这句话是出了名的。即使到现在,"刨黄瓜儿"的事也未绝迹。然而,你能把"刨黄瓜儿"这顶"桂冠"加在所有的杭州人头上吗?有朝一日,如果我们的杭州女排出现在上海体育馆时,台下也发出一片"刨黄瓜儿的,输——",或者"杭州佬,输——",我们杭州人将又作何感想呢?

(1983 年 4 月 13 日)

闻麻将有了博物馆

从媒体报道得悉，首家以麻将文化为主题的博物馆，在其发源地宁波隆重开馆。除了各地的麻将爱好者外，日本健康麻将交流访华团一行也参加了这一开馆活动。

由此我们才知道麻将这个古老的娱乐工具，原来是由聪明的宁波人发明的。清代甬人陈鱼门发明了麻将后，首先传入美国，而且最早在美国建立了"全国麻将协会"。但好像美国人后来对麻将并不热衷，倒是传入东瀛日本后，发展势头很猛。据有关资料显示，日本现有3000多万麻将爱好者，麻将俱乐部、麻将店多达25000余家，还有麻将大赛、麻将博物馆等等。

麻将是我们的"国粹"。不论白天黑夜，也不管是东西南北，不知有多少人围桌而坐大筑方城。作为一种娱乐工具，它和扑克牌大概是一中一西两大"台柱"。著名学者、作家于光远，近日还在一家刊物上著文谈麻将，文章的题目是：《读卢作孚〈麻雀牌的哲理〉》。文中说："他（卢）在1934年写了一篇有五百字的短文。其中借打麻将这种很普及的游戏，讲建设的道理。我见到过不少讲打麻将牌的文章，还没有见过别人这么写的。"然后，他不厌其烦地介绍卢把打麻将比作社会建设的四个运动：把一手七零八落漫无头绪的麻将局面,建设成一种秩序:全社会的人总动员加入比赛,看谁先建设成功,看谁建设得最好;到一个人先将秩序建设成功时,失败者全体鼓励成功者;失败了不灰心,重整旗鼓再来。于老的文章说:"卢作孚把这样的哲学介绍给国人,我也就在六十七年后帮他一把,写这几百字向读者介绍。"看来,麻将不但有文化,还饱含哲理。

麻将虽然能给人带来许多乐趣和修养,它自身却遭受了巨大的苦难。不说在"文化大革命"期间被"斩尽杀绝",即使在"文化大革命"之前,也都归入"资产阶级"的赌博工具,若有兴趣者,也只能偷偷摸摸地干,摆不到台面上。然而,"野火烧不尽,春风吹又生",改革开放后各方面都显示出宽松的景象,麻将也就堂而皇之亮相,"死而复生",这也算是一种社会的进步吧!

当然,任何事情都会有它的负面效应,麻将岂能例外。由娱乐而赌博,从"小搞搞"到"大撒把",常常身不由己。于是,在这小小的麻将面前,沉湎其中者有之,倾家荡产者有之,进到班房者有之……原本是一个好好的娱乐工具,却渐渐走向了反面,实在是很可怕的。这东西,你不沾便罢,一掉进去,很像吸毒一般,难以自拔。常常是爷娘妻儿,天王老子都不买账的。小的,家庭不和,妻离子散;大的,杀妻卖子,也非个别。这些都是有形的,尚有看不见的,一大帮人散布在东西南北,无休止地大筑方城,夜以继日,消耗时日,无异于浪费生命。对此,有识之士,深恶痛之。著名画家吴冠中最近在一篇文章中说:"体力衰了……养花养草打麻将养狗这样的日子,我绝对过不下去,因此多有很大的苦恼。"是的,麻将在有些人眼中其乐无穷,有人却以为苦恼不堪,兴趣大相径庭。窃以为,建立麻将博物馆,不只要陈列麻将的历史沿革、发展规模等辉煌的一面,还要展示因受麻将之害而消磨意志,或身陷囹圄、家破人亡的典型案例,以警醒世人。这恐怕是麻将文化的特殊含义吧! 如果要出书,在出《麻将老手》之类的同时,也应该出一本《麻将枪手》,说说一些"英雄好汉"是怎样在麻将面前倒下去的? 这样的麻将文化才不失偏颇。

(2001 年 8 月 16 日)

病去如抽丝

题目是从语言艺术大师曹雪芹笔下拣来的。《红楼梦》第五十二回,有一段晴雯和麝月谈病的描写:晴雯吃了药,仍不见病退,急得乱骂大夫,说:"只会哄人的钱,一剂好药也不给人吃。"麝月笑劝道:"你太性急了,俗语说:'病来如山倒,病去如抽丝。'又不是老君的仙丹,那有这么灵药?你只静养几天,自然就好了。你越急越着手。"素来性格爽朗、口齿伶俐的晴雯,竟被麝月这一番话说得无言以对,只得管自去"骂小丫头子们"了。

麝月对病的看法是颇有见地的。"病来如山倒,病去如抽丝",说出了得病容易治病难的道理。病这东西实在使人讨厌,但一旦光临到你的头上,真是如山之倒,难以回避;人得了病,总想快点好,而又性急不来,它有如抽丝一般纠缠不休。病有其自身规律。一旦得了病,遵医服药,静心调养,自然好得快些;性急火冒,强压硬顶,结果"越急越着手",欲速则不达。这里,我决没有治病要越慢越好的意思,也不是说主观精神状态对治病不发生作用,但实际往往是"急则治标,缓则治本"。只能顺乎其规律,才能真正收到快的效果。因为人体中的抵抗力是逐渐增强的,一旦受到病菌侵蚀而损害,要恢复过来得有一个过程。

人得了病如此,大至于一个国家又怎样呢?最近《人民日报》在一篇评论员文章中,把我们的国家比作一个大病初愈的人,是甚为妥切的。这个病,是林彪、"四人帮"强加给我们的。祖国,我们亲爱的母亲,经过这伙鬼蜮的疯狂摧残,十年一场大病,内外伤势严重。按照我们的心愿,当然想一个早上把她治好。可是,久病初愈的母亲,身体还很虚弱,只能慢慢调养才行。因此,我们要精心护理她,把创伤医治好,让她渐渐恢复元气。祖国——母亲,是我们八亿人的母亲。我们要体谅她的身体状况,不要加重她的负担。写至此,恰好看到四月十四日《光明日报》登载的一封读者来信,写信人是辽宁庄河县聋哑学校教导主任张瑞芝,在林彪、"四人帮"大兴文字狱之时,她的爱人因写了一个《小艺上学》的剧本,惨遭迫害致死。现在县委给予平反昭雪,并发给抚恤费和孩子生活费。张瑞芝深感是林彪、"四人帮"的极左路线,搞得她家破人亡,也搞穷了国家,因此不忍心花这笔钱,毅然拿出补助费中的一千元,支援山区最穷生产队的建设。在有些人看来,世上哪有怕钱多的傻子,但张瑞芝却说:"我有困难,国家更困难。"为山区穷队提供一点帮助,"这对我是最好的安慰,也能医治我精神上的创伤"。这倒并非说,只有慷慨解囊,才算爱护国家,按政策规定可拿的拿了也未尝不可,只是这种替国家分忧,想四化大局的精神是何等可贵!如今,祖国是多么需要像张瑞芝那样对母亲处处关心、体贴入微的儿女啊!

把我们国家说成久病而虚弱,是否会有损她的形象?否。这是指林彪、"四人帮"横行时所造成的创伤,丝毫无损于我们伟大祖国英姿勃勃的形象。任何健壮的人都会生病,这恐怕是常识吧。记得有位领导同志目睹当时国家蒙受的灾难,也曾把此比喻为患了一场重病,提出要精心调养,不能大补大泻的建议,谁知这也触怒了那些资产阶级帮派老爷,什么"回潮"、"复辟"的帽子被扣了一大堆。其实,这位同志说的实实在在,是提出了一个治病要诀。"虚则补之,实则泻之",历来是医家常法。而这个补和泻要恰到好处。古代医书《灵枢·刺节真邪篇》记载:"泻其有余,补其不足,阴阳平复,用针若此。"施以大补大泻,必然大伤元气。粉碎"四人帮"两年多来,我们说乾坤初转,形势喜人,但也是困难、麻烦、问题成堆成山。我们是唯物主义者,光明磊落,无所畏惧。既实事求是地估计取得的成就,也如实地把困难和问题告诉人民,公开号召在精神、思想领域里医治"内伤",也要调整被搞乱了的国民经济,把"外伤"治好。稳步治理,正是为了阔步前进。承认"病去如抽丝",绝不是被病魔吓倒,而是为了战而胜之。这也可叫做战略上藐视、战术上重视。治病,我们不靠"老君仙丹",世上也决无这种灵丹妙药,而是靠亿万人民的顾全大局,齐心协力,同心同德搞四化。这样,一个体魄强健、智慧奔放的母亲,必将站在我们面前,巍然屹立在世界东方!

(1979 年 4 月 22 日)

识春

　　时令正值大寒。风紧,雪也紧,雪片落到地上,顷刻就白皑皑了。在路上行走,只觉得钻心的冷,冬天在严厉威逼。

　　然而正是在这个季节,春天已悄悄来临。屋里窗台上,那盆到春天才显出其姹紫嫣红风貌的月季,此刻却吐出了几颗毛茸茸的嫩芽,可爱极了,仿佛以它细嫩的身姿在窗外纷扬大雪的背景下,画出了一幅迎春图。

　　物候,使我们切到了春的脉搏。它把我们的认识一下子越过了横亘着的时间差,看到了正在萌发着的春色。对花思忖,不禁暗自感叹:识春不易。

　　细想起来,这种认识的迟滞不在偶然。我们的目光往往囿于眼前铺陈的景物,思绪不容易跳过这些障翳获得升华。比如识春,到了"暮春三月,江南草长,杂花生树,群莺乱飞"之时,那好识。满眼春光,才知春深。但是对那种在积雪和严寒的覆盖下钻出来的"春"却不易识别。日前陪友人去西湖,看到天寒地冻,众芳摇落,一个劲地惋惜:"要是赶上春天来就好了!"不料行至孤山放鹤亭,忽闻暗香浮动,方知寒梅开了,春天正被它报知哩!这才想到宋代长期隐居于此的林逋的一首《梅花》诗,其中有两句很妙："惭愧黄鹂似蝴蝶,只知春色在桃溪。"诗仿佛也是讪笑我们的,因为我们"只识春色在三月"。

由此领悟到一个道理:要真正识得"春",就要透过现象看到正在生长着发展着的东西,既要看到旧的衰退、消亡,更要看到新的滋生、成长。不能光从现象上作量的比较,还应从内在上作质的比较。不能取表面现象而舍本质,"不揣其本,而齐其末",是要陷于荒谬的。

观察问题,一定要从主流上去观察,方能掌握本质。从一枝红杏,看到满园春色;从一弯细流,瞻望大海浩瀚;从急速的退潮,洞察到涨潮的冲击力正在积蕴;从大踏步的战略后退中,看到大踏步前进的明天。

用这样的眼光来看待当前进行的国民经济调整,就更觉党中央决策的英明与果断。调整、退够,这些看来不像"大上"、"快上"那样烈烈轰轰,热人眼目,有些人甚而觉得颇有"萧条"之感,担心"形势不佳"。其实,如果深一层地去看一看我国国民经济严重失调的比例,就会感到这个后退乃是"为了一跃而后退",乃是清醒、健康的调整。何以为"清醒"? 因为懂得了与其小痛五年,不如大痛一年。何以为"健康"? 因为退为了进,退中有进,希望在前。这样想,这样看,胸中就有信心了。

看待我们的祖国,何尝不应用如是眼光呢? 有人叹息祖国多难;有人埋怨祖国太穷。他们看不到祖国中兴的前途,陷于苦闷和彷徨之中。多难吗? 是的。穷吗? 不假。但是,眼光不能在这些既成的现象上停滞。你可曾看到,当祖国从灾难和噩梦中过来,摆脱了困难,探明了弊端,不正在焕发出她固有的生机? 党已经砸碎了"多难"的锁链,人民已经铸就了铲除"穷根"的巨斧。春色,正在我们征途的前头,闪耀着她斑斓的光芒。

是的,我们应当识春,识得祖国的春天。

(1981 年 2 月 5 日,此篇与成杉合作)

点火煮鸡蛋

先前我觉得有些创造"精神财富"的人,对于有关"物质财富"的事不那么关心,甚至一谈起钱财、算账之类的事情往往不屑一顾,像是沾上了它就会有失"尊严"、而与"小市民"落到一条板凳上。可是,我现在发现这个想法也不尽然。正是鄙薄"物质财富"的某些人,论起他们的"生财之道"来,着实比他们创造"精神财富"的本行还要内行三分哩!

这种"生财之道",由于是在"精神生产"的领域里施展的,所以它不像物质的东西那样,容易冒出一股"铜臭"味儿。譬如一件商品吧,变换一次价格,总得明码标出,且不能老变,而一出戏、一本书或一篇文章,却可以变着法儿得利。陈旧的残次商品通常只能削价处理,可是一个从历史故纸堆里翻出来的剧本,旧尘稍拂,略作打扮,便可待价而沽。如果说某些商品以劣充好难遮众人耳目,那么某些画以儿子的劣品署上老头子有声望的大名,便很能唬弄一些"拜名者"……把这些零碎的印象"串"起来,可以发现,他们乃是靠名望作本钱,借文艺以谋私,核心是利。这使人想起旧时某些封建文人,十年寒窗,青灯黄卷,其目的是出人头地。一旦摘得桂冠,就加倍去收回过去所下的"本钱"。今天,有些人很有些名望了,本来当思"名望"由何而来,现在反用名望换取金钱,因此和某些封建文人"殊途同归"了。

从事"精神生产"的人,当然离不开一定的物质条件。光喝西北风,如何进行创作? 但物质条件从哪里来呢? 还不是人民给的。大概正鉴于此,一位无产阶级革命家在他的晚年感慨万千地写了这样两句诗:"一饭膏粱薄不得,惭愧万家百姓心"。我们的许多艺术家是懂得这个道理的,所以视人民为母亲,尽儿女之衷情。电影演员陶玉玲,名气不小了,但她却不像某些演员那样,张"口"要钱,举"步"议价,每拍完一场戏,她就帮助收拾打扫场地,装卸笨重的道具布景,从不计较报酬。一次路遇老人病倒,素昧平生,却热情相助,把病人扶送到医院。著名作家丁玲在最近的谈话中呼吁作家、艺术家去寻找自己的"根"。陶玉玲这样的艺术家是寻到了自己的人民之"根"的。

人民是通过多方面去认识和评价自己的作家、艺术家的。不但看你作品中写的、舞台上演的,还要看你生活中做的,此之谓艺品与人品"一致论"。如果你在作品和舞台上讲的、演的是一套,在实际生活中奉行的又是另一套,那么,你塑造的英雄人物形象,你歌颂正义、鞭笞腐朽的表演,有谁会从中受到启示和教育呢? 已故戏剧家萧长华曾说:"台上台下联成气儿,听戏的与唱戏的同呼吸共哀乐,演员的'神'拢住了观众的'神',戏才算没有白演。"萧老先生说的是演戏技巧,事实上演员的"神"所以能拢住观众的"神",也实实在在是一种精神力量。

记得高尔基说过,人活在世上怎样来证明他的存在呢? 一种是腐烂,另一种是燃烧。仅仅是为一个"钱"字而"存在",生命有何意义？如果为了争取更多的钱财而去散布精神污染，那简直是去"点着别人的房子煮自己的一个鸡蛋"，是一种彻头彻尾的腐烂了。生命是应该燃烧的，我们的作家和艺术家应该像一支"蜡烛"，无私地燃烧自己，让人民得到精神的光和热。

（1983 年 11 月 13 日）

得欢常有余

在谈论物质生活时,有些同志强调"只要过得去就行";有些同志则老觉得"隔壁人家的饭香、菜多、衣料好",自己的生活"过不去"、"受不了",并且讥刺那些持"过得去"看法者为"满足现状","胸无大志","目光如豆"……近读清代袁枚《随园诗话》,其中的一段话说:"童云树诗云:'所欲不求大,得欢常有余',真见道之言",似乎印证了"过得去"之说,还有几分道理。

所谓"过得去"还是"过不去",常常同"欲"和"余"这杆天平联在一起。重心在"欲","余"则少矣,可说是"过不去";重心在"余",所"欲"不大,就是俗谓"过得去"。

古往今来,欲海沉浮,何其胜数。而说到欲之求大者,就会使人的脑际浮现出"欲壑难填"者的人物形象。据说元代有个丞相名叫脱脱,对钱财之追求像个无底深渊,后人为此赠了他这样四句诗:"百千万贯犹嫌少,堆积黄金北斗边。可惜太师无脚费,不能搬运到黄泉。"仅就这点而言,尽管他位高爵显,也只能给人们留下一个历史笑柄而已。可见,一时的荣华显赫,不过是过眼烟云罢了。相反,许多对物质要求平平,专心致志于事业的人,却为后人所仰慕。孔老夫子有个得意门生颜渊,"一箪食,一瓢饮,在

陋巷,人不堪其忧,回也不改其乐"。他在简陋生活中获得的精神
乐趣,是任何豪华的物质享受代替不了的。从这个意义上说,的
确是"富贵足以愚人,而贫贱足以立志而聪慧"。

我们今天谈所"欲",自然同历史人物别一概念了。以上云
云,也决非提倡"穷过渡",更不是宣传苦行。希冀生活好一点,物
质生活丰富一点,原是人之常情,也是我们革命所追求的目标之
一,共产主义不是要有物质极大地丰富这样一条吗?

然而,我们共产党人毕竟是以解放全人类、实现共产主义为
最高理想的人。过去,无数先烈为了整个国家、民族的"公欲"不
惜牺牲自己的一切,以至抛头颅、洒热血。今天,得了政权,坐了
江山,生活相应改善一点,自在情理之中。事实上,在全国人民生
活一天天好起来的同时,我们共产党人、革命者的生活也在一天
天好起来,将来还必将越过越好。对这个前途有了信心,是可不
必汲汲于眼前的某些物质利益的。相反,一个共产党员为"私欲"
一过了头,而不知"刹车",老是觉得自己"过不去",不知"得欢常
有余",照样会如脱缰野马,不可遏制。有些人有了一百想一千,
有了一千想一万……只要一钻进这个"数字圈套",往往身不由
己,被几个"圈圈"紧紧捆住,欲罢不能,少数人更因此堕落。搞走
私贩卖、牟取暴利而触犯刑律,也是由小而大的。如原广州电信
局党委书记王维经之流搞走私电视机、收录两用机、手表,开始一
百只,继而二百只,再……最后"小圈圈"变成了"808"——手铐上
身,"黄金梦"破灭,银铛入狱,这一个形象同脱脱之类有什么
两样。

清贫,洁白朴素的生活,"先天下之忧而忧,后天下之乐而

乐",这正是我们共产党人的高尚情操。今天,我们这个执政党正面临着一场剧烈的腐蚀与反腐蚀的斗争。这场斗争的胜败,直接关系到我们党和国家的盛衰兴亡。一些意志薄弱者的堕落,又一次向我们敲响了警钟。闻钟而警,向某些同志唱一唱"所欲不求大,得欢常有余"的老调,总不算多余吧!

(1982 年 3 月 14 日)

评吴波荐贤

在五届人大三次会议上作财政报告的，不是原先的老部长吴波，而是新任部长王丙乾。于是有些同志马上猜测：怎么在这样一个重要时刻，财政部长突然"换马"，这里面似有"文章"，大概是老部长"犯错误"了吧？正在议论纷纷之际，《北京晚报》和《财贸战线》发表的吴波荐贤佳话，在电台里广播了。这才使人疑团顿释，烟消云散，原先的"观察家"颇有感慨地说："这年头老想法不时兴啦！"

吴波看到自己年逾古稀，推荐王丙乾当部长，挑重担，自己则退居第二线，当顾问。他认为，"这样做，对党的事业有利，对我自己也好。"他心甘情愿以自己的余力，为掌管九亿多人口财政重任的"千里马"备鞍添甲，让其驰骋疆场。这是何等的胆识和气魄！只有不把掌权看作是谋私利的人才会有此壮举。这当然绝非偶然。人们联想到不久前报纸刊登的《财政部长和他的孩子们》报道，早就为吴波严于律己和教育孩子的精神所感动，对他今天荐贤美德，似乎无需多找注脚。

一件情理之中的美举，却引起某些意料之外的反响，这倒不由不令人深思。其实，某些同志的误会猜测，也是不无一点历史原因。说得远一点,要上溯古代几千年。尽管有"让贤为乐"的古训,也有"尧舜禅让"等古例,但普通老百姓是不大相信的,因为耳濡目染的是"公侯世袭,封妻荫子"。在封建思想根深蒂固的古老中国,心甘情愿的让贤,普天下能有几人?再说近一点,全国解放后,实际上我们还存在干部职务的终身制。在那十年浩劫期间,更是封建余毒泛滥,一人得道,鸡犬升天。这都自然而然地形成了某种社会舆论:一旦当"官",不犯错误,是决不会辞让的。

可见,要以选拔人才为乐形成一种风气,也得社会舆论配合。由于我们干部制度上的缺陷,能上不能下,能进不能退,已成为一种习惯势力,如果听见谁由"一把手"退居顾问,从正职变为副职,那么,总要拿起"显微镜"来猜度某人"出了什么问题",所谓"好者不会下,下者不会好"。有一些年老体衰的老同志所以不愿或不便退居第二线,这种舆论压力不能不说是一个原因。其实,上上下下,进进退退,是新陈代谢的客观规律。这一点,即使在资本主义国家,也是习以为常的。有人今天做国务卿,明天可以去当教授;今天任部长,明天却可去干经理,似乎并不引起大惊小怪。这种风气,我以为还是可取的。

随着四化建设进程的需要,我们的干部制度正在改革,领导班子不断更新,终身制的弊端将在我们这一代人中根除。五届人大三次会议已经作出了良好的开端,相信这个好风气定能发扬光大。

(1980 年 9 月 10 日)

"爬格子"有感

　　《金陵春梦》的作者唐人先生的女儿在《新闻战线》上写了一篇文章,其中谈到她父亲是怎样"爬格子"的一个细节,读后颇觉新鲜,耐人寻味。

　　事情是这样的:《金陵春梦》一书问世后,蜚声四海,也引起了蒋家王朝的惊慌。当年台北三青团机关报一位总编大人在香港一家报纸上大肆"揭发"唐人"向壁虚构"写《金陵春梦》的"秘密",说他"稿费赚了不少,私人汽车有两部之多,白天写稿,晚上上舞厅"云云。唐人先生一一作了驳斥后,风趣地答曰:"至于晚上去舞场,倒未燃起老伴的怒火,因为她知道我压根儿不上舞厅。"

　　把写稿创作比拟为"爬格子",真乃绝妙之词:既形象,又风趣。我们中国人舞文弄墨,著书立说,书写的是方块汉字,在未被电子计算机代替之前,大概总少不了摊开一张方格稿纸,逐格"爬"去。"爬格子"这种职业,不去说它绞脑汁之苦,就其劳动量而言,也实非轻而易举。

　　"爬格子"是要有一股"爬"劲的。自古以来,如果没有如此众多的"爬格子"志士奋"爬"不息,我们的民族怎么能留下浩如烟海的宝贵文籍,形成了灿烂文化的一部分。这种"爬格子"的佳话,至今还激励和鼓舞着后继者。如为后代留下丰厚游记文学的徐霞客,一生历尽沧桑,足迹遍布四海。他即使一天要爬一百多里山路,到晚上还要在危垣破壁、虎狼出没的地方坚持"爬格子",把当天的经历记录下来。在"爬格子"英雄面前,艰险难不倒,穷困也压不垮。元末黄岩有个秀才陶宗仪,幼年穷苦潦倒,写作时竟用树叶代纸,长年累月书写的树叶装满了几十个瓦瓮,后来编成三十卷《南村辍耕录》。这种锲而不舍的精神,是把艰苦的"爬格子"劳动引以为乐的。

然而"爬格子"的志士也要像唐僧到西天取经那样经历九九八十一难。因为"爬格子"者"爬"出的是精神产品,必有其鲜明之褒贬,这就不能不遭受种种明枪暗箭之袭击。像唐人先生所受到的恫吓利诱和造谣中伤,是一种情况。而到了二十世纪六十年代后期至七十年代初期的中国内地,又是另一种情况。那时的"爬格子"成了白专的代名词,"爬格"者自然都被打入精神贵族、反动权威之列。那时要"爬格子",非但欲"爬"不能,甚至因此而惨遭迫害,饮恨终身。

幸运的是,把"爬格"者视为"异端"的时代已一去不复返了,党给"爬格"者以崇高的荣誉,多方鼓励创作,一个百花斗艳的春天正在到来。但如果以为"爬格"者从此可以安心埋头"爬格子"了,也未免过于天真。明媚的春光面前,有时也会有寒流冰雹。极左路线的流毒,不能说没有市场了。各种庸俗的礼仪和逢场应酬,也使"爬格"者无法专心致志埋头"爬格子"。还有一些有"爬格子"本事的人,至今仍学非所用,即使利用一些业余时间"爬格子",也不断遭到白眼和歧视。说实在的,我们现在的出版物无论是数量和质量,同一个九亿人口的大国相比,是不相称的。我们要使"爬格子"的事业兴旺起来,要理解"爬格"者的甘苦,爱护他们,支持他们,发挥他们的专长,扩大"爬格"者的队伍。我们国家需要众士奋"爬",才能"爬"出一个灿烂夺目的新文化来,既无愧于我们的古人,又为世界"文"林增添新的篇章。

(1980 年 6 月 8 日)

脑袋与真理

　　人都有一个脑袋,本来无需饶舌。然而,对脑袋的用途,却未必人人都弄得清楚,似有探讨之必要,姑且把这杜撰为"脑袋学"吧!

　　脑袋乃全身之首,因此又叫首级。不过这"首"而有"级",则是秦代的发明。据说那时是以斩敌首多少来论功晋级的,脑袋之称呼才冠之有"级"。史载:"秦法,斩首多为上功。谓斩一人首,赐爵一级,故谓秦为'首功之国'也。"这种法制延续到何朝何代,不得而知。但以斩下对方的首级,也就是砍下脑袋,作为胜利的标志而传之久远,则是无疑的。

　　脑袋既为全身之"首",在两军对垒之中,人们当然要小心加以保护。我们共产党人自然也不例外。所不同者,当脑袋和党的原则发生矛盾时,保脑袋要服从保党的原则,这大概可以称之为无产阶级的"脑袋学"吧!看过《江姐》这个戏的人记得,当江姐身负重任,兴冲冲重返华蓥山时,在一县城墙上,猛然看到自己久别的亲人、华蓥山游击队政委彭松涛的头被悬挂着示众,震惊、悲痛、仇恨一起涌上心头。但是,一个共产党人首先考虑的是党的利益,决不能因自己的感情而暴露身份,她强按悲愤踏上征途。彭政委为了党的事业献出了自己宝贵的脑袋,江姐在这个突然事变面前,并没有被敌人的血腥屠杀所吓倒,这就是共产党人对待脑袋的典型概括。其实,这样的事例何止江姐一人?《革命烈士诗抄》中就有许多这样的真实记录:"砍头不要紧,只要主义真","满天风雨满天愁,革命何须怕断头?""敌人只能砍下我们的头颅,决不能动摇我们的信仰","志士头颅为党落,好汉身躯为群裂"……读着这些气贯长虹、铿锵有声的警句,能不令人肃然起敬?无产阶级的政权,也可以说就是千千万万个先驱者的脑袋换来的。

无产阶级夺取政权后,革命者、人民群众被砍脑袋的危险理应绝迹。但由于历史会出现波折,光明还必须同黑暗继续进行斗争,因而也还不能完全排除这种可能。党的好女儿张志新烈士的事迹就是一个突出表现。她在同林彪、"四人帮"这伙鬼蜮的斗争中,以"为了寻求真理,一切都可抛开"的大无畏精神,坚持"我的观点不变","前提和目的只有一个,捍卫党的原则和人民的利益",结果惨遭杀害,刑前还被切开喉管,挑断声带。杀害张志新的自然是"四人帮"及其死党,但她的被处决是经过法院审判、党委批准、公开执行的。这就提出一个问题:"在这些过程中,为什么竟无人表示异议?"毛主席不是讲过"机关肃反实行一个不杀"的方针吗?然而,"二十万人齐解甲,竟无一个是男儿"。这个惨痛的教训值得思考和总结。当时参与决策的人中,在极左思想的统治下,有的也许无法理解张志新的正确观点,有的则是为了保自己的乌纱帽以至脑袋,放弃原则,不敢在林彪、"四人帮"在东北地区的太上皇头上"动土",学的大概也是孔夫子的办法:"为政不难,不得罪于巨室"。于是,张志新的脑袋落地了,这些人的脑袋总还长得好好的吧,然而这同一个坚持真理,捍卫党和人民利益的共产党人的脑袋,相差何止十万八千里?

在林彪、"四人帮"推行法西斯恐怖的年月里,暴政扼杀自由,权力枪毙法律,党内自无民主生活可言。在动不动就把人"打倒在地,踏上几只脚"的气氛面前,能坚持原则、不怕断头的,当然不乏其人。但也有不少人确也被吓慌了,因而也就学乖了。他们的肩膀上虽然也长着一个脑袋,却像装了弹簧轴承一样,变成随风转的"没头神";有的则小心翼翼地把脑袋放在"保险柜"里,即使见有违法乱纪之事,生怕自己的脑袋去碰"石头"。这些同志对脑袋的这种担心,比起鲁迅小说《阿Q正传》里描绘的王胡来,是有过之而无不及的。想那王胡的后颈窝上,被阿Q用手劈了一下,便惊得不知所措,"赶快缩回头","瘟头瘟脑的许多日,并且不敢走近阿Q的身边"。当然,"四人帮"不是阿Q,是真拿起屠刀杀人的,而且杀了不少。但是,对一个共产党人说来,"富贵不能淫,贫贱不能移,威武不能屈",不论你是硬刀子,还是软刀子,"我的观点不变",真理第一,脑袋第二。而时至今日,林彪、"四人帮"早已垮台,国家法制开始健全,党内民主生活正在恢复,在原则问题上总不该再"缩起脑袋","瘟头瘟脑"了吧!但实际生活中这种人并不少见。"要是丢了脑袋,原则还有什么好处呢?"苏联修正主义分子的这句名言,可算得是对剥削阶级"脑袋学"的精彩概括。

杜撰的"脑袋学"到此已可结束。当然,脑袋的用处不只上述,诸如在困难面前把脑袋缩进,在利禄面前则把脑袋伸出等等,别人已谈得很多,就不噜苏了。

(1979 年 7 月 25 日)

接班人与"贵公子"

青年是革命事业的接班人，这是普通的常识。但是接什么样的班，其中却有着很大的学问。

把父母长辈的革命思想、艰苦奋斗的精神继承下去，把革命事业的重担接过来，沿着前辈开创的道路走下去，这是接革命的班。许多干部子女正在这条大道上茁壮成长。但是也有一些青年，口头上要接班，却仅仅想到继承父母的物质财富，甚至躺倒在父母的功劳簿上；有的还自恃优越，高人一等，胡作非为。人们对这样的青年戏称为"贵公子"。已为大家熟知的王小平，为了登上"法官"宝座，高考舞弊就是一例。

做革命的接班人，还是做旧时代的"贵公子"，这不是口头上讲讲而已，关键是看一个青年的实际行动。接革命的班，不是躺在沙发里就能接得好的，更不是捧着父母的革命招牌就行了。要紧的是要进行艰苦的学习和实践。社会主义时代，环境变了，条件优越了，还要不要继续艰苦奋斗，就成了一个青年能否接好革命班的关键。广大干部子女，正是坚持了老一辈艰苦奋斗的革命精神，泰山压顶不弯腰，沿着父辈的革命道路继续前进，但是，封建时代那种"父荣子贵"、"封妻荫子"等流毒，在今天的社会里还是有影响的。因为，在几千年的封建社会里，从皇帝老儿开始，皇亲国戚，文武百官，都是世袭官职，他们的公子哥儿真是飞扬跋扈，贵不可言。但即使在那种"君子之泽，五世而斩"的时代，也还有一些开明缙绅头脑比较清醒，认为"贵公子"之类是不足道的。明代御史大夫李应升在《戒子书》中就这样对儿子说："汝生长官舍，祖母拱璧视汝，内外亲戚以贵公子视汝，衣鲜食甘，嗔喜任意，娇养既惯，不肯服布旧之衣，不肯食粗粝之食，若长而勿改，必至穷饿。"此公自身较为廉洁，反被宦官魏忠贤害死。生前担心儿子将来"穷饿"，立意似不高。但他能看出儿子所处"贵公子"地位的危险，却也难能可贵。事实也是如此。凡是穷奢极侈的"贵公子"，后来几乎都成了败家子。难道我们今天的青少年，可以步封建"贵公子"的后尘吗？

封建"贵公子"胡作非为，是因为他从极端自私自利的剥削阶级观点出发，认为"万物皆备于我"。我们无产阶级，大公无私，时刻想的不是个人私利，而是阶级的事业，党和国家的命运、前途。正如曹荻秋同志的女儿曹晓兰同志说的："没有党和国家的今天，就没有我们的今天。我只有继承爸爸的遗志，更好地为党工作的义务，没有向党提出任何个人要求的权利。"的确，在旧社会，劳动人民祖祖辈辈挣扎在"百年魔怪舞翩跹"的深渊；由于党的教导，老一辈浴血奋战，才开创了新中国的幸福天地。而当"四人帮"兽行蹂躏祖国大地的严寒岁月里，我们的父辈以及青少年自己，又是血泪斑斑，怨恨冲天，只有在党粉碎了"四人帮"后，才使我们回到了温暖的春天。现在，党率领全国人民向四化进军，在这新长征的道路上，父辈焕发了战斗青春，青少年更要争先恐后去接好四化建设的班。

朱德同志早就说过：我不需要孝子贤孙，我要的是革命接班人。我们要遵循革命前辈的教导，彻底肃清封建"贵公子"的流毒，真正做革命事业需要的接班人。这对广大青少年、特别是干部子女来说，不能不是一个新的考验。

（1979 年 8 月 27 日）

后天下之乐而乐

如果把宋代范仲淹在《岳阳楼记》中写的名句"先天下之忧而忧，后天下之乐而乐"，用来形容南京大学党委书记、校长匡亚明同志身住陋室的美谈，是颇为贴切的。前不久《人民日报》登载的一篇通讯《就是需要这样的老干部》，说到这位年逾七十的老干部，在遭受林彪、"四人帮"残酷迫害多年，重新出来工作后，仍然住在"靠边站"时所住的十五六平方米的一间房子里，用作"宿舍兼书房和会客室"，硬是不搬进文化大革命前住过的那幢小楼，以身作则，严以律己的精神跃然纸上。

官高一定禄厚，位尊必住佳居，似乎自古皆然，岂有堂堂大学校长和普通教职员工住同样房子，甚至比普通教职员工都不如？常人似乎很难理解。而匡老却认为这是平常的事："有什么可解释的？""我是一个普通共产党员，是一个'平民校长'——普通老百姓的校长，在这座楼里也算是头等住户中的一户了。"

"普通"二字的反义词就是"特殊"。共产党员是由特殊材料制成的，这个"特殊"是指比"普通"更吃得起苦，并非是追求特殊的享受。"不工作能在这里住，为什么现在一工作就不可以住在这里呢？"匡老这一问问得好！工作与不工作是掌权与不掌权之别,却并不是特殊与不特殊之分。当然,安排适当的住房,这里有个政策问题。领导上对此类问题应主动关心、解决。但像匡老那样身居高位,而又能甘居陋室,乐在其中,确是难能可贵的。可是,有的同志却把职务的大小看成是分配房子和取得其他某些物质利益的标尺,官越大,房子也要越大,物质"照顾"也要求越多,甚至大了还要大,好了还要好。而对群众的困难,则漠然视之,该解决的不去解决。对群众要求革命化,对自己却搞特殊化,这怎能使群众信服呢?

唐代刘禹锡写的《陋室铭》说:"斯是陋室,惟吾德馨。"意思是说,只要有德行的人住着,陋室不陋。"山不在高,有仙则名。水不在深,有龙则灵"。具有雄才大略的孔明,虽久居南阳茅庐,却引来刘备三请。以天下为己任的共产党人,当然胜过封建时代的政治家,心怀天下,陋室生辉。革命的艰苦年代是这样,革命胜利条件变化了也是如此。毛主席、周总理等老一辈无产阶级革命家,当年住在延安窑洞里指挥千军万马,夺取了全国胜利。全国解放以后,毛主席、周总理日理万机,仍然住着俭朴的旧屋。总理家的房子,就是方砖地高低不平,门窗门缝是用纸糊的,而且一直不让修缮。这种精神是多么可贵,多么感人!

当然,由于工作的需要和对革命的贡献,我们的领导同志生活待遇适当好一些,这是完全应该的。"四人帮"打起所谓"批判资产阶级法权"的旗号,在生活上虐待、苛待老干部,遭到了广大群众的强烈反对。但是,正如十一届三中全会公报指出的:"我国经济目前还很落后,生活改善的步子一时不可能很大,必须继续加强自力更生、艰苦奋斗的革命思想教育。在这方面,各级领导同志应当以身作则。"匡老之所以能甘居陋室,就在于他能看到"全校师生员工的住房都很紧张"。在群众没有较好地解决住房之前,自己"先天下之乐而乐",是睡不着觉的。目前住房之紧张,是林彪、"四人帮"的破坏捣乱造成的。要解决这种紧张,无疑需要时间。为了克服暂时困难,就更需要领导干部发扬"后天下之乐而乐"的风格。须知,榜样的力量是无穷的。有匡老这样对待住房的精神境界,群众哪怕住得再挤点也心甘情愿的。南大的同志说得好:"这样的校长不谋私利,我们信得过;这样的校长领导我们搞四个现代化,我们跟着干。"可见,匡老在地面上占的住房面积仅只十五六平方米,而在人们心头占领的"平方"却是难以用数字来估计的。住房问题何止是一个生活问题呢!

(1979 年 1 月 31 日)

成方圆的"规矩"

　　成方圆由吉他伴奏的歌声,赢得了歌迷们的赞赏,甚至连她的名字也常常成为谈论的话题。因为孟老夫子曰:不以规矩,不能成方圆。

　　望"名"生义之类,本不足取。名字除了作一个人的符号,别无他义。而成方圆对此却赋予它以实际意义。既然名字从"规矩"来,她就以"规矩"约己。《文汇报》的记者报道说:成方圆"给自己规定,对于人人都眼热的事,远远避开,只要一个心眼盯着自己的追求目标就行了。"

　　这倒是很不错的一条"规矩"。规矩也者,无非是做人的一种行为准则。宋代理学家朱熹把规矩称作"禁防之具"。人无"禁防",极易越轨。作为人民的歌唱演员,就更需"责己也重",也许成方圆并不知道朱熹的话,但她能从个人思想修养上提出一个"禁防"的"工具",却是深知"个中三昧"的。

　　对人人眼热的东西,能远远避开,这就要有相当的"道行"和很大的毅力。大凡"眼热"之事,总离不开名利二字。这就是说,名利向你扑来时,你要离得远远的,更不要说去追求得不到的名利了。要"离得远远的",就要对那些热烈的捧场,溢美的言词,绚丽的鲜花,闪光的奖杯,以及随之而来的许多实际利益,眼不红,心不动,寄志淡泊,自甘寂寞。这只有对自己的事业成败利钝考虑得很周全的人,才能说得出、做得到。有了一点名气以后,自我陶醉,不求进取,到头来很可能两手空空。唱了一两只歌,写了几篇文章,或者演了几个戏,便喜滋滋、飘飘然起来的那种昙花一现的人物,现实生活中是并不少见的。

得失互易其位,原是事物发展的常规。有所失,也必有所得。离得远远的,自有靠得近近的。不使眼热的东西捆住自己的手脚,换来的却是事业上的大步流星。一个人一心一意在事业上执著追求,对名利爵禄、物质享受之类,自会淡薄。如果把"眼热"的东西当成沉重的包袱,必然会压弯那追求事业的脊梁。一味去追求名缰利索,必然会绊住探求事业的脚步。

对别人眼热的事离得远远的,对事业靠得近近的——这可以作我们大家的为人"规矩"。

(1984 年 6 月 20 日)

忽然想到"山在哪里？"

春日与友人谈植树，忽然想到"山在哪里？"的一段往事。

"山在哪里？"这是一位领导同志在六十年代初到山区视察工作，向一位公社书记提出的问题。当时，那位公社书记被问得"丈二和尚摸不着头脑"，愣愣地环顾村前屋后回答说："这四周不都是山吗？"谁知这位领导同志不以为然地指着对方的脑袋说："我问的是你头脑中有没有'山'"啊，这才弄明白：脑子里有山，木欣欣以向荣；脑子里没有山，荒秃秃黄土坡。据说这位领导同志为了植树造林，不但严厉责问，有时还开口骂哩！

至今，在那些山林郁郁葱葱的地方，干部常常会风趣地说："这是被某某同志'骂'出来的。"骂而能出树木，这未尝不是一种办法。对这种骂，当时可能觉得"不客气"，"难接受"，而在日后见到林木满山，福及子孙；水土保持良好，五谷丰登；源源木材起运，变成建筑栋梁时，再回想起来，实在是甜滋滋的。这个"骂"字的内涵，就不是我们平常理解那样的了。

骂，在某种意义上说来，是对于惰性顽症的一服妙药，是对工作落后的一种鞭笞。这样说来，你不是在提倡骂人的不文明行为吗？绝不，我是赞扬那种爱林如命的思想感情。这种骂，是"恨铁不成钢"的爱,是使人奋发上进的严,同那种为了个人一点蝇头小利而攻击对方,恶语相加,根本是两码事。

当然话又说回来,无论是严厉的责问,还是动怒的训斥,终究是不得已而为之。吸取其积极精神,无非是工作上抓得狠一点,促得深一点,给人以深刻的印象。应当说,这是一种抓工作的风格。但与这种风格截然不同的,现实生活中也有另一种干部。虽和颜悦色,却是一盆"温吞水";面上彬彬有礼,内里敷衍了事,他所管辖的地区或单位,"贡献不多年年有,工作不快事事干",他也有一种"风格":既不得罪人,也不解决问题。如果都来效法这种"风格",我们的四化真不知要等到何年何月?要干工作,要解决问题,就要冲破一些障碍,得罪人也许是难免的。

优秀得奖小说《乔厂长上任记》中,机电局长霍大道就对乔光朴说过:"搞现代化并不单纯是个技术问题,还要得罪人,不干事最保险,但那是真正的犯罪……"指着脑袋问"山在哪里"也好,见到荒山就骂人也好,无非都是得罪人,但对子孙后代却避免了"真正的犯罪",这有何不好!这样的干部实在是多多益善,这样的干部多了,才会多向人们提出几个"山在哪里","机器在哪里","粮食在哪里","实验室在哪里"等等问题,四化的步伐才会走得踏实、走得快。

(1982 年 3 月 14 日)

"前度刘郎今又来"

翻译名家走进杭城书店签名售书，读者争购签名本外国文学名著排起"长龙"，给沉寂一时的书市掀起了一阵波澜。这中间的种种动人事迹，早已见诸报端和荧屏。

难忘的一个镜头是：那日我在购书现场，一位新华书店的"老资格"面对条条"长龙"，不胜感慨地说："这情景啊，10多年不见了，太好啦！"这话令我脑际跳出一个题目："前度刘郎今又来"，有许多话要说一说。

这里说的"刘郎"，只是借用了唐代诗人刘禹锡的名句。我不想去探究当年"刘郎"重游玄都观时，面对"百亩庭空，苔生满机，千桃已尽"的种种感慨和惆怅，却想借用其字义来说明，今天像"刘郎"一样的读书人又来重游这书海中的"玄都观"时，看到的却是外国文学名著再度显示其魅力，一度冷却的"读书热"重新"热"起来了！真是"物以类聚"，"刘郎"们对书之钟情，一如既往。

毋庸讳言，10多年前掀起的购书热浪曾一度有所冷却，这原不足怪。从客观上说，"书荒"早已不复存在，10多年前奇缺的书，今天再也不用拿着凳子到书店门前通宵达旦地排队了。从主观上看，10年的变化，也不排除有些人对书的爱好"转向"，已"另有所爱";原本为装点门面而赶浪潮的,潮水一过,自然也没必要再去"踏浪"。然而,爱书成癖的"刘郎",却大有人在。无论市场行情如何变化,求知若渴之心分毫不减。对他们说来,"书是智慧的钥匙"、"书是真正的大学"这类名言,并不只是嘴上说说的,而是亲尝"个中三昧",断断不肯丢弃的。有个爱书人这样说:"世界上最动人的皱眉是在读书苦思的刹那,世界上最自得的一刻就是在读书时那会心的微笑。"可见,"长龙"虽10多年不见,但只要书海里有什么新招,它终是不会消失的。

其实,10多年前后的购书"长龙"已不可同日而语。如果说早期是"温饱型",是书荒造成的"饥不择食",那今天已是"享受型",不但普及本名著可随意选购,经济条件较好的,还能购到装帧精美的"珍藏本",既可作精神享受和美的品味,又能作传之后世的"家珍",这是出版业的发展和读者审美层次提高的结果。

今天的"刘郎"们爱书已是购书、读书、藏书"三位一体",越爱越深,而且正在带动众多新的"刘郎",不断壮大这支队伍。我们期望购书"长龙"年年降临,不要再"10多年不见"。愿作者、读者、书店经营者在"长龙"前常相见。

(1991年5月18日)

影评要有不同声音

记得一位同行几年前写了篇剧评，尽管好话说了一大箩，只因文末带了一句"还有点粗糙"的批评，结果主事者心里不舒服。

近几年似乎有所进步，这是笔者从对电影《红色恋人》的评论中看到的。一段时间内，电影还未放映，颂扬之声已接连不断，几乎也像电影名称那样一片"红色"。待到一公映，有了观众的品评，这才有了些不同声音，见仁见智，众说纷纭，像是形成了"红"与"黑"的交错。

影视评论中的商业化、人情化、广告化由来已久。为何片子未放，好话齐刷刷一片铺天盖地，据说就是"炒作"。据新闻媒介透露，《红色恋人》的宣传费用超过了《泰坦尼克号》，真是欲与"大片"试比高，而实际情况是票房价值不到原先预计的一半。当然，宣传是不可少的，但笔者始终认为七分实力，三分宣传，如果本末倒置，观众会大失所望的。

对《红色恋人》的评论，似乎较多集中在塑造一个什么样的"地下党员"上。这当然完全可以争议的。不论是《永不消逝的电波》中的主人公，还是"秋白与之华"之恋，都是特定时期的"那一个"。艺术形象的创造，要符合历史的真实。《红色恋人》式的"地下党员另一种新形象",也不是不可以表现,但关键是影片要告诉人们什么? 有的评论说,这部影片不是提供什么"人生榜样"而是展示人类留下的一份"宝贵精神财富",这中间的自相矛盾且不说,难道那个年代留给人们的"人生榜样"是个奔波于"情场"和"刑场"之间疯疯癫癫的"红色偶像"吗?

碰撞才能出火花。影评有不同声音,才能促进艺术发展。一块石头丢进河里,有水花溅起该是好事。影评要有不同声音已是老生常谈,只是说说容易、做做难罢了。

(1998 年 9 月 8 日)

"马前炮"与媒体竞争

媒体常常对丑陋事物"曝光",起到警示作用,虽说是"马后炮",但"亡羊补牢,犹未为晚"。欣喜的是如今媒体亦放"马前炮"。

请看:临近年关这个行贿"多发季节",提醒别收那些向家属和孩子"朝贡"的红包;出了个綦江"彩虹"断裂,报道一些地区审查在建基建项目,防患于未然——

这就是舆论。对"不识相"的人,是警示与敲打;对粗心的人,是温馨的提醒。发挥舆论监督的作用,不只是"马后炮",还要"马前炮",监"前"督"后",才是完整的。

当然,对那些存心要搞名堂的人,你再放"马前炮",即使放"迫击炮",也是轰不动的。有的人,则是"不见棺材不掉泪"的。而对于一些疏于检点、容易轻信的人,放点"马前炮",完全是真诚的帮助,起到"旁观者清"的作用。

现在的媒体竞争非常激烈,谁能更加贴近社会、贴近群众,谁就会拥有更多的读者,既放"马后炮",又放"马前炮",完整地做好舆论监督,说出了群众的心里话,肯定会受到读者的欢迎。媒体的竞争,大有潜力可挖,领域非常宽广。竞争不是报纸、电视越办越多，而是办得各具个性、特色。如若围着一个热点"你追我赶"，你抄我，我抄你，只能是大同小异，千人一面。作为一个有出息的媒体，要有所作为，有所突破，只能借助于慧眼识珠，独辟蹊径，这样，才能围绕一个总目标，优势互补，百花齐放！

（1999 年 1 月 25 日）

书店自有潜在效益

　　正欲对《劝君莫忧书店搬》一文（载本报 1 月 3 日第一版）说几句话时，传来了上海南京东路新华书店稳坐"钓鱼台"的消息：经过多方呼吁、有关部门权衡利弊后达成共识：作为"远东第一书店"，在商海大潮中仍将"留守"在繁华的"黄金地段"南京路上，新华书店的招牌依然矗立该处。这就给了"杞人"一点宽慰。

　　平心而论，《劝》文从市场经济的角度来议论此事，令人感到新鲜，文章也是写得好的。但新鲜之余，又略感纳闷：从此书店真该告别"黄金地段"了吗？那确是"一瓢冷水"，于是作为"杞人"中的一员，就想与《劝》文作者探讨一下这个问题，也是一家之言吧！

　　"黄金地段要出黄金效益"，没错，但在黄金地段给文化人营造一片"绿洲"大概也错不到哪里。少了一家书店，果然并不一定要跟"文化滑坡"联系起来；但有了一家书店也并不一定要与影响"黄金效益"挂起钩来。这二者并非是一对矛盾。经营服装、化妆品等日用百货属于市场范畴，经营书籍也同样属于市场范畴，因为书籍除了它的文化属性外，也是商品。当然，经营热门的日用百货可以赚大钱，出"黄金效益"，但也不能排斥亏本的可能；经营书籍一般出不了"黄金效益",但书店业也有过辉煌时期,靠经营书籍而赚了大钱的也大有人在。关键是经营得法与否。以我这个外行人看来,在黄金地段的服装店、化妆品店、咖啡店与书店,同是市场这个母体中的兄弟姊妹,应当互相共存,互相宽容,并非一定要你挤掉我、我挤掉你才甘休,当然眼前不存在书店挤走服装店的可能。

《劝》文把为了出"黄金效益"而要搬走书店的主事者说成"有胆有识"这一点,敝人也似难苟同。如果说这是一种"胆识",那是一种缺乏远见的胆识。虽然书店的"黄金效益"难以出现在当年统计表上,但切不可小看了它的潜在效益,在传播文化中的作用。巴金12岁时读了一部《岳传》,对他"走过的道路有不可磨灭的影响";谢晋10岁时祖父替他买了一柜子小学生文库,足足影响他的一生……

即使从市场角度而言,目光也应超前一点。不要只看到目前服装之类柜台前的热闹,书店门庭冷落的现状,而要想到随着人们文化素养的提高,人们在逛了百货商场之余,也同样想去浏览一下书店,给自己和孩子购一点"精神食粮",这如同吃腻了山珍海味之后,来一盘碧绿的青菜也是别具风味的。因此,书店不仅仅是文化人的"绿洲",同样也是普通消费者的"绿洲"。现今陷入困境的书店,我以为一定会有"出头"之日的。

再回过头来看,书店毕竟是一个城市的文化标志。书店,像城市的博物馆、图书馆、城市雕塑、大型剧院一样,具有自己的文化艺术品位。作为知识殿堂的书店,是社会进步的象征,可说是矗立于街市的科学文明"灯塔"。当年一个"内山书店",传诵了一代文豪鲁迅与日本友人的多少佳话！我很欣赏一位同仁在报上的呼吁："没有人会相信,街头书摊可以取代正规书店而成为人们主要精神食粮的来源。"

（1994 年 1 月 12 日）

饭要吃得自由一点

友人给我说了一个吃饭的故事,倒触发我一个久已向往的追求:饭要吃得自由一点。

朋友是位记者,要去采访一位市委书记。书记实在忙,难以抽身,便相约吃饭时间接受采访。书记也是别出心裁:弄了 4 只花生米、皮蛋之类的冷盘,备酒两瓶,交代服务员最后上两碗面,一小时后来收盘。于是,一人包干一瓶酒,边饮边谈,亲切自然。一小时之内,冷盘、面条、酒吃得精光,采访也告结束。

讲这个故事倒不是提倡采访时都去喝酒。我赞扬的是这餐饭吃得自由自在,绝无客套做作。菜肴虽略寒碜,却吃得随意,酒足饭饱,蛮有味道。饭也吃了,公事也办了,两全其美。

人贵自由,吃饭也不例外。

然而,现在吃饭之不自由随处可见。入席之前,先要推三让四地让座次,开局后频频举杯起立,随即是夹菜干杯,转马灯似的轮番作战。如此这般,吃到嘴里的菜已不知啥味道了。

这种吃饭的"八股"式套套,实在有破一破的必要。

饮食作为一种文化,就是要吃得斯斯文文,温温馨馨。古人游西湖,邀三二知己,乘坐画舫,几碟小菜,一壶佳酿,推窗而坐,举杯赏景,慢斟细酌,好不逍遥。大文豪鲁迅 1928 年游杭州时,也专门到当时的名菜馆功德林吃饭,点的是虾子鞭笋等几只特色菜,慢慢品尝,娓娓细语,绝无七碗八碟,喧嚣于席。这种宴饮,当然是尽情享受,并无应酬之累。

基于此,我追求的是饭要吃得自由一点。一入席,不必推推攘攘排座次,让客人自由选位才是真正的尊重。开吃后,可提倡"三不主义":不夹菜、不劝酒、不起立。喜欢吃什么,筷子就伸向那里。频频举杯起立,是最累不过的。何必自找这种麻烦呢? 至于硬灌强饮,轮番"轰炸",更是不可取的。

当然,要去掉这些客套不易。客套,是一种习惯势力,而习惯势力是难以改变的。但只要我们不断提倡一种自由吃饭的风气,客套陈习也是可以改变的。像我这样追求饭要吃得自由一点的,大有人在。这就是改变的动力。让吃饭吃得自由自在,不能不说是饮食文化不可忽略的一个重要方面。

(1996 年 1 月 5 日)

给新茶降点温

　　春天的新茶，历来给人一种温馨和愉悦感。呷一口，香醇味清；看一眼，绿沁心怀。由此，新茶成了春色的象征，江南特色也深藏在这一片片嫩叶里。

　　分享新茶之乐，往往是杭州春天的一道风景线。可是，今年春天气温偏冷，明前茶"千呼万唤"不出来。真正的"西湖龙井"第一锅至4月6日才开炒（这是货真价实的"炒"，不是"炒"歌星的"炒"），比清明晚了两天。其数量是鲜叶650克，成茶才150克左右。这对新茶的崇尚者说来，无疑是茶"海"中的一"叶"而已！

　　于是，打着各种旗号的"龙井"新茶招摇过市。一时间，市场上叫喊的"龙井"新茶，假冒伪劣，五花八门，真伪莫辨。据媒介透露，这些所谓"新茶"，多数来自安徽，也有本省其他地方所产的，经过一番包装，一个个变成亮丽的"龙井"姑娘了。

　　自己享受不到明前新茶倒也罢了，客人却是怠慢不得的。各种茶文化节按常规时间即新茶上市时节举行，而老天却不按人的时间表行事，怎么办？举办"节"而无新茶岂不成了笑话，海内外茶人与茶友都是奔新茶而来，真正急煞了主办者。于是只得到福建等南边省份"搬兵"，巧作包装，暂时应急，也是不得已之举。但无本地明前名茶,总也叫不响,便搞起了拍卖,500克茶叶拍到了5000元人民币,真可谓新茶贵如金了。

明前新茶这么少,雨前新品也难以跟上。这是事实。然而,却有一些去年的上好正宗的明前茶,至今还"待字闺中"。据报道,前些时候西湖龙井茶区的茶农说,新茶不见叶,而去年的明前茶还在石灰坛里保存好好的,却卖不出去。这个情况,恐怕不只茶农如此,正宗的茶叶商店也会类似于此的。我想,不妨给新茶降点温,来个新茶陈茶并举:新茶卖大钱,陈茶打折销售。这当然需要有中间商调剂,明说明卖,质量保证。这对经营者和消费者说来,都是一种实惠之举。

商场上如此,民间喝茶亦然。清明前我喝到一位朋友的茶,无论其色香味,盛在杯中喝到口中都属上佳。我误以为是新茶,友人相告却是去年的明前茶,因保管得法,味色不减。我把此事一讲,许多茶友深有同感。新茶,当然不错,但价格昂贵,一时喝不起;谁家先尝,分一杯也无不可;但还得清清"家底",别把去年的上好茶叶给"封杀"了,那多可惜!茶叶,是一杯杯地喝,一口口地品,不必像新名牌服装那样去赶时髦,一哄而起,趋之若鹜。

新茶我所欲,陈茶不嫌弃,来个"鱼和熊掌"兼得,如何?

(1996 年 4 月 12 日)

门外谈"车"

　　交通的拥挤和堵塞,已成了如今城市的难治之症。这种"肠梗阻",几乎随处可见。无论闹市地段或偏僻路面,还是白天黑夜,大概也很难找到一个宁静的"村庄"。

　　各方面的力量都在为这个"肠梗阻病人"出谋划策、尽心竭力,似乎已毋需我辈门外汉再来说三道四。但也许门外"看花",角度不一,或许有可取之处;即使谬误,权当白说,反正纸上谈"车",没有轧死人的危险。

　　现今交通事故日甚一日,有电视、报纸等传媒披露为证。我省一直是全国交通事故的大户。去年交通事故有 3 项指标分别名列全国一、二、三位:每万辆车交通事故死亡率居全国第一位,死亡绝对数居全国第二位,死亡人数的增长率居全国第三位。今年 1 月至 2 月份,全省平均每天死于交通事故的达 16 人。如果说这些数字还比较抽象的话,那么,今年春节刚过,104 国道上一辆大客车违章超车冲入落差 30 米的飞云江中造成 45 人丧生,电视画面上被撞得稀巴烂的车壳和一具具血淋淋的尸体,怎不令人触目惊心!

　　欲除症结,窃以为要解决一个车辆"私"有制的问题。否则,投入再多的管理力量怕也只是"杯水车薪"。这里所指的"私"车，并非个人拥有的私车，这在目前所占的比例很小很小，我指的是非营业性的单位所有车辆，实际上是单位"私"有制，这个数字却是很大很大的。当今的机关、企事业单位，包括大机关、小机关、大单位、小单位、大厂小厂、大店小店……何止成千上万，目前大都拥有一辆乃至数辆小车、中车、大车。这多如蚂蚁的车辆，一股脑儿往马路上挤，到公路上拥，马路、公路即使有魔法"日长夜大"也难以承受得起。从前听一位经济学家说过：公路、车辆、汽油，这三者应该是按比例发展的，否则就会乱套。目前某些方面的"乱套"就是因为三者没有按比例发展。

事业的发展，怎能离得开车？但并非每个单位都要去拥有一辆乃至数辆。目前每个单位都要买车，很有点像六七十年代家家户户都要买一台缝纫机一样。做衣难，要有缝纫机；用车难，要自己单位有。每个家庭要不要拥有缝纫机？现在大概不会再有争议了；但每个大大小小的单位是否都要拥有一批车辆"自给自足"，这肯定会争论不休。如果把单位拥有的车辆大部分转化为社会所有，有目的、有计划地发展整个社会的出租车事业，建立多种形式的出租车服务公司，是可以缓解交通的拥挤状况的。大大小小的单位如果租车预约，打个电话即到，加上经济上又合算，大概也不会搜尽资金，拼死拼活去买轿车的。

其实，现在许多人已认识"打的"之优越性了。一个单位养一辆小车，从付出的购车资金和丢掉的利息，再加上驾驶员的工资福利及养路费之类的各种支出，实在可观。据权威统计表明，小车消费已占整个社会集团购买力支出的70%。一部小车平均一年花销一至二万元，这不知可以打多少"的"啊！用发展出租车事业来取代单位拥有车辆，在国外已有成功经验。日本接待外国客人一般以"打的"为主，准时、方便、舒适。据说，有的国家接待客人，也交给客人一叠票据，随时付给出租车司机，到时向单位结算。

如果能把单位拥有的车辆大部分（当然某些领导工作需要留一二辆车也是应该的）转为社会公有的出租车，不但可缓解交通，还能转变风气。

门外谈"车"也许是"无车者"的酸主意，"吃不到葡萄就说葡萄是酸的"。不过，社会在发展，交通要缓解，"私"车"公"有是会变成现实的。五六年前，谁能想到"的士"会像现在这样满街随呼随乘呢？

（1994 年 4 月 28 日）

开掘时间的"金矿"

生活"快节奏"这个名词,先是从国外和深圳传过来的。如果当时听了还感到有某些抽象的话,现在则已经尝到这种味道了:来去行色匆匆,车厢里洽谈,餐桌上拍板;慢车空荡荡,大家都赶快车坐。火车比汽车紧张,飞机又比火车紧张。这种"快节奏"也开始渗入家庭,大家都抢时间,都感到时间不够用了。

在时间"赤字"日益严重的当今,颇有必要强调一下科学安排时间,讲点时间"管理学"。作为这门学问的宗旨,便是要确认时间有巨大的价值,浪费时间是最大的浪费。以前,我们对光阴的白自流逝不当一回事,不觉得痛心,但谁要是让袋里的金钱白白流走,那不是疯子才怪哩!可见,时间就是金钱这个观念并未深入人心。当然,有些开明之士早已感到这一点,钱可贵,时间更可贵,因而舍得花钱买"时间"。有位教授对我说:"一到假期,我家里雇个保姆,自己躲进图书馆,这叫出钱买知识!"有意思!这可以被视作时间问题上传统观念的一种突破。总之,现在时间已经"升值"了。比如,从前我们常习惯于说:一个铜板掰成两爿用。其实一个铜板掰成两爿,还只是原来的一个;如果把一分钟当成两分钟用则就能创造出更多的"铜板"。

这也是我们在时间观念上的长足进步。

从"时间管理学"看,善于从时间的分割中寻求最大"时间量",不失为一项艺术。在繁忙的生活节律中,要想随意腾出整块时间是困难的,但可以在合理的"分割"中,把点滴时间抓过来,为我所用。从这个意义上说,时间的"金矿"是要靠自己开掘的。美国有位小说家、诗人兼钢琴家爱尔斯金,年幼时练钢琴,一练就是三四小时。老师却告诉他:"你将来长大后,不会有整块长时间的空闲的。你可以养成习惯,一有空闲就几分钟几分钟地练习,五分钟、十分钟地练习。"后来,他在从事大学教学和创作时,白天晚上时间都占得满满的,差不多两个年头也不曾动笔,这时才想起老师的话,只要有五分钟左右的空闲就坐下来写一百字或短短的几行。他感慨地说:"人类是从这些短短的闲歇闲余中获得一些成就的。"可见,善于把每天零碎的时间"捡取"、"焊接"成大块,是可以获得大效能的,

有位工人朋友在工作之余,利用点滴时间,一年写了十万多字的文章,平时还练练书法,钓钓鱼,可谓优哉游哉。我探问他的经验,答曰:"勤奋出时间,精心抓时间。"这个"抓"字,妙极了。时间的运筹,最根本的是抓。抓紧时间,便赢得了实际时间的数量优势。"运用之妙,存乎一心",运用得妙,便把时间抓到手了。

新的一年钟声响过了。我想到了雨果的一段话:"在时钟面上走动的针也在人们的心灵里走动。每个人都迈出了他必须迈出的脚步"。是的,让时针在我们心灵里走动,心灵驱使脚步走动,去开掘时间"金矿"!

(1985 年 1 月 2 日)

永远的高鹗

　　近日看到报刊的一篇文章说,如果没有《红楼梦》,就没有张爱玲,没有苏青,没有……,《红楼梦》是永远的经典。这是一个正确的命题,《红楼梦》哺育了一代以又一代的作家,至今仍是作家群的"母语"。在叙说永远的《红楼梦》、永远的曹雪芹时,无法漏掉"永远的高鹗"。

　　说到《红楼梦》,是离不开高鹗的。尽管有"打高派"和"拥高派"之分,有说他"狗尾续貂",是"死有余辜",不能让它"附骥流传";当然也有说他"保持了全剧悲剧结局的功劳",因此要"感谢高鹗"……。没有高鹗,《红楼梦》不可能有今天的盛况。这是无法抹杀的事实。然而,高鹗却是扮演了一个尴尬的角色。台湾作家水晶作了一个生动的比喻,说高鹗成了历史上的毛延寿:"他替汉明妃未完成的画像补妆,结果,'意态由来画不成'反而承担了一个千秋的罪名。"

　　作为《红楼梦》后四十回这个千古话题,水晶分析说:"连一向支持高鹗续书是劣作的张爱玲,也有点半信半疑地说:'批评《红楼梦》后半部写得不好,形同议论别人结婚多年的老妻。'言下之意,张女士至少肯定了一个事实:《红楼梦》早已与高鹗结为夫妇一体,再说两人婚姻生活不美满,不嫌无聊吗?"水晶可是研究张爱玲的专家,对红学研究也卓有成就,他也肯定了一个事实:《红楼梦》的八十回与后四十回,已经结合为一个整体,流传了百多年,无可否认,这个文学经典是曹雪芹与高鹗共同建成的。正如王蒙所说:"即使高鹗的续书有几百个缺点,但,我们今天任何人的改(续)肯定远远赶不上高鹗。"

《红楼梦》研究的奇谈怪论,多如牛毛,层出不穷。据闻某教授研究认定《红楼梦》全书的作者实为曹雪芹所作,"没有高鹗的分儿";其实早也有人断定《红楼梦》的作者并不是曹雪芹,"曹雪芹也没有分儿"。由此看来,种种贬低高鹗的论调是不希奇的。可是公道自在人心,近年来为高鹗说话的人不计其数,包括一些著名的作家。2007年宗璞就在《随笔》第一期撰文,题为《感谢高鹗》,直抒胸臆。文章说:"近百年来,《红楼梦》后四十回一直是批判对象,说狗尾续貂是客气的,甚至有人说,它把一部伟大的作品毁坏了。全世界都在读120回《红楼梦》,亿万人为它哭坏了眼睛,高鹗却总在被批判,被否定,被讥讽嘲笑,这个现象很奇怪。"宗璞详细分析了续集之功,它不但"给了我们一个完整的故事",而且有"高度艺术感染力的文字",她又说:"只因有了后四十回,才有了《红楼梦》这部悲剧,才有了《红楼梦》研究的大平台。"最后她说:"感谢高鹗是胡适、顾颉刚、林语堂说过的话,我想也是很多人心里想说而没有说出来的话。"这确是说出了亿万读者的心里话。

痛骂高鹗者,把他的后四十回的文字也说得一塌糊涂。红学家周汝昌说高鹗"技巧低劣,文字恶俗",因而"不可饶恕",要把

"它从《红楼梦》里割下来扔进字纸篓去",评得真是"过瘾"！而宗璞的评价则是"有高度艺术感染力的文字",可谓"针锋相对"。后四十回孰是孰非,其实广大读者早有客观的评价。王朔也算是文坛一位"狂人",骂过不少人,但不骂高鹗。他对改编《红楼梦》电视剧剧本问题说不需要改编,"就拿人家那 120 回一章一章地拍……《红楼梦》里大量台词,加上关于风景的描写,心里活动都藏在台词里了,上来就是一个电视剧本。"他说的 120 回,当然包括高鹗的后 40 回,这同样是一家之言。作家王蒙不但著作等身,也是一位红学家,他对高鹗艺术上的评价,也是不可忽视的,他说:"不论后世学人对高鹗续作有多少辩正(不是辩证法的辩证)与批评,'苦绛珠魂归离恨天,病神瑛泪洒相思地'这一回仍然是贴切工整、感人肺腑,催人泪下！"

彼岸的水晶也不能否认高鹗的成就,不过他有自己的看法。他一方面批评"后四十回有些地方写得乏善可陈"但"也有写得非常好的……《泄机关颦儿迷本性》(96 回),是一篇掷地可作金石声的好文章",但他认为"这是曹雪芹的亲笔,而非高鹗的涂鸦"。真是仁者见仁,智者见智,各有各的看法,不能强求。但有一点我辈普通读者,则可以说一说的,后四十回里有好东西,也有差东西,虽然瑕瑜互见,评价各异,但总不能说好的就是曹雪芹的,高鹗是写不出来的;差的,曹雪芹是不会写的,那当然是高鹗的了。这种逻辑,似乎有欠公允吧！

永远的高鹗,我是说关于高鹗和他的后四十回,永远会争论下去,正如王蒙幽默地说:"多好的《红楼梦》啊,它会使那么多人包括我一辈子有事做,有兴味研究、著述、争论,拍案惊奇！"

　　永远的高鹗，曹雪芹与高鹗作为《红楼梦》作者的"双璧"将世世代代永远传下去，对他"感谢"的人会越来越多，高鹗的后四十回不可能从整部《红楼梦》中分割出来，当然绝不会被"扔到字纸篓里面去"。

　　永远的高鹗，作为曹雪芹的同时代人，高鹗的后四十回永远不可能被超越。还是王蒙说得对："今天任何人的改（续）肯定远远赶不上高鹗。"世上的仿《红楼梦》、补《红楼梦》、后《红楼梦》多如牛毛，能成为经典者几何？

　　今天，我们除了感谢高鹗外，应该公正、客观地评价他，给他一个实事求是、恰如其分的"说法"。那种一家独"红"、带情绪的偏见，非要把他置于死地、甚至要连他的"粉丝"也一扫干净的作为，也就应该收敛起来吧！

（2006 年 12 月）

杂文者说

魂兮归来

魂兮归来

——重读袁鹰两篇副刊杂文论著

　　袁鹰是一位大散文家,也是《人民日报》副刊的长期掌门人。他在回首在职时的编辑工作,随手记下一些耳闻目睹的真相,一些值得咀嚼回味的事实,一些骨鲠在喉不吐不快的是非,于2006年结集出版《风云侧记:我在人民日报副刊的岁月》。这本《风云侧记》出版后,记得也闹了一些"风云"。时隔八年,至今坊间难觅此书。网上一查,与《伶人往事》一样,售价一百二十八元,奇货可居;而且标明只此一册,当然是商界的噱头。这是题外话,赶快收住。

　　由于对杂文的情有独钟,他在书中有许多精彩回忆和论述。其中,以《五十年代杂文悲欢录》为题,发表在《新民晚报》(2006年11月11日);尔后,又在《人民日报》副刊60周年专版上发表《杂文沧桑》一文(2008年6月21日)。这两篇文章其实是"姐妹篇",前文从1956年春天杂文的兴起,说到1957年夏的龙卷风杂文遭到"丁酉之难";后一篇说到杂文历经磨难、销声匿迹后,于60年代初又"死灰复燃",有了短暂的复苏,后来又经历了大"革"文化的"命",直到改革开放的整个长过程。他还对人民日报的杂文专栏《长短录》的遭遇，与姜德明合写了《'长短录'的始末与'功罪'》，这是对杂文生存的典型"解剖"。

今天重读这些文章，作为一个杂文爱好者，还是感受到醇味浓浓，思绪深深，不但分享了杂文辉煌年代的悲欢，也从中汲取了杂文发展过程的丰富营养。这样的精彩篇章，不但不会速朽，却能历久弥新，是杂文史上的宝贵财富。

袁鹰文章的核心，是把杂文概括为"副刊的灵魂"。杂文的悲欢与沧桑，起起落落，无不与副刊的这个"魂"相关联，作为副刊的操刀人，他最有深切的体验。如果把杂文比作一个人的话，他的灵魂是倔强的、坚韧的，既百折不挠，又光明磊落，因而能在报纸的副刊上长期占有"魂"的地位。尽管历经磨难，还是傲然挺立于世，可说"野火烧不尽，春风吹又生"。

其实，杂文与中国的文学共生共荣。杂文古已有之，战国时代以来诸子百家的著述中，都有出色的杂文。不过，那时不叫杂文，称"议论而兼叙述者，谓之杂说。"《战国策》中的《邹忌讽齐王纳谏》、荀子的《劝学篇》、韩非的《说难》等，都可说中国最早的杂文。秦汉以来，李斯的《谏逐客书》、贾谊的《陈政事疏》、晁错的《论贵粟疏》等，堪称那个时期的杂文佳作。刘勰在《文心雕龙》中，专门的一章谈杂文，纳入他的文学评论体系。不过，他认为杂文是文章的末流，或是文人学士的安适之作，所谓"文章之技派，暇豫（闲适安逸）之末造也。"

直到五四以来，鲁迅拿起了杂文这个锐利的武器，刺向反动统治阶级，他的杂文在中国文学史上留下了独特而辉煌的一页。而且，他对杂文的宗旨和作用，作了经典的概括："生存的小品文,必须是匕首,是投枪,能和读者一同杀出一条生存的血路的东西;但自然,它也能给人愉快和休息,然而这并不是'小摆设',更不是抚慰和麻痹,它给人的愉快和休息是休养,是劳作和战斗之前的准备。"(《小品文的危机》)这段精辟的论述,对杂文的"硬"与"软"两方面作用都说得很到位,像是针对刘勰的论点"杂文是文章的末流"而发的。

杂文经过多个回合的较量,在新时期起死回生。改革开放30年来,杂文这枝被枯萎了的"花",已重新在神州大地遍地开放。现在,全国已有专业的杂文报刊、月刊、选刊;各地的杂文机构如雨后春笋,各类杂文论坛和年会层出不穷,形成了一支杂文创作队伍;每年在大量创作杂文的基础上,有各种选本问世。说这是杂文的又一轮繁荣,似不为过。

然而,今天杂文在报纸副刊的"魂"还在吗? 不能不令人忧虑。尽管当今杂文发表的园地众多,在主流媒体却是声音微小,甚至无声无息。有的大报虽有杂文专栏,已难得见到杂文;有的终年不见一篇杂文;过去一些对杂文情有独钟的报纸,刊发数量也大大减少了。这是从表面现象说的,至于杂文的质量,更不好同日而语了。副刊尽管可以连篇累牍发表冗长而无病呻吟的散文,却不能给杂文予一席之地,更别说是"魂"的地位。散兵游勇式的媒体杂文发得很起劲,主流媒体对他们也无动于衷,连转载一些有影响的佳作也没有。这种像剃头挑子"一头热一头冷"的状况,能作何解释呢?

主要原因还是那个老问题:杂文容易出问题。的确,杂文曾经历过一个梦魇时期,带给报纸和作者的灾难记忆犹新,余惊未息。但在新时期开始,还是有过一个复兴景象的兴旺阶段,主流媒体竞相发表杂文,产生了像《鬣狗的风格》、《'马尾巴'的功能》等寓意深刻、给人启迪、形象鲜明、传诵一时的佳作。那时,像上海的"文汇"、"解放"两报,由总编辑主持召开杂文作家座谈会,不定期刊出杂文专版,许多名家动手撰写杂文,专栏刊出杂文家的代表作和作家自述,三天两头有加框楷体字的杂文放在显要地位。人民日报因为杂文发得多、质量高,精品迭出,结集出版的杂文集琳琅满目,笔者手头就有五六种之多。可谓盛极一时,如今却是风光不再。

曾几何时,杂文又成"问题产品"了呢?有的报纸副刊对杂文,像遇到细菌一样,唯恐避之不及。有的报纸副刊干脆宣布不登杂文;有的零打碎敲,勉力应付;有的以时评替代杂文,难见精彩篇章。能像香港《大公报》的"大公园"那样,每天刊载多篇杂文和随笔,已是凤毛麟角。说杂文会出问题,又值得什么大惊小怪呢?世界上没有问题的事物,大概是不会有的。发表杂文,也是同理。有问题,可以评头品足,多元思维,正是这样的思想碰撞,才能不断前进。一个有争论的文坛,才是一个兴旺的文坛。杂文没有读者吗?这是低估了读者的欣赏水平。现今的许多杂文报刊,大都是读者自费订阅的,而且发行趋势有增无减。各种杂文竞赛风起云涌,参赛者之踊跃,竞赛时间之长、竞赛门类之多,君能视而不见?笔者也纳闷:现今的纸媒,读者不喜欢的,硬是要塞给读者;读者喜欢的,却不给予版面,真是奇哉怪也!

主流媒体的权威性和引导作用,是不可否认的。从袁鹰的这两篇文章中可以看到,七八十年代,不仅报纸副刊,还有许多杂志,竞相发表杂文,数量与质量大大超过五六十年代,由此推进了新时期杂文的复苏和繁荣。这不能不说,与他长期主持的副刊,把杂文看作副刊的"魂"有关,把杂文作为副刊的一面旗帜有关,与人民日报的带头有关。如今,所以呼吁魂兮归来,诚如袁鹰在《杂文沧桑》一文的结尾所说:"报纸刊物上杂文兴旺,议论风生,人心舒畅,热气腾腾,正是构建和谐社会、和谐文化的必要组成部分,也正是一个副刊老编辑的多年夙愿。"

(2014 年 1 月)

"杂文达人"朱大路

　　现在是"达人"满天飞的世界，各个领域都有"达人"。试看经济、社会、文艺、教育、科技，卫生各领域，无数不包。数学达人、高考达人、时尚达人、街舞达人、设计达人……，还有各种各样的"达人秀"，不一而足。连很多历史人物也被冠以"达人"的桂冠，如宋代《梦溪笔谈》的作者沈括，也成了"科技达人"。唯独杂文领域还没有出现"杂文达人"，我想这与杂文界常常把灯光照向别人，不大顾及自己有关。不过，杂文界真要找出几个"达人"，也并不容易。

　　"达人"一词，原指某个领域非常专业，出类拔萃的人物。或在某些方面很精通的人，即所谓高手。照这个含意看，杂文界当然有"达人"，只是隐而未发。不是说会写几篇杂文，或写得多的就能称为"杂文达人"，或者像现在一年出一千部小说，能挤进一部的人，都能称为"作家达人"一样。窃以为，能深谙杂文精义，对杂文有独到见解，能写一手出色杂文，又能在培养作者、编出有影响的杂文选编等方面，作出贡献的人，方能称之为"杂文达人"。以这个说法来筛选，我感到朱大路先生，大概可成"入围"者之一。

　　作为《文汇报》的高级编辑，大路先生主持《文汇报》"笔会"的杂文栏目 20 余载。在杂文成为这家报纸的一个品牌中，离不开他的精心策划，精心编辑。经他手编辑的杂文，不知凡几，恐怕连他自己也难以数清。他说自己经历了两个杂文繁盛期："第一个，是 1987 年到 1989 年上半年，约两年半。当时，思想开放，可写的题材相当多，也好发。一次征文，来稿三千篇，奖品是十辆崭新的自行车，很吸引眼球。第二个，是 1996 年到 1998 年上半年，也是两年半。这期间，'笔会'每年发表二百二三十篇杂文，数量空前，质量也可以。"作为一个杂文喜爱者的记忆，那个时候，他将杂文这个栏目，编得活色生香，千姿百态。我们看到过不少汇聚各种类型、各方作者的杂文专版；以精选代表作，介绍评论作者，并配以漫画、对话的杂文家专辑；每期"笔会"版面上几乎都有杂文，文章加框，楷体排字，非常醒目。他可说是杂文兴旺时期的"弄潮儿"。

他编的杂文眼光很高，选篇很严，不以人取文，而以文取人。他要求杂文不但要有思想性，"杂文是思想的产物"；还要有艺术性和幽默感，要有悬念，引人看，文字活泼。他的作者中不乏名家，那么多名家杂文在他掌中流逝，因此，他在《世纪初杂文 200 篇》前言中对杂文家的运笔个性，了如指掌："曾彦修的厚重，邵燕祥的老到，流沙河的冷峻，黄一龙的犀利，朱铁志的严谨，王乾荣的峭拔，鄢烈山的实诚，韩寒的俏皮"……当然，他并不唯名家是从，文章只要够格的，他都会与作者切磋，精心编发。他谦虚地说："为一批杂文家的成长，助过一臂之力。"很多杂文作者都受过他的"助力"，笔者也是受"力"者之一。这体现了一个杂文编辑的操守，默默地耕耘着"笔会"这块杂文园地。这与如今有些编辑只讲关系,只在圈子里转,或者只把版面当作自己的园地相比,在大路先生面前大概会脸红的。

致力于杂文的精选出版,也是大路先生殚精竭虑之举。他编选的《杂文300篇》《世纪末杂文200篇》和《世纪初杂文200篇》,展现了10多年来中国杂文的风采神韵,不但为杂文开创了三块"文汇品牌",也被誉为"新世纪杂文的文化结算"。有评论指称,朱大路有诸家年选本为依托,有自己《文汇报》"笔会"杂文的阵地,因此,他对当代中国杂文的流变熟识深知,在杂文界又积攒了充裕的人脉,其选编眼光当是胜人一筹。这三个选本描绘了杂文的发展历程,荟萃了大量的、各种类型的杂文精品,可以说为杂文"树碑立传"。他的编选别具一格,《世纪初杂文200篇》不但囊括了杂文界的优秀作品,还精选了圈子以外的佳作,他说:"多了一些圈外的生活底子,有时反倒新鲜,实在;横看竖看,是从野地里刚掐下的果实,带着几颗露珠。"他编选之精心,我有一次亲身经历。2010年在绍兴举行的全国杂文年会上,为上一年的"鲁迅杂文大奖赛"颁奖,不才有幸忝列其中,我在发言中说,获奖作品也是相对而言,其实很多优秀作品或身为评委的杂文,或发表在境外,未能参与,如朱大路发表在香港的好多杂文,黄亚洲在网上撰写的《普金离灾难最近》等都是。后来黄亚洲的此篇尚未在纸质媒体发表过的杂文,就被大路先生要来编入《世纪初杂文200篇》。

每编选一本杂文集,他都要写一篇前言或后记。我特别欣赏这些篇章的精辟议论和见解,不仅是汲取思想的养料,还是一种文字美餐的享受。读之再三,隽永味醇。他对杂文的本质说得很好："杂文没有被五颜六色的价格迷住眼,它追求的是人性的价值,民主与科学的价值,社会进步的价值。"他选编的眼光,步步深化,2000 年编《杂文 300 篇》时,他的遴选标准,是六个字:"尖锐、热闹、雅致",到 2011 年编选《世纪初杂文 200 篇》时,则提出选本的三项标准:"批判元素,文学元素,信息量"。与时俱进,由表及里,走出了"投枪、匕首"的套路,形成了一个新时期的"新说法"。他在《世纪末杂文 200 篇》前言中对杂文家的职责,也避开了大义凛然的说教,说得既俏皮幽默,又入木三分:"杂文家是这样一个群落:他们吃自己的饭,却为天下操心;他们不是对一个领域说话,而是对整个社会发言。他们敢于在高慢的脸面上拨一拨,在威赫的虎须上捋一捋,在棘手的蜂窝上戳一戳。他们不指望笔底文字对社会能起多大实际效用,只求自己像负责任的清洁工一样,为搭建现代化大厦,犁庭扫穴,清污剔垢。"这段话说得太好了,说到了杂文家的心坎里,原来这批"家",只是一群好事之徒,对现实说三道四,点点戳戳,不求有功,无求回报,阿弥陀佛!

不显山露水的是,大路先生的写作。他主持杂文栏目,也是杂文写作高手。不过,在他主持杂文栏目时,自己绝少(只是我接触到的版面)占有一席,并不"近水楼台先得月",恪守一个编辑的职业道德。退休后他写了许多杂文,也是远离自己服务过的版面,大都发在香港的媒体。但他写的杂文,常常引人注目,脍炙人口,网上不断流传。如像《赫鲁晓夫的细腻》《总编辑的"腔调"》《把人当作人》《写在"笑"的边上》《乌纱与道德符号》等。其实,他是一个写作的多面手。他写过长篇小说《上海爷叔》《三教九流》《梦断上海》《末路皇孙》;传记文学《上海笑星传奇》;报告文学《盲流梦》等。他在指出有些杂文作者写作手段单一时说，"只会写杂文，结果写出来的是时评。如果也写写散文、小说，把活泼灵动的长处吸收过来，可能让你的杂文面貌从此改观。"其实，这是他自己的经验之谈。他就是有多副笔墨，他的杂文文句精短，内容深邃，幽默风趣，没有时评的影子，不见板着的脸孔，是那种可以一读再读、读了还想读的杂文。

杂文界有此赤子，是杂文之幸！达人朱大路就这样炼成的！他不是"杂文达人"，还能是什么人？

不过，大路先生也许不大喜欢"杂文达人"这项桂冠。他一向低调为人，谦虚随和，只求耕耘，不求闻达，那就恕我追了一次"时尚"；如果换一个大众化的赞词，他是一个名副其实的"杂文园丁"；再如果嫌这有点落俗套，那就赠他一个"杂文保姆"的称号。杂文的振兴与发展，需要这样多多的"保姆"！

（2013 年 7 月）

梁晓声诫弟不写杂文

近读作家梁晓声新著《凝视九七》,纵论当代许多热点问题,其中也谈到杂文,文不足千字,却是一篇精彩的"当代杂文论"。

梁晓声在给四弟的一封信中,评论当代杂文写作。他主张四弟放弃杂文的写作,改写散文。这倒并非是梁晓声是一个小说家而不喜欢杂文,也不是杂文作为文学的"小儿科"而看不起杂文。恰恰相反,他对杂文寄予满腔热情,却又无可奈何。他说,"今天原本应该是一个杂文活跃的时代。而明摆着的道理,今天又根本不可能是一个杂文活跃的时代。……"在"原本应该"和"根本不可能"之间,原因是不言自明的。杂文显然是越来越不讨人喜欢了。先是"不讨眼睛长了钩子似的监察报纸的某些人们的喜欢,自然也就不讨编报的人们的喜欢了。或者他们只能心里暗暗喜欢,原则上却要敬而远之的。"他把话说透了:"在诸文体中,杂文最像公开的意见书。而且往往是尖锐,甚至尖刻的那一类'意见书'。"它很难讨人喜欢,也就不言自明了。

其实杂文不讨人喜欢,原非今日始。鲁迅写了那么多杂文,也是不讨人喜欢的,甚至备受攻击。鲁迅写杂文被诬蔑"略转脑子就可赚到稿费",甚至像村上的老女人一样,"一天到晚只是讽刺,只是冷嘲,只是不负责任的发一点杂感。"鲁迅自己说:"有些人,每当意在奚落我的时候,就往往称我为杂感家,以显在高等文人眼中的鄙视。"然而鲁迅之杂感,却是一篇篇的"感"下去,以至流传到了今天成了时代的记录,文库之经典。今之杂文,当然不能与当年鲁迅杂文同日而语,但其批评精神则是一脉相承的。杂文作为一种"意见书"的历久不衰,实在是国运昌盛、思想解放的产物。杂文绝不是一只刺猬,实在是带刺的蔷薇。古人云:"天下有道庶人不议",而杂文家聂绀弩却反其道而说:"天下有道则庶人议,天下无道则庶人不议。"庶人议,是好事情,是"天下有道"的标志,庶人不议,鸦雀无声,那才是可怕的。

说到当今杂文时,梁晓声不能不提到报纸。因为报纸毕竟是发表杂文的主要阵地。梁说:"我收到的报纸挺多,我发现许多报纸的杂文越来越少……偶见杂文那'意见'的锋芒所向,早已悄悄地由针对大社会的现象,而明智地收敛了,专指向文坛或文艺界'茶杯里的风波'了。"这种现状,虽然使一些钟爱杂文的作者,明智地收敛或者搁笔拉倒,仍有一批不合时宜的"唐·吉诃德",自作多情,硬把头往"风车"上撞去,杂感还是不断地在"感"。总体上报纸的杂文虽越来越少,但有志于此的报纸却并不少,更不乏脍炙人口的篇章。只要社会弊端不除,思想污垢不灭,杂文还是有用武之地的。反过来再说梁劝弟不写杂文,也反映了他对当今杂文的"恨铁不成钢",于是诫弟不要去写那"玩意儿",自讨没趣。其实,大可不必因为杂文受到某些人的冷落,而不去写杂文。杂文之受冷落,某种原因是揭了"阿Q"头上的"疮疤",正说明了杂文的作用。如果谁都举双手赞成杂文,也许杂文的生命力就到头了。要说公开的"意见书",我看不仅是杂文,你梁晓声的《九三断想》《九五随想录》……其中也不乏幽默,有些也是"黑的、冷的、辣的"。成全你弟弟的杂文之梦吧,说不定你梁家还能冒出个杂文家哩!杂文由于自身的"刺",大概还会被冷落下去的,然而,杂文这个文学品种大概不会灭绝的。

（1998 年 6 月 12 日）

宣传部长写杂文何以成为新闻

　　《杂文报》近期连续推出浙江省德清县委宣传部长张林华的两个专版，一个是作品版，一个是评论版，这在《杂文报》是前所未有的创举。编者看到张林华的杂文"惊喜的眼睛为之一亮"，因为"领导干部的杂文还很少见，尤其宣传部长写杂文的少而又少，而能把杂文写到一定水准的宣传部长，更是稀之为贵。"《浙江日报》最近也发表了对张林华杂文的评论文章，称赞"读他的文章，便会感到思想的激荡和文采的飞扬，悯民的情思和为国的心思扑面而来。"一时间，林华成了媒体的新闻人物。

　　我非常赞同《杂文报》编者和评论文章的见解。林华虽贵为部长，他与我这个布衣却相交甚笃；我也佩服他远离灯红酒绿的官场，专注阅读，笔耕不辍，写出了一批颇有质量的杂文。在他就读华南师范大学中文系时，就与广州的杂文大家老烈结为忘年之交，他撰写的《给"员外"请安了》一文，脍炙人口，文中所叙老烈的种种为文细节，情真意切，感人肺腑，由此我找到了林华"杂文情结"的根脉。而这个老烈当年发表在《羊城晚报》的杂文，我几乎每篇必读，而且剪下保存，我正是他的"粉丝"，由此，林华与我的杂文之"心"，贴得更近了。

　　然而,我也想到关于宣传部长写杂文的一些往事。林华作为宣传部长写的杂文,今天不说是"凤毛麟角",也是"稀有物资"了,理所当然成为被关注的新闻。这一点《杂文报》的编辑,可说是慧眼识珠。试看今日之杂文园地,有几个宣传部长操刀为文? 有几个宣传部长发表对于杂文的见解?

　　其实,就我不太多的阅历知道,宣传部长写杂文,在过去乃是司空见惯之事。不说胡乔木、陆定一这样的宣传部长是大理论家,他们的文章中就有许多就是杂文;就说夏衍、林默涵、廖沫沙、王元化等都当过宣传部长或副部长,他们在任上或任下都写过大量杂文。

　　改革开放之初的 1978 年 5 月,有一篇题为《马尾巴、蜘蛛、眼泪及其他》的杂文,拍案惊奇,争相传诵,从思想内涵到语言表述、文学色彩,堪称一流。这篇杂文在对待知识和知识分子问题上起到了拨乱反正的作用,影响之大,说轰动文坛也不为过。针对当年江青一伙通过电影把教师在课堂上讲授"马尾巴的功能"当作"笑话"来嘲讽,并借此宣扬"知识无用"的行径,在文章中旁征博引,讲述了蝌蚪、兔子、牛和马的尾巴各有特殊的功能,然后笔锋一转:"马尾巴并不像江青的假发一样,仅仅是一种骗人的装饰,没有其他'功能'。"这篇杂文的作者宋振庭,当年就是吉林省委的宣传部长,后来的中央党校的教育长。

　　宣传部长能写出好杂文,除了其所处地位,目视四野,学养深厚外,还要有其独特思维,出众胆识。当然,不能因为不写杂文而去责怪现今的宣传部长。他们所管事的范围之广,内容之重要和事务之繁杂,与过去不可同日而语。今天这个重要会议,明天到那儿作报告;这里要去视察,那里又等着颁奖,真的是忙得不亦乐乎。再说,"术业有专攻",你也不能要求政治家都是文人,同样也不企望文人也是政治家。只要他的本职工作做好,为文如何,只能说是个人爱好,或者是一个参照系数。更何况,杂文本来就被认为是"小儿科",很多人不屑一顾。杂文之不受欢迎,鲁迅曾自嘲说:"有些人每当意在奚落我的时候,总往往称我为杂文家,以显在高等文人眼中在鄙视。"至今,这种状况也很难说有多大改变。

然而,宣传部长这个官员不同于别的官员。他要管的是文化、艺术、新闻、出版、教育等诸多意识形态领域。他对所管辖的部门,按理也应该是有所涉猎,或者是行家里手。过去的宣传部长,多数是当地的才子、笔杆子,作报告头头是道,写文章倚马可待。这些人,我们见得多了。上面提到的宋振庭,就是一个学者、作家、杂文家。自上世纪 50 年代起,在报刊上发表了数百篇杂文,出版了五六册个人作品专集。他的杂文针砭时弊,嬉笑怒骂,纵横挥洒,脍炙人口。他的学养如何? 只要用一个事例来说明就够了。宋振庭曾与傅抱石谈了一次话,傅事后对关山月说:"想不到东北还有这么一个人,地方官还有这样懂艺术的人。"俱往矣,你再来用这些陈芝麻,拿到现在来说事,不是悖时了吗? 我不否认这种悖时。这一点上,林华坚持不懈地写作杂文,也许在有些人眼里也是有点"悖时"的。

现在的宣传部长不写杂文,还有另一个原因。官袍加身,你是不能说三道四的。他不像普通作者那么自由,也不像前朝宣传部长那么潇洒。他的一举一动,影响巨大。为文说得是否符合口径,表述内容用意何在,权衡轻重是否恰当,别人都要拿着显微镜来看的。这种有形无形的"束缚",都是客观存在的。于是,写杂文又不是分内事,又不会列入政绩考核指标,何必去自找麻烦!?所以,官员参与写作,尤其是写杂文,不但自己要有兴趣,还要有一个宽松的舆论环境。

说到底,现今的宣传部长其重要职责是坚持正确的舆论导向,把握主旋律,所谓"守土有责",把关为重。而杂文这东西,多数是针砭时弊,抨击劣迹,作种种另类思考,不免有其"异质思维"的特点。弄好了,能振聋发聩,扫除某些污秽;弄得不好,也会伤及事物本身,大有投鼠忌器之忧。所以,在某种程度上,杂文是有风险的,与把关、引导、守土等等,不能说没有矛盾。据说,温州动车事件中,就有不准媒体发反思之类的稿件。你看,不要说宣传部长亲自写杂文,就是在他们管辖下的报纸的副刊,有的已有多少年没有发表过一篇杂文了,这已成为被"遗忘的角落"。

今天对林华写杂文的赞扬大都来自民间,我还没听见他的主管上级对他有什么褒扬。也许,这是我的孤陋寡闻,但不能不替林华拿捏一把汗的。身为宣传部长,去写什么杂文,轻则会被说成是"不务正业","混同于一般老百姓",重则……我不想说下去了。聪明如林华者,不会不想到这些,但他的"杂文情结"是不会转移的,书生意气,难改本性。

一个布衣说了这么多有关宣传部长的事,自知是"蚍蜉"对话"大树",不自量力,也只能是姑妄言之罢了,请恕罪!

(2012 年 1 月)

艰难的奋进

——2000 年浙江杂文创作综述

  正当盘点 2000 年浙江杂文之时,媒体议论杂文创作和对杂文的学术讨论时有所见,这无疑是呼唤杂文的空谷足音,给艰难奋进中的杂文予以有力的支援。

  无论是发表杂文的数量还是质量都在全国属于上乘的上海《文汇报》,曾选择发表过的精品编辑出版了《杂文三百篇》。新世纪开初,该报又专门邀请 30 多位杂文名家召开了杂文创作座谈会,发言摘要陆续在"笔会"副刊发表。这些名家的发言振聋发聩,认为杂文是"衡量社会的示波器",陈说"杂文少,杂文用'钝刀子割肉',不是好兆头;杂文多,杂文的'刀子快',则表明民主的进程在加快。"杂文是"增强机体抗病能力"的另一种舆论监督。因而在报上打出了《杂文万岁》的标题。

  《浙江文化报》虽是一张专业报,却十分关注杂文创作。近期连续发表 3 篇《杂文文体论札》,文章虽是对杂文文体的学术讨论,但在肯定杂文是一种"根植于中国现代社会的特殊文体,是中国独有外国所无的文体"的同时,也不无忧虑地发出:"杂文会不会被挤出现代文学楼台?"作者这种担忧的原因是:"杂文文体意识的欠缺,严重的欠缺,几近乎文体的无意识。"

从这些关于杂文的种种议论中,来观照浙江的杂文创作,我们只能概括成一句话:艰难的奋进。浙江的杂文总体说来,虽在本省和全国的报纸、杂志发表了不少作品,但作为一个鲁迅的故乡,并与其他文学门类相比较,杂文的数量,尤其在全国有影响的还是少了点,杂文的学术研究更少了,作者的人数也少了。由此看来,振兴杂文还是一个艰难的话题。

由于杂文的时效特性和短小精悍,发表的主要阵地是报章杂志。当今报纸副刊基本以散文当家,能给杂文以一席之地已是难能可贵的了。在这方面,我省的一些报纸还是经常发表杂文,有的还矢志不移,坚持不懈。

《浙江日报》作为全省的主要媒体,在每周一期副刊的情况下,全年发表杂文 24 篇,1 个杂文专版。虽然在数量上比上一年有所减少,但质量有所提高。这主要在开展一次"钱塘杯杂文竞赛"后,吸引了一些省内作者,也刊登了一些杂文名家的稿子,如冯英子、毛志成、金陵客等。这些杂文毕竟在内涵和表现手法上有独到之处。金陵客写的《"先生必有所请"》一文,含蓄隽永,不落俗套。文章开头也别出心裁:"普救寺长老法本和尚非常敏感。当张君瑞这个穷书生刚在寺里与他见面、递上白银一两的时候,他非常敏感地说了一句话:'先生必有所请'。"文章的主题在于说明,"天下没有白吃的午餐"、"吃人的嘴短,拿人的手软",一旦受人家的贿赂,就要被人家牵着鼻子走。但通篇没有说教,而是从张君瑞与法本长老之间围绕着这"一两银子"娓娓道来,说张君瑞怎样制造种种借口,使用各种甜言蜜语,想以这一两银子租得西厢一间;而法本长老又是怎样一步一步上"钩","敝寺颇有数间,任先生拣选。"金钱开路,连清静的佛门也难以抵挡。这样的杂文显示出作者的功力,堪称精品,比起那些为了说明一个观点,东拼西凑弄些典故的杂文,不知要高明多少。

省委机关刊物《今日浙江》继续关注杂文创作,把发表杂文的"钱江漫笔"作为一个当家品种。由于刊物的性质,所发表的杂文大都观点鲜明,尖锐泼辣,具有政论性质。它的内容,主要围绕廉政建设、舆论监督和道德修养,然而文章绝非政策的图解,空洞的说教,而是深入浅出,生动活泼,引人回味。如一篇题为《问号·惊叹号·句号》,把舆论监督这件事的全过程,用形象的 3 个符号说得清清楚楚,一目了然。"舆论监督要喊出'问号',就必须冲破层层阻力,道道防线,才能做振聋发聩之仰天长问。""'惊叹号'就是举起批判的武器,揭露内幕,分析案情,连续报道,穷追猛打,将各种硕鼠、蛀虫、不法分子暴露于光天化日之下……""句号像一个大网,把那些揭露出来的坏人坏事一网打尽……告慰天下百姓。"

《今日浙江》在抨击不良风气上,也有佳作。如针对社会上出现的一股"改名"之风,《超级流行》一文对商业上众多的什么"城"啊、"大世界"啊、"总汇"啊……作了种种揶揄,指出这些东西,玩的都是好大喜功,不着边际,以致弄得一般百姓"丈二和尚摸不着头脑":"昨天还是辗米养鱼种庄稼造房子的公司,怎么说'科技'就'科技',说'网络'就'网络'了。"这种被"改"了的"名",实际只能是从"名副其实"变成"名副其影"而已。"钱江漫笔"在版面处理上也十分精心,每篇文章都配上漫画,全篇加框,文字增线,栏目清新,吸引读者。

在众多专业报纸中,《联谊报》是很有特色的一张。这张报纸经常发表各种杂文、随笔,因此这张报纸一拿到手,就会感到文气弥漫。这一类文章数量多、质量高。报纸开辟的许多栏目,都带有杂文、随笔性质,如一版的"片叶集";二版的"民主论坛"(此栏中又分"时事杂谈"、"议政热线");四版的"浙江潮"(此栏中又分"湖畔夜话"、"负暄偶拾"、"灯下漫笔"、"故事新编"、"直面人生"等)。这许多栏目中的文章,大都触及社会现实,匡正时弊,抑或鼓励提倡一种新精神、新风气。其中"故事新编"中的一些文章像是讽刺小说,揭露有些人的丑陋行为和嘴脸,读来令人忍俊不禁,又陷入深深思考。

《联谊报》的此类文章虽然比较杂,但也有不少"正宗"杂文。如祝诚写的《远离名人》一文,从构思立意到语言表达,都很到位。现在是个捧名人的时代,自然成了走近名人难,作者以种种切身感受,酝酿出了这么一个"远离名人"的题目,说出了别人想说而没有说的话。作者并非把名人一棍子打死,而所抨击的是那些"包括出了名的名人,不出名的名人;包括大名人,小名人;包括年老的名人,年轻的名人。假名人不在此例,准名人也暂不在此例。"作者分析,走近名人难的最初感觉是"名人好见,随从难挡","那些随从,尤其是那些随从的随从的人,他们用冷冷的目光盯着你……射出的尽是怀疑、轻视、傲慢……"这用的简直是"鲁迅笔法"。类似的经历多了,感觉就越来越强烈,于是就形成了一个念头:"不要离名人太近。何必吵闹了名人,吓着了名人,从而让名人嫌憎你呢。"作者在叙述一些名人的种种劣迹后说:"对这样的名人，人们也就不妨像观看动物园的动物一样观看。"文末的结语也很精彩："所以，真正需要的，不是普通人走近名人，而应该是名人走近普通人。如果名人不愿意，那就只好远离他。"这样的杂文可说嬉笑怒骂，鞭辟入里，决非那些以愤世嫉俗、生硬的骂几句的杂文可比。

《金华日报》几年来都十分重视杂文作品的组约和刊发，并将其作为加强报纸言论分量及提高报纸文化品位的重要举措来抓。这家报纸坚持每周刊出一期"杂文漫画"专版，为浙江媒体惟一每周刊出杂文专版的报纸。

这个"杂文专版"影响日益扩大，现已形成了一个稳定的分布全国的杂文作者队伍，同时也促进了本地及浙江的杂文创作。一年来，全国有名望的作家、杂文家如于光远、冯英子、牧惠、何满子、邵燕祥、梁晓声、鄢烈山等都在这个版上撰稿。这一年里，还刊出了两个名家专刊，就一家地方报纸来说，确是难能可贵的。

浙江的杂文作者也是在艰难的奋进。他们孜孜以求，不计名利，默默笔耕，细细思考，在杂文这块园地上，频频结出硕果。他们关注社会，体察人生，眼睛常常盯在社会机体上的腐朽部分，以自己的笔触，斥责污垢，呼唤良知；当然也效仿"思想者"先驱，力求自己的杂文能给人警示，引发思考。杂文作品不仅在省内的新闻媒体发表，还散见于全国有影响的报刊。《杂文选刊》也多次选登我省作者的作品。

创作势头正旺的赵畅，继续保持不凡的记录。他勤奋著述，所写的杂文、随笔共 100 多篇，仅省级以上报刊就发表 10 多万字。他的杂文主题鲜明，剖析有力。其杂文的特色，没有比著名杂文家冯英子先生的概括更准确、贴切的了,因此,只能将冯先生评语在此转述:"赵畅的杂文既针砭时弊,又弘扬正气,是'投匕'也是'战鼓'。大至国内各大报刊报道的重大事件和典型,小至本地市的热点新闻,每每在他的创作中得到迅速的反映。从这里可以看出赵畅作为杂文家已具备的政治敏感性,支撑他的则是一种强烈的社会责任感。"

只要看看这些杂文的题目,就可知锋芒所指了:《莽贪、儒贪及其他》、《流氓跟踪与贪官现形》、《枪声响过以后》、《贪官与猴子》、《贪官多贪色》、《贪官何以多病痛》……形形色色的贪官和贪官的丑恶表现,都成了赵畅贬斥的对象,这很有点像作家陆天明的创作锋芒所指,无不向贪官开刀。如果说陆天明的小说《苍天在上》、《大雪无痕》是"重磅炮弹",那么,赵畅的杂文就是"匕首""投枪",完全是一种责任的驱使,用一种文学的手段参与廉政建设。

赵畅对贪官的观察是很细致和深刻的。读他发表在《钱江廉潮》10 期上的《从成克杰割双眼皮说起》一文,联想是很巧妙的。成克杰这个大贪官的罪行众所周知,但不知有多少人知道他割过双眼皮。赵畅却抓住了这个"切入点",加以发挥,这样的杂文具有可读性。割双眼皮的要害在哪里?"都这把年纪了,成克杰竟能忍受皮肉之苦,毫不犹豫地去割双眼皮,个中原因是昭然若揭的——这不就是为了讨情妇李平之欢么?"成克杰经历了一个从"割双眼皮"到"割头皮"可悲又愚蠢的历程。文章最后揭示了"贪女色"与"贪票子"的必然联系:"从割眼皮"到"割头皮"。成克杰所作所为给人以振聋发聩的警示:为官莫要贪欲汹汹、色欲泛滥,否则一旦拜倒在金钱脚下,跪倒在石榴裙下,哪有不任人摆布、听任使唤,甚至被弃、被杀的呢?

塞庐氏(许春华)是一位有实力的杂文作者,在全国杂文界也比较活跃。这倒并非他那怪怪的笔名,而是他的作品经常被一些主要报刊登载,还多次被《杂文选刊》、《杂文报》选载。他一年的产量上百篇,其中多篇散见于《解放日报》、《新民晚报》、《法制日报》、《浙江日报》、《杂文报》、《联谊报》等,《杂文选刊》就选载了《会议的"贞操"》和《麻雀问题》二文,《请看这里的"依人"判决》被选为《杂文报》的一版头条。

塞庐氏的杂文常常能提出一些导向性的问题,因而受到一些报刊的重视。他写的《谁在指导我们阅读》在《解放日报》副刊显著位置登载。此文提出了"引领着读书潮流,推动着一个个读书热点"的是导演和记者。即所谓"读书出版跟着电视电影走",明星的作品充斥图书市场,实际上读书也变成了"时尚化、明星化"。时尚的东西也不是不可读,但"跟着电视剧跑,围着炒作转"总不能成为读书的主流,如果仅仅满足于这样的阅读,"自然很难提高多少品位,更遑论理气顺脉、修身养性了。这当然是阅读的悲哀。然而,悲哀的仅仅是阅读吗?"文章引而不发,但清楚地表达了作者的意图。

类似的作品,还有发表在《新民晚报》上的《改编的歧途》一文,该报也以显著位置处理。这也是一个带有倾向性的问题,胡编乱造名著,肆意糟蹋名著。作者就拍摄的《阿Q的故事》塑造的一个所谓新阿Q,不仅娶到了老婆,生儿育女,还让阿Q交了"桃花运",竟然还有情敌——情敌竟是意气风发的革命者夏瑜……给阿 Q 带上了"现代"的帽子,穿上了"新奇"的时装。作者点出了改编的要害:"《阿 Q 的故事》彻底破坏原著《阿 Q 正传》的艺术形象、艺术风格和所要传达出来的思想深度,同时还兼及带伤了《孔乙己》、《药》这几部经典著作。"并愤而问道:"夏瑜何辜,要成为阿 Q 的情敌? 鲁迅先生何辜,要惨遭这样的歪曲和糟蹋?"

湖州是个出文人的地方,也同样涌现了一批杂文作者。钱夙伟就是其中写得比较多而有影响的一位。由于他常常只在报纸上"发言"——杂文、随笔,在实际生活中不事声张,前几年忽略了对他的评论,今年才赶快补上。

读钱夙伟的杂文,深感他的阅读面很广,国际国内,科技自然,多有涉猎。因而他能从许多新潮时尚的"流行物"中,挖掘出某些违背客观规律的"超前"和"另类",把它从表现形式到内在实质,一层层剥开来,亮相于众,让大家看看到底是些什么货色? 包括发表在《浙江日报》上的《"另类"的极致》、《钱江晚报》上的《前卫是只筐?》、《装嫩与催熟》等,都属于这一类。如何看待"另类"当然可以"仁者见仁,智者见智",但总有个客观实践,他在《"另类"的极致》一文中是分析得比较中肯的:"大概是社会环境的宽松、宽容、价值观念的多元化产生了'另类',因此,'另类'风景的本身必然斑斓驳杂,'另类'宠物五花八门匪夷所思自然也不足为奇。只是'另类'毕竟也食人间烟火,也生活在现实生活中。'另类'被诸如毒蜘蛛之类的危险宠物咬上一口,也要中毒,甚至也要一命呜呼。"这个论断,是以文内所举种种材料为铺垫,诸如妙龄小姐被宠物小狗咬掉鼻子之类,因而是有说服力的。

钱夙伟的杂文行文流畅,读起来颇有兴味,可以一气读完。由此感到,他的文章是"流"出来的,而不是"做"出来的。他围绕着一个观点,自自然然展开,又自自然然收拢,文字朴实生动,绝不哗众取宠。然而就是这朴实的文字,提供了阅读兴趣,有时,读着读着不禁笑了起来。如《装嫩与催熟》一文,"譬如半老徐娘却要去演纯真少女,也只能是刘晓庆这样的大牌明星,假如是摆葱姜摊的老太太某天居然描眉画唇穿露脐衫,定然要让'马大嫂'们望而生畏敬而远之,从而坏了自己的生意。"

湖州还有一位安吉作者范一直,杂文也是"一直"在写的。今年他没有提供更多的写作信息,但从报纸发表的一些杂文来看,他的创作态度是严谨的,文章的质量颇高。在《浙江日报》全年发表的 20 多篇杂文中,他就占有 3 篇,而且每篇都言之有物,选材与角度都比较别致。

《不该生在浙北的树》一文,可说为树请命。浙北用 4 棵树制成的 4 根木条,出口到某国被用来支撑 1 棵活着的树的御风能力,作者为这件事写得非常含蓄,但带有几分悲壮的味道。这件事能怪谁呢? 一、企业正常出口,合法经营,决无可怪罪之处;二、外商正常贸易,人家不惜代价爱护树木,用心良苦。"怪来怪去,我只能怪那些树,为什么偏偏要生在浙北这块土地上!""由此看来,某国的树无疑是树中的贵族……惟独我们浙北的树,作为'植物界的白求恩',在异国他乡栉风沐雨,默默奉献,只可惜永远也不会有伟人为之撰文'纪念'的了。"同样一个题材,可以有多种写法,但用这样一种构思,无疑属于上乘。

正因为作者用这样的构思写杂文,就反感那些"以一种杂文惯用腔调,把自己弄成一副特高尚、纯真和正派的样子在那里指手画脚,说三道四,仿佛'替天行道'的正义战士或道德楷模。"他在《杂文家的毛病》一文中,阐述了"杂文家的人格力量"。这篇文章虽然提出了一个"杂文家的人格力量"问题,但更多的是关注杂文这种文学文体的生存问题。这篇杂文一开头就引证了某项调查"杂文是目前读者最少的文学作品",而在结尾处加以呼应:"于解剖别人的毛病之前,当先解剖自己! 这事情虽'颇不容易',但确实很有必要。不然,杂文恐怕还是没人要读。"

我们去年重点评价的绍兴作家朱振国,在创作小说、撰写散文的同时,也继续在杂文园地里耕耘。他出版的一本集子《文学与海》中,收录了多篇杂文。他的杂文保持犀利风格,且杂文味很浓,如《人比狗丑》、《"狗又叫起来了"后》等篇,都具有某种尖锐性。两篇文章都说狗,前一篇说"阔"起来的"角色",一与"三天肚皮饱"沾边,便声色犬马一起上了。那种"遛狗时迈着鸭步踢踏踢踏跟在后面紧跑",在小区招摇过市的丑态,那蓬头垢面"人模狗样""苦瓜脸"之表情,委实是人的劣根性的反映。后一篇则把矛头对准"叭儿",作者目睹小区三匹叭儿大战穷汉的"活剧",看到穷汉踉踉跄跄以手中的蛇皮袋抵挡,三匹叭儿前后夹攻,步步紧逼的架势,越发增加了对叭儿的憎恶。作者感慨道:"在这样的现实面前,我想只有一条路:穷而后工——把蛇皮袋改良为打狗棒,置一根 STICK(斯的克)。用 STICK 对付叭儿,乃'以夷制夷',一定能奏效。——这便是'狗叫起来了'的后时代我们的方针和策略。"

赵健雄是一位多产作家,散文、杂文双管齐下。他写的东西很多,大多散见于各种报纸杂志。其中一组发表在《地火》上的《风雨鸡鸣庐随笔》,他自己也比较欣赏。这确是一组别致的随笔式杂文,共有《大智真愚》、《上医治国》、《免于正确的权利》、《肚子与脑子》、《意识及感应》等8篇。这一组文章,既不抨击什么,也不提倡什么,而是对社会的解读和人生的感悟,极富哲理,联系社会实践、科技发展,夹叙夹议,娓娓道来,使人对客观世界看得更明白些。如在《免于正确的权利》中说:"其实许多时候我们对自己的意见也不能够确信,但仍然不妨提出疑虑,而聪明人,更常常自以为非。只有允许人不论对否而有保持自己意见的权利,一个社会才能有真正的思想自由。否则必然的结果在追求正确的口号下天下归一,形成集权的局面。"他说,这种"免于正确的权利"与哲学家提出的"缺席的权利"意思是相近的,"对自由的意义,无论怎么估计都不会过分。"与此相呼应的《肚子与脑子》也说:"脑子的充实往往比肚子的满足还让人快意。因为肚子是有限度的存在,脑子则可以抵达无边无际的地方。从某种意义上来讲,知识分子都是饕餮之徒,他们对于思想的渴求永不餍足!这往往让那些专制统治者感到可怕。"这些文字,实在是对"自由之精神,独立之思想"的很好诠释。

赵健雄还是一位很好的杂文"园丁",在他主持的《联谊报》"浙江潮"版面上发了许多杂文和随笔。他曾运用杂文的武器,在编者按中为一些文化现象请命。2000年11月17日"浙江潮"发表的《郁达夫故居今何在》一文中,作者吴先生重提当年他写的《郁达夫值多少钱?》编者义正辞严的支持,赵写道:"当年郭沫若因为日本人杀了郁先生,愤怒声讨说:'我们今天失掉了郁达夫,我们应该要全部的法西斯头子偿命'！事隔多年以后,富阳仅仅因为有限的房地产资源开发,而把郁先生的旧居拆了,今天应当责问谁呢?"

长期从事报纸工作的张世英、庄月江,从领导岗位退下来后始终钟情于杂文写作。张以"沙金"的笔名,一年中发表在全国各地报刊的杂文有 20 篇左右,其中有《新民晚报》、《上海滩》、《杂文报》及《联谊报》等。他的杂文关注社会现实,侧重于廉政建设,如《女人与贪官》、《也谈官瘾》、《(生死抉择)留下的思考》等。发表在《杂文报》上的《现代'快活林'》用武松醉打蒋门神的故事,以古论今,批判了一些开"快活林"的黑道人物胡作非为及他们的一些似是而非的谬论,面对历史和现实,作者沉思道:"黑道终于被铲除了,然而如何彻底铲除掉产生这类黑道的土壤,这恐怕是在位者需要正儿八经地想一想的。"

庄月江在撰写文史小品之余,也写了不少杂文,如发表在《联谊报》上的《从东史郎的书说开去》、《一种胆识和魄力》都引人思考。作者从悔罪与揭露日本侵略者南京大屠杀罪行的《东史郎日记》在日本出不了而拿到中国来出的事,引起对我们出版部门的遗憾,"没有动议重印这些控诉侵华日军罪行的书,特别是重印《陷京二月记》、《陷都血泪录》、《南京的毁灭》等中国记者和脱险的中国军人写的书,以此来告诉人民不要忘记八年抗战中国人遭受的灾难。"

这一年的杂文创作,还值得一提的是赵畅的《东山听涛》和赵健雄的《危言警语》两本杂文集,分别获得省作家协会的优秀创作奖。张林华写的《也析"见义勇为"》在《新周刊》上首发,即被《杂文报》转载，文章精辟地阐明道德义务和法律义务的界限，很有新意，编者给作者写信说："文章产生广泛影响，写得很专业。"这也是很高的赞誉。成放同时发表在《文汇报》"笔会"和《杂文报》的《脱了"官袍"学说话》一文，已收入《文汇报》编辑的《世纪末杂文200篇》一书，能进入这个集子是一个较高的荣誉。

综述这一年的杂文创作概况，觉得还有不少成果。但这一切，是在客观条件比较困难的情况下获得的，诚如本文题目所说"艰难的奋进"。杂文在一般情况下，"种刺"多，"种花"少，或者基本上是"说三道四"，缺乏那种"成绩是很大的，问题也存在的"款款叙述，往往"单刀直入"，因而不少人对它敬而远之；另一方面，一篇杂文充其量不过千把来字，毕竟是"小儿科"，难得见有对杂文的评论和研讨，在文学界当然很难有什么地位。然而，鲁迅的"杂文时代"并没有过去，杂文还是艰难地生存。因此，我们呼吁在文学领域内应该给杂文予一定的地位，社会也需给杂文和杂文作者多一些关照。不仅文学不能少了杂文，社会也不能没有杂文，否则，无论是文学还是社会，不是太冷清和寂寞了吗？

尽管振兴杂文是一个艰难的话题，但在新世纪开初还得说几句。

浙江杂文事业的发展，应立足在全省推进文化大省的建设上。浙江省委、省政府提出的建设文化大省的宏伟任务，必然要推进文学大省的建设，而作为文学之一种的杂文，更有其重要的责任，不但要跟上整个文学的繁荣和发展，而且还要为发展先进文化摇旗呐喊，批判阻碍文化大省建设的旧观念和习惯势力。

浙江是杂文大师鲁迅的故乡，吴越大地理应传承鲁迅精神，成为杂文的强省。然而,在这方面浙江是很欠缺的。不少省份已经树立起杂文强省的形象,它的主要标志是:有较强的杂文报刊发表作品,有一批在全国有影响的杂文作者队伍,有浓厚的杂文学术研究空气并已出了一定成果。浙江应该有计划、有步骤地迎头赶上。

进一步健全和壮大浙江杂文作者队伍。在盘点 2000 年杂文创作后可以看出,挑大梁的是中年作者,这完全是正常的,他们年富力强,正值创作旺盛时期。我们应该为他们多多提供和创造条件,使之更上一层楼,能跃入全国的杂文名家队伍。一批年长的、有影响的作者应该继续拿起笔来,改变目前发表杂文较少的状况,这批作者中是有条件拿出精品来的。还有一个重要任务,就是要培养出"新生代"的杂文作者,这是我省杂文的未来和希望。要以杂文的魅力来吸引更多的年轻人。我们的杂文组织和媒体要下大力气来抓这件事。

任务是艰巨的,条件是艰难的,但为了浙江的杂文事业,为了继承鲁迅的薪火,我们还是要奋进的!

无人喝彩

——2001 年浙江杂文创作评析

杂文像是一束野草闲花，没人浇灌，未闻掌声，无人喝彩。

然而，还是默默生长，漫山遍野，自得其乐。当然，既是野草，自难登堂入室，最终零落成泥，无声无息。

这里留下的一些痕迹，乃自作多情者的产物。浮在水面上的，总数一年不足 300 篇，作者 20 来人。个别佼佼者，一年可达近百篇。

对这一年的浙江杂文创作观感，大致如此。

坚持杂文创作的作者，基本上分属于省作家协会和浙江省杂文学会成员，锋头正健的有俞剑明、赵畅、朱振国、赵健雄、朱国良、许春华（蹇庐氏）、范一直、钱凤伟、张政明；后起之秀有陆春祥、徐迅雷、陈伟民等。为发表杂文提供园地的媒体有《浙江日报》、《联谊报》、《今日浙江》、《金华日报·浙中版》等。

曾以《剃头者说》一文蜚声杂文界的俞剑明，系浙江省作家协会杂文创委会主任、浙江省杂文学会副会长，虽担任浙江省新闻出版局局长，公务繁重，仍笔耕不辍，这一年中写作杂文、随笔近40 篇，社会上有广泛反响。他的写作，在于关注文化，坚持读书，有一种欲罢不能的感觉。他的读书,常读常新,正如他在一篇文章中所说:"读书如望月,月还是那轮月,书还是那本书,只不过人生阅历之异,也就给每个人以不同的感慨。"(见俞著《三句不离本"杭"》杭州版序)书读多了,写的杂文能鞭辟入里,嬉笑怒骂,语言风趣,不拘一格,具有很浓的杂文味与很强的知识性。读他的杂文,常常会在不经意间发出笑声。当年的《剃头者说》一文,以"剃头阿五"的口吻,"自说白话",那种插科打诨,寓庄于谐,讽刺意味,入木三分,至今记忆犹新。

现今,俞剑明的写作仍保持这种风格。如《什么是真正的企业家?》一文,他调侃讽刺那些病态的企业家是:手上有本"俱乐部会员卡"的叫"企业家";"口力劳动"胜过"脑力劳动"和"手力劳动"的叫"企业家";名片上头衔要转 2 版 3 版的叫"企业家";至于会诵几首唐诗、讲几段秘史、背几句弗洛伊德,口上老挂着机制、整合、态势、载体、抓手、英特网、第三次浪潮、经济全球化之类新潮词的,更被人捧成"著名企业家"、"杰出企业家"……他说什么是"真正的企业家",用的是"反证法":不是市侩,不是草包;不是酒徒,不是赌棍;不是专横武断,不盛气凌人;不是胁肩谄笑,不低眉拱手;不诳语吓人,不装神弄鬼;不恃才傲物,不显阔摆谱;不怕撬客取闹,不惧长官诘难;不只吹长坂坡,不避谈走麦城……实际上把某些企业家的劣根性,挖掘得一览无余。

俞剑明的杂文语言,运用得十分娴熟。他的杂文没有说教,极少框框,如谈家常那样娓娓道来,用语言来包涵思想。在一篇杂文中,他借一位企业家的话说:"小车不倒只管推。我学不来那些潇洒的大老板,人家是'牛皮不破尽管吹,筵席不散尽管醉,企业不垮尽管亏'。"这几个"尽管",具有相当的普遍性,但语言的表达上却是独特的。在抨击挥霍浪费上,《下棋者说》一文中说得相当幽默:"吃!吃!朋友请客,不吃白不吃,不过别撑坏我了。老兄出手实在大方,难怪你老婆骂你是'推销钞票,回笼发票'的专业户。"他的这些语言表达,与他过去文章中的诸如"关公面前耍大刀,银行门口点钞票","卖衣裳的叫'百依百顺',卖汤水的叫'饮以为乐',卖棉被的叫'有被无患',卖车子的叫'骑乐无穷'"等是一脉相承的。在《何须逢人论(品位)》一文中说:"有人被异性瞟了一眼就彻夜难眠,有人见蚂蚁打架就诗兴大发。这些人尽可以在日记上写上几千字、上万字的'情感流'之类,来玩味一下'自我'。但拿去发表,纯属多余。"这对某些"新新人类"之"杰作"的调侃抨击,可谓一针见血,但大大不同于一些剑拔弩张的批判,因而显得更有力量,这全凭语言的功力。

赵畅,是上虞市委常委、宣传部长,钟情于杂文、散文。也许跟他的职业有关,他的杂文创作始终紧握时代的脉搏,一只眼睛盯着贪官污吏、呼唤反腐倡廉;一只眼睛盯着道德规范,社会诚信。他写作的杂文、随笔、散文数量可观,一年近百篇。发表在《文汇报》上的《爱情咋公证?》一文,无论从题目到内容都颇具新意。这是在一片"婚姻承诺"、"财产公证"天空下的一朵彩云。有人要把爱情的承诺去公证,却遭到了否决,爱情的忠贞是不能靠法律来维系的。这篇文章谈到,现在社会上多的是花前月下信誓旦旦的承诺,但随着时间的变异,环境的变迁,"曾经有过的海誓山盟,亦终在与所谓'小蜜'、'情人'、'第三者'的浪荡中化为乌有",因为,"搞'爱情公证'不单天真,更是迂腐。""真正的爱情在人们的爱意无限、洁白无瑕的心窝里……靠嘴巴说得最动听——包括'爱情公证'在内,亦不过是肥皂泡的堆积而已。只须相信的是自己脚踏实地、惺惺相惜的行为,因为在爱情的花园里,打理的园丁永远是自己而不是别人。"这虽然说的是一个老主题,却通过"爱情公证"说出了新意。杂文不是评论,它不靠逻辑思维来说理,而要以巧妙的构思,艺术地来表达一个思想,因此,它归类于文学,而不属于新闻或理论。

我在评述 2000 年浙江杂文创作时,曾借用杂文家冯英子对赵畅杂谈的评价说:"赵畅作为杂文家已具备的政治敏感性,支撑他的则是一种强烈的社会责任感。"如今,他的笔仍继续紧紧盯住那些贪官,如《赖昌星怕什么》、《好一座"极品墓"》等篇什都是。赵畅对贪污腐化的批判不是正面出击,而是从细部入手,迂回曲折,却收到了击中要害,印象深刻的效果。《赖昌星怕什么》一文,抓住了赖的"不怕什么法规条文、规章制度,就怕领导干部没有兴趣爱好"这个要害,层层剥皮,深入说理。"假如一些领导干部没有了他所期望的那种'兴趣爱好',那他赖昌星纵有天大的本事,又能如何?"归根结底,内因是根本,外因是条件。最终提出一个发人深思的话题:"赖昌星倒下了,但赖昌星式的人物依然会紧随领导干部身后;'红楼'捣毁了,但'红楼'式的幽灵仍然会游荡在领导干部周围。"这样的结尾,把"赖昌星怕什么"这个问题引导到一个具有普遍意义的结论上。

朱振国是绍兴市作家协会主席、《野草》文学杂志副主编。他在文学上是几头并进:小说、散文、杂文。这位鲁迅家乡的作家,他写的杂文处处可见吸取鲁迅作品的营养,无论语言、风格上更靠近鲁迅，尖锐的主题，犀利的语言，丰富的知识，所营造的"杂文味"十分浓烈。说实在的，这样的杂文，现在已经"多乎哉，不多也"。《孔乙己之死》、《"人血馒头"补述记感》、《上世纪的女人》等篇目，都浸淫着鲁迅的思想、意韵。读过上面这三篇文章，我觉得在杂文写作上有所创新。因为，它不像一般的杂文，也不像一般的散文，它既有散文的场面，又有杂文的议论，可以说是一个"混合体"，增强了文章的可读性。文中穿插了"我爷爷"和"我外婆"，显得格外逼真。《"人血馒头"补述记感》中，有一段"背景"介绍：秋瑾被杀那天，因是凌晨，天尚黑，街上行人不多。为了招引观众，制造"声势"，县衙门特地做了几笸白馒头，招摇过市，一路吆喝："看杀头去的，每人发两只馒头！""当时我爷爷年纪还小，只躲在排门后面，从门缝中瞧见了衙役抬着馒头，从街上走过。"说得活灵活现。接着把这个故事说完后，发议论道："中国不乏'人血'与'馒头'……但是，'人血馒头'断乎医不好痨病，是西方的现代科学，治好了'中国痨病'。但是，相信'人血馒头'的中国人就此断种了吗？"

在《孔乙己之死》一文中，"我爷爷"又当了这家酒店的伙计，用他的眼睛来观察孔乙己，"孔乙己是穿长衫而喝站酒的惟一者，这样就成了一个异类……"一到店，所有的人都看着笑，有的叫道："孔乙己，你的脸上又添了新伤疤了！"他不回答，酒客不饶他，又故意高声嚷道："你一定又偷人家的东西了！"他在文章里感叹说："孔乙己的名字已在粉板上消失一个世纪后，我竟在鲁镇的街上又邂逅了他。不过，这个孔乙己是一座黑黢黢的铸像，孤零零地站在行人道上，咸亨酒店的新掌柜认为死灵魂也能卖钱,要他依然遭受日晒雨淋和风刀霜剑,站在那里招揽生意,混充'托儿'。"读至此,令人心酸,欲哭无泪。作者最后还深化主题道:"孔乙己实在是被一伙人合力杀死的,凶手中就有我爷爷。""这正是一种有意或无意的戕害,这里没有棍棒屠刀,只有看去不足道的轻蔑、冷漠和言词的中伤……"窃以为,这样的杂文,不以一人一事为抨击的对象,具有丰富的内涵,写作上难度更大。

朱国良是一位勤奋的作者,杂文写作四面开花。《人民日报》、《人民日报海外版》、《文汇报》、《浙江日报》、《杂文报》、《群言》杂志以及《联谊报》等,都有他的杂文发表,近年来已出了四本杂文集,在我省是不多见的。他的杂文关注人生、人品,畅谈处世哲学、道德修养。

他发表在《人民日报海外版》上的《人淡似菊》一文,把淡泊明志、宁静致远的古训和现实生活中的种种表现,结合得贴切,理说得透彻。"在精神上我们能够如菊之淡地独立寒秋、迎风怒放吗?如菊恬淡难啊!你能在车水马龙中保持一份清醒吗?能在锣鼓喧天中求取一份清静吗?能在大红大紫时存一点淡泊之意?能在灯红酒绿中守一颗本真之心?"看来在商品经济社会中,有许多"挡不住的诱惑",就看你怎么处世了,有人削尖脑袋钻营当官,有人挖空心思想发财,有人朝朝暮暮奔走于情场、赌场,风光一时,乐不可支,什么"人淡似菊",那简直是"扯淡"!但历史常常跟这些人开玩笑,前车之鉴知多少?所以,文章劝戒世人还是"人淡似菊,心态为本,平常心最好,淡泊志甚佳",要"对得起先人,无愧于后人,站直了做人,坦坦荡荡面对人生,认认真真对待工作,磊磊落落坦诚对人",做到"无愧于心"。

朱国良在另一篇《独孤是首美妙诗》中赞扬"在声色犬马、灯红酒绿之间,耐得住寂寞的独行者",继而在引了众多哲人和大师有关孤独的名言后说:"独孤不仅是一种品行的独有,处世的独特,更是人格的独立,情操的独守。"他认为历史上的独孤者是一座不朽的丰碑,屈原、苏武、范仲淹、曹雪芹……独孤者最终并不孤独:"因为独孤者是一面旌旗,昭示着远方的信仰;是一座高山,耸起了生命的高度;是一柄利剑,刺进了世俗的心脏……"他用诗的语言赞美了独孤。

朱国良的杂文有一种文人气质,他认真读书,广闻博记,掌握了许多典故、诗词,能够贴切地运用在自己的杂文中。如在《七月谈蚊》一文中,作者对蚊子的到处哼哼吸人血十分愤慨,列举了古人一连串痛恶蚊子的诗,有晋代傅选的《蚊赋》、唐代刘禹锡的《怒蚊谣》、同代人孟郊的《蚊》,无不对蚊子的深恶痛绝,口诛笔伐。当然,他并非自然主义地谈蚊的可恶,而是抨击附在社会机体上吸血的"蚊"——许多"伸手者"、"食利者",别让他们再哼哼吸血了,而要"看准了狠狠地打!"

范一直的杂文创作严谨,思维缜密,构思新颖,写一篇是一篇,每一篇从主题到写作,不命题作文,能引人深思。他自己曾说:"我的杂文和指陈具体时弊往往关系不大,较多关注人心伦理和文化建设。"诚如斯言,一年所写十来篇杂文,质量均属上乘。

2000年他在《浙江日报》发了《不该长在浙北的树》一文影响较大,2001年又在该报发了续篇《树木情结》,继续为树清命,为生态环境呼吁。他对树木爱之弥深:"曾凭空设想自己的前身是一棵老树,也曾想象让区区肉身幻化成亭亭绿树,像庄周梦蝶那样,不知是我为树,还是树为我。"对树的感情色彩,源于对树于人类的作用的认识,"放眼地球万物,人类在整体上还能找到比树木更相称、更亲密、更永久的'战略伙伴'？况且人类自身的生存和发展又何时何地能离开树木？"他还把树木作了种种"人格化"的比拟,然后发问道:"面对一颗树,何尝不可以作一番立身处世、扪心自问的反思。"从此文的总体行文看来,亲切自然,情真意切。

他发表在《深圳特区报》的《生命中不能承受之"快"》,颇有新意。此文实际上是针对文坛的浮躁之风而言,但构思新颖,不落俗套。当今原本是一个讲速度的时代,"时间就是金钱,效率就是生命",这已形成了社会的共识,但快并不等于制造泡沫。然而,"许多人写得太多、太滥……一味求'快'。这个'快'字,说穿了,无非是为了快出名、快捞钱、快结集、快参加什么协会……众多临阵磨枪的'快枪手'在文坛艺林里显出一副猴急相。""生命中所有不能承受之'快',是因为从容、稳健的心态,充盈、厚重的积累,一步一个脚印的坚实的步伐,耐得住寂寞的沉潜作风,与外在活动中诸多表层之'快',难免有所抵牾。"这就是说,写作和治学,出优秀的精神产品是"快"不来的,一味求快,只能出泡沫文化。文章分析得入情入理,是有说服力的。

杂文是五花八门的,杂文家的关注也是千姿百态的。湖州杂文作者钱凤伟,这一年中所写的 10 多篇杂文,几乎篇篇针对形形色色的"时尚"。看看这些题目,便可一目了然:《时尚不过是工具》《没有道理的流行》《丑陋的时尚》《脱了衣服,脱了常识》等等。时尚,自然得风气之先,"春江水暖鸭先知",一件新的事物出现,人们趋之若鹜,原也正常。但时尚毕竟不都是好的,有的改头换面，有的哗众取宠，有的阴阳颠倒，有的古怪离奇……他有一篇杂文，题目为《没有道理的流行》，文中列举"现在起洋名、怪名成风，早些年流行起个当中有个用小圆点隔开的西洋名字，或者用4个字、5个字的东洋名字，如今则越起越长，名字如同彩票摇出的一连串乱码数字。即使是传统的单名双名也流行出奇出怪，有人竟将自己的儿子起名叫'万岁'……"这种怪怪的流行，他认为有其规律性："这就是怪。怪才能流行，流行就是道理，因此怪就是'道理'。"他借用作家王安忆的话说："在这个喧嚣的年代，区别他人的方法就是制造奇崛之声。因为这世界声音太多，要让别人注意你，就得叫得怪一点。""但是，怪只是一种噱头，建立在这种噱头基础之上的流行只是一串炫目的泡沫罢了……对于没有道理的怪，糊里糊涂地跟风趋时凑热闹，终究要弄巧成拙，徒留下份尴尬和没趣。"文章对一些没有道理的流行分析得头头是道，很有说服力。

其实，某些"酷毙"的流行，只是拾了一些西方的牙慧而已。钱凤伟在另一篇《脱了衣服，脱了常识》杂文中作过分析。他列举了俄罗斯某电视台《赤裸的真相》节目的王牌主持人，在荧屏上一边读新闻一边宽衣解带，新闻播完已一丝不挂；牙买加11对新人在情人节举行"世界最大规模的裸体婚礼"等，批驳了"退去衣物能消弭人与人之间隔阂"的冠冕堂皇的理论，指出以裸体来"享有更多自由"，"总不过是名副其实的'西洋镜'而已。"总之，媒体披露的种种"时尚"，都一一溶入钱凤伟的笔端，细细加以过滤，然后形成自己的见解，变为一篇篇杂文。

许春华(謇庐氏)这一年的杂文还是写得不少，仍保持他的创作势头。他的杂文发的面也较广,除本省报刊外,外省的有《法制日报》《检察日报》《山西文学》等,有的被《杂文选刊》转载,在全国杂文界有一定知名度。首发于《联谊报》,后被《杂文选刊》2001年第一期转载的《麻雀问题》一文,提出的问题和分析都比较尖锐。中年以上的人都知道麻雀作为"四害"被赶打,实在是演了一出历史的活报剧。但人们往往只看到它"可笑"的一面,而对"可笑"后面的苦涩却分析得不多,或者分析得不深。而这篇杂文由麻雀问题而触及的党风和意识形态要深刻得多。他注意到一个非常微妙的细节,这就是:伟大领袖于 1960 年 3 月 18 日起草的中央文件中明确提出"麻雀不要打了",实际上为麻雀"平"了"反",承认了当初提出消灭麻雀的错误。但同年 4 月 6 日在人代会上一位领导所作的报告却委婉地说:"麻雀已经打得差不多了,粮食逐年增产了,麻雀对粮食生产的危害已大大减轻;……麻雀是林木果树害虫的天敌,因此以后不要再打麻雀了……"终于还是给麻雀留了"尾巴"。文章说这个尾巴留不留对麻雀已经不重要了,"但对人说则大不一样了。不留,说明当初的决策和运动,是完全错误的;一留,则就可以证明当初的决策是正确的,或者至少绝大部分是正确的,运动也是不可避免的。"《杂文选刊》还为这篇杂文配了一幅漫画,画着一个人对着麻雀说:"是你的名声要紧,还是领导的名声要紧。"这颇耐人寻味。

赵健雄既是一位杂文"园丁",又是一位杂文、散文作者,而且是一位多产作家。他在《联谊报》负责的"浙江潮"等副刊上,编发了大量杂文,不但提高了报纸的文化内涵,也培养了一批杂文作者。他爱好古典音乐,又涉猎旅游、文物、时尚等方面,时有小品、随笔、杂文问世，还十分关注时代热门话题。如他写的《诚信未孚，誓一死以殉之》一文，从李叔同与夏丏尊的一段掌故，来阐明诚信在前辈人面前的分量。为了维护诚信，可以"一死殉之"，那是何等的庄严，不可儿戏。可是如今的诚信在某些领域还剩下多少"含金量"，因而成了社会的一个焦点。正如一位作家所说："诚实本来是做人的一个基本原则，对中国人来说，它历来是一个很好的褒词，但在当今社会，诚实倒成了无用的别名，于是便导致了'假冒伪劣'的盛行。"赵健雄的文章不是就事论事，而是从理论上加以分析，较同类文章显得更有力量。他认为，"21世纪面临的最大问题除经济能否持续高速发展外，更重要也更困难的将是道德建设，说得简单一点，也就是恢复人与人之间被极左政治和转轨期不规范经济破坏与消解得相当厉害的诚信。没有诚信，就没有健康的市场经济；而即使经济再发展，生活于其中的人们也无幸福可言。"这一段对诚信的论述，十分深刻，增加了杂文的理论色彩。德清作者张林华也是一位文化官员，担任县委宣传部副部长，仍笔耕不辍。他写的作品虽不多，但一般都能打响。发在《浙江日报》的《让老实人不吃亏》一文，此文提出"光强调做老实人不吃亏是不够的，社会还应创造条件、有责任让老实人不吃亏。"文章发后，引来多篇呼应文章。《人民政协报》也转载了此文。他发于《新周末》报、后为《杂文报》转载的《"见义勇为"观》，选入由广州出版社编辑的《当代散文精品2001》丛书，丛书主编评价此文"将法律意义与道德意义上的'见义勇为'作了科学的理性界定，表明了作者驾驭题材的能力和思辨能力。"这是继承1999年该丛书选载他的《小圈子害人》后又一成果。

　　嵊州的陈华艺原是写散文的,近年来频频在杂文报上发表作品,引人瞩目。他的杂文别具一格,以动物为对象,写得活灵活现,饱含哲理,颇有可读性。以发表在《杂文报》上的《黄鼠狼》、《知了》和《蚯蚓》3 篇为例,反映出作者的巧妙构思。《黄鼠狼》一文极尽展示黄鼠狼的形态、价值、伎俩等外,集中写它的觅食的遭遇,尽管狡猾无比,却常常中了人设下的圈套:"黄鼠狼不知是计,一头钻进笼中觅食,只一咬,活门便啪的一声跌落,将其严严实实地关在里面。届时,上天无路,入地无门,即使放上一万个臭屁,除却毒害自己,也难轰开黄松公(一种捕捉上具)丝毫。"作者当然不是为写黄鼠狼而写黄鼠狼,用意却在结尾:"只见前有美食,不知后有退路。有多少狡猾的黄鼠狼,躲过了土枪与猎狗,到头来仍逃不脱……"《知了》篇也有异曲同工之妙。他照样写知了的"能飞善唱",也同样写知了的"中圈套",最终却暴露它的"劣根性":"即使长有背后眼,最终仍逃不出人们设下的圈套。这大概是一天到晚自信地高叫着'知了,知了'的知了们,一辈子也知道不了的!"散文作者写杂文的长处,在于状物细致,叙述抒情,从中引出思考,避免那种单纯的说教。

　　令人欣喜的是,在杂文不景气的情况下,还涌现出一批年轻的杂文作者。其中已跃入人们眼帘的有徐迅雷、陈伟民、陆春祥等后起之秀。对于前两位的杂文,我只在报刊零星看到不多几篇,已感到出手不凡,可惜没有掌握更多材料,无法评析。陆春祥有过接触,蒙赠《用肚皮思考》一书,并寄来有关创作和评论资料,得一睹文采。他一年里能发表近百篇杂文,而且其中有 20 多篇被《杂文报》、《杂文月刊》和《杂文选刊》等有影响的杂文报刊采用,旺盛的创作实力犹如喷薄欲出,正像有的评论所说:"多少为浙江的杂文赢得了一点面子。"

综观陆春祥的杂文集子,一股清新之风扑面而来。题材触及范围四通八达,俯拾为文;表现手法杂而不乱,信手拈来。集子所收杂文,没有时下的框框套套,一本正经,而是短小精悍,轻松自如,不拘一格,诙谐幽默。作者自己说:"大多数文章皆非常规思维,说的是歪道理。"这里说的虽是自谦,却道出了一个杂文创作的诀窍,或者说是一种规律。杂文的写作就得有一种"非常规思维",这样才能出新,不是人云亦云;说的是"歪道理",也许正是"歪打正着",曲径通幽。此集当中的一辑"歪嘴和尚",有人说它是"实验文本",正是他的创新。这一辑中有:书信、对话、处方、短剧、读报、规划,甚至是导游词、模拟试题,真是琳琅满目,杂而可爱。《〈官场政治幽默词典〉征稿启事》,不足千字的这则"启事",囊括了近期国内"著名"贪官污吏的罪行、手法、语言,一一分门别类,跃然纸上,于幽默中见辛辣,似不经意却寓匠心。

浙江杂文界的老作者这一年鲜有作品登场。我们的老作者是否真的老了,但大概再老也老不过严秀、何满子、牧惠,更不要说于光远了。主要恐怕还是个精神状态问题。当然,还有为数不多的老作者笔耕不辍,其中就有湖州的张世英、象山的葛渭康。张世英除了负责湖州杂文学会的日常工作、组织杂文作者交流研讨外,一年中用"沙金"的笔名总要写近 20 篇杂文,发在《新民晚报》、《杂文报》、《上海滩》和《联谊报》上。从《说"歪道弄钱"》、《析"夫人监督万无一失"》、《走出采访误区》等题目来看,关注的是反腐倡廉、端正党风,作为一个老新闻工作者,对客观事物仍保持着一份敏感。在《说"歪道弄钱"》一文中,就把某些官员变着法儿弄钱的伎俩,揭露得淋漓尽致,如某市一位官员当了人大常委会副主任还兼市银行行长,还要拿银行的工资福利,自然舍不得银行那份"油水";工作调动了,电脑、手机、老板桌一股脑儿"借用"……所有这些,还振振有词,叫做"一不受贿,二不贪污",其实,这种冠冕堂皇的理由,即使与封建时代的"清官"相比,也是"相去何止十万八千里"。《走出采访误区》一文,则批评了一些记者成天围着领导转,屁大的一点事当作大新闻报道,这种情景似乎司空见惯,熟视无睹,但谁敢吭声?新闻报道上的等级制早成痼疾,而且愈演愈烈,杂文中能捅一捅总是好的。然而,板子不应该完全打在记者身上,"上有所好,下有所效"嘛!走出这个"误区",首先不是记者,而是领导,否则,只能以"误"走误。

还有一个痴心于杂文的老作者叫葛渭康。他一直坚持笔耕不辍,2001 年还出了一本《白说也说》的杂文集,而他的本业是象山华光麦芽有限公司、象山光环净水器厂董事长。他在自序中说:"说杂文如'匕首投枪''银针解剖刀',我看未必有那么大的作用。在多数情况被指斥的对象是不会理你的,弄不好还要压你报复你……但是我还是要乐此不疲,因为这玩意儿还有人要看,尤其是看了要生气的人要看。"这道出了他不间断地撰写杂谈的缘由。他写杂文还收到过恐吓信,一张电脑纸上只一句话:"你不要自作聪明过分作乱!"他也没有被吓倒,家人劝他"防着点",他幽默地回答"怎防? 说不定在某处被暗中飞来一石击倒,那也无所谓,也算为反腐倡廉敲边鼓尽了匹夫之责,一个匹夫死了,还有更多匹夫活着。"由此可见葛渭康为人的"杂文性格"。正如作家汪浙成对他的评价：“读渭康杂文，印象最深的一点是：敢说，直面人生，直撼胸臆，直言不讳。论人不分尊卑（从雄跨百代的伟人，到天天为柴米油盐奔走的黎民百姓），评点时事勿论巨细（从事关国家民族前途和命运到荧屏上一句广告词），每有所感，即感而发，臧否褒贬，旗帜鲜明，读来沉着痛快。”有葛渭康的杂文和心语，有汪浙成的确切分析和精彩评论，笔者毋须在此再噜苏了。

检视一年来的媒体发表杂文状况，也有可圈可点。《浙江日报》的“钱江副刊”对杂文还是满腔热情的，全年共发副刊 41 期，其中一半以上有杂文，版面处理也显著，既有名家加盟，又有新作者涌现。这 20 多篇杂文中，不乏佳作，除前面提到的一些作者的杂文外，还要提一提陈伟民写的《“怀念狼”的思考》一文。此篇思路宽阔，哲理丰富，作者首先讲了美国阿拉斯加和科威特的两个有关狼的故事，来说明如今“生物链环环相扣，缺少任何一个环节，就会失去平衡，造成失态，这说明万物的平衡性。自然界和社会该是一个巨大的‘生物链’，谁也离不开谁，好像我们孩提时代玩的那样：小孩捉蜜蜂，蜜蜂刺癞痢，癞痢背洋枪，洋枪打老虎，老虎吃小孩……”说了种种道理，最后引出贾平凹的名言：“怀念狼是怀念勃发的生命，怀念着英雄，怀念着世界的平稳。”至此作结，恰到好处。

《今日浙江》作为一份党刊，十分注重杂文这个武器。全年24 期，“钱江漫笔”栏目期期有杂文，从不同的角度提出反腐倡廉这个主题，如《愿春节成为“廉节”》、《百姓心中有杆秤》、《三“问”与三“省”》、《“两袖清风”与“勤政爱民”》等篇目主题都很集中，谆谆善诱，苦口婆心：“‘天地悠悠悬杆秤，百姓芸芸秤砣心’。为民掌权的领导,你可知道自己在百姓心中的分量?""是不是牢记参加革命是为了中华民族崛起,当干部是应该为民谋福,身后要留下无私奉献的业绩和革命者的高风亮节?"在编排形式上力求创新,每文配一幅漫画,有的还加篆刻,做到图文并茂,为刊物增色。但本年度编发的杂文,如有略嫌不足的话,题材上尚可更拓宽些,在表达方式和文采方面还可注意改进。

《联谊报》仍一如既往地保持着对杂文、随笔的钟情。整张报纸从1版到4版都有类似杂文、随笔的言论,尤其是4版的"浙江潮"等副刊及新创办的"民"周刊,都有不少杂文、随笔栏目,许多杂文作者都受惠于它。浙江的一些杂文作者不少有分量的杂文都发在"浙江潮"上。许春华写的被《杂文选刊》转载的《麻雀问题》一文就由《联谊报》首发,已如前述。该报3版的"民主论坛"专栏,也很有特色。2001年12月20日一期,半个版的地位,竟容纳了6篇文章、2幅漫画,编得是很精的。文章都是杂文形式,短小精悍,立意新鲜,如《为何有人怕提拔?》一文,就提出自从人事工作提出"任前公示制"后,人民群众欢迎,廉正干部不怕"曝光",而有的"屁股不干净"的人,则情愿不要提拔,"害怕引起群众注意露出狐狸尾巴"。这种文章与实际结合得紧,一事一议,尖锐泼辣,读者欢迎。这个版面插有两幅漫画,不但丰富了内涵,形式也更生动活泼了。

《金华日报·浙中周末》"杂文漫画"版在保持原有版面特色的基础上,开拓新的言论空间,影响日盛。一年来,除杂文家于光远、冯英子、何满子、牧惠、鄢烈山、邵燕祥和漫画家方成等国内名家不断提供新作外,还聚集了朱铁志、刘洪波、潘多拉等杂文界颇具实力的新一代年轻杂文家的力作,这在一张市地报纸是罕见的。这也体现了这家报纸领导的眼力和编辑的辛劳耕耘,是值得杂文界好好研究、探讨及媒体效仿的。2001 年 8 月,该版负责人劳剑晨作为全国两家市地报纸之一,应邀参加《杂文选刊》创作笔会,并在会上介绍了在综合类报纸中杂文的地位和工作中的思路及甘苦,得到了与会专家、杂文家的肯定。在《金华日报》2001 年度读者调查中,"杂文漫画"作为惟一的副刊版面,名列"受读者欢迎的版面"前茅,对它的评语是:"因杂文以犀利的言词和讽刺的手法针砭时弊,漫画以生动幽默的形象喻事寻趣",反映出广大读者对杂文的钟爱和期望,也说明了报纸文化涵量的充分展现。

最后还要提及的一位杂文作者张政明,近年致力于杂文的理论研究,2001 年连续在《浙江文化报》上发表了十七八篇"杂文文体论札",从杂文的源流、杂文和类杂文、中国古代散文和杂文、外国随笔小品等杂文的方方面面作了深入的研究,材料丰富,论据充分。作者认为改革开放 20 多年来,杂文创作有了空前的发展,但"一边是杂文的大量涌现,一边是杂文的艺术魅力开始相对衰退"。杂文的质量,触目所见的多是"硬邦邦的短评"(茅盾语),甚或千篇一律的公式杂文和模式杂文,他担心杂文"会不会被挤出当代的文学楼台?"究其原因,主要"就是杂文文体意识的欠缺,严重的欠缺,几近乎文体无意识。"这样,他研究起杂文的文体来了。这样的研究自然难能可贵,但这个研究能否继续,作者担心他所供职的《浙江文化报》停办后,有谁来发表这些"论札"呢? 杂文发表难,杂文研究发表更难。

杂文是野花闲草,登堂入室难,无人喝彩;对杂文的评析,更属闲花野草之外,或许是顾影自怜。杂文也好,评析也好,都是多事者的"自作多情"。对笔者来说,撰写这篇评析,也算是完成了一桩例行公事,但读了那么多作者的杂文,看到了野草闲花还是茁壮生长,毕竟从中汲取了诸多养料,也深感野草闲花还会到处蔓延,正如杂文先师鲁迅所言:"野草,根本不深,花叶不美,然而吸取露,吸取水……我自爱我的野草。"

三篇后记 袒露心迹

最后的晚茶

《晚茶三杯》终于付梓，心中一阵轻松。至此，连同以前的《晚茶一杯》、《晚茶二杯》，总算完成了一个没有系统的系列，实现了平生的夙愿。手捧"三杯"，敝帚自珍，岂有不高兴之理？

然而，再三品味，也只是完成了一件例行私事而已。"三杯"只是发表在《文汇报》、香港《大公报》、《杂文报》、浙江《新闻实践》和《浙江杂文界》等报刊上的文章搜罗集纳，既无宏大叙事，也没系统学问；更谈不上精辟的见解，独特的文字，真正离一本所谓"著作"，相差远矣！充其量，也只是一些雕虫小技的施展而已。

我把书看得很神圣，常有顶礼膜拜的之感。一本经典或佳作，作为人类文明的结晶，思想或人文的印记，它的力量可以传之久远，穿越时空。中外名家对书的论述和赞誉，汗牛充栋，我记忆最深刻的是卡夫卡说的："如果我们所读的书不能一拳打在脑门上使我们惊醒，那我们为什么要读它呢？一本书必须是一把能劈开心中冰封的大海的斧子。"这是大作家对书的高标准要求，而世上有多少"能劈开心中冰封的斧子"呢？一年出的书数以千万计，多的是平庸之作，不要说是"斧子"，恐怕连一把"剪刀"也谈不上。

"每读一本书，我们便多了一些'已知的未知'——将精神世界的边际向前推进一寸，未知世界的规模便扩大一尺。"（当代作家刀尔登语）我的书，虽挤入了"数以千万计"的行列，离这些要求都太远了，只是滥竽充数罢了。如此想想，好像也不怎么高兴得起来。

从事了一辈子文字工作，活到七老八十，仅仅只写了这么三杯"晚茶"，想想也可怜兮兮的，不免悲从心中来。一生的大部分时间都是"为他人作嫁衣裳"，也写过一些速朽的新闻作品，对此我并不后悔。作为"饭碗头"的本业理当尽责，我也热爱这个工作。我所遗憾的是，自己觉悟太迟。我所从事的新闻工作，是有条件撰写一些有"分量"的、称得上是著作的东西，但我没有抓住这个机会，成为一个学者型的新闻人。

国外的一些新闻工作者，好多是他们涉及领域的专家，出版了著作无数；现今国内的一些年轻的、聪明的新闻工作者，也是一边工作，一边研究问题，或者深入生活，成为当代有名望的学者或作家，他们是时代的幸运儿！我衷心欣赏并祝福他们。改革开放前，如果在工作之外，写点东西，那是认为"干私活"、"不务正业"，是要受到批判的。当今观念转变了，视野开阔，加上网络助阵，信息"爆炸"，创造了更好的写作条件，期望有更多的年轻一代，在做好本职工作之余，产生更多的佳作。

现今三本"晚茶"完成之际，我特别要感谢三本书的序言作者。他们是：陈冠柏的《迟来的"嫁衣"》、张抗抗的《晚茶心语》和周瑞金的《难得人生三杯茶》，他们都是大手笔，不吝为我这些零零散散的"劳什子"作序，恩泽有加。序言提炼概括，细心评点，美言鼓励，因而使这"三杯茶"提高了"温度"，淡有余香，清可回味。

常人以为，拉名人作序，是为自己脸上"贴金"。我倒并非"此地无银三百两"，洗刷攀名人之嫌。这三位都是我的挚友，在长期的交往中，他们也对我最关心、最了解。我佩服他们的人品文品，一如既往的友谊，为我作序，可说是水到渠成，必然的黏合。

对于本书的内容，我没有更多的话要说。需要说明的是，附有一辑"茶香袅袅诉心曲"，这是对二杯、三杯的评论。我感谢这么多朋友费时阅读，并且写来了评语。有的还热情洋溢赋诗表达，真当一回事去做。这些评语，有的过誉之说，我受宠若惊，只能作为对我的鼓励；有所批评意见，我认为是真诚的，给我警觉，欣喜接受，照单收录。当然，还有不少朋友，经常联系甚多，很多评议来不及形成文字，我同样心怀感激。

这些评议者大都是我昔日的老前辈、老朋友、老同学，也有普通的文友、我的忘年交。他们中不乏学者、作家、诗人、记者、总编，我感谢他们的关怀，只能以这杯淡淡的"晚茶"相报。可惜其中有几位已经逝世，已看不到这本书了，只能在此致以深切的怀念。

在这许多评论中，有一句话令我特别动心："这么多年来。您总是满腔热忱地提携年轻人，自己是如此淡泊。我是心中太有数了。"提携年轻人不敢当，淡泊也够不上，但我乐于看到他们写作上的成就，才华的显示，我只在微不足道的岗位上，助推一把，并愿意向他们学习。

"日忽忽其将暮"，不知不觉已进入耄耋之年。茶已经喝到头了，所以我称之为：最后的"晚茶"。我没有别的爱好，今后在读书与看报之际，如果有所感，当还会写点什么，但已不可能再结集成书了。这是我的休止符，是告别之作。写下这几行字，未免有些悲凉，但坦然面对。人生苦短，自然规律不可抗拒。

在我有生之年，唯一的希望，能有一个过得去的身体，一个尚不太糊涂的头脑，一双能坚持阅读的眼睛，还能手捧清茶一杯，继续读点书，补点课，敲敲键盘，作点思考，如此心愿足矣！这也是我对"颐养天年"的想法，也是后"晚茶"时代的生活方式。

本书的出版，还要感谢《新闻实践》原主编胡振和现任主编王郁，没有他们的青睐和支持，默契切磋，我不可能为他们杂志写了两年多"书话茶馆"专栏，当然也没有这一辑《'书话茶馆'论短长》的文字。昔日的同事杜小英，帮我电脑整理稿件时花了许多功夫，一二三杯都是如此。如果我能在电脑上写些东西，也是她不厌其烦地悉心指导的结果。

这篇"后记"在最后付梓之际，得到了复旦同窗严介生的宝贵修改意见。他以一位《人民铁道》报和中国铁道出版社原领导人的眼光，又以一个老同学的情谊，从内容到文字，都一一指点，我欣赏这种讲真话的坦诚风格，以此致谢。

（2015 年 9 月）

晚茶二杯

在《晚茶二杯》付梓之时,高兴自不待言:我怎么又有了一本自己写的书呢?虽然和文字打了一辈子交道,也见过不少铅印的本本,还是按捺不住兴奋之情。

原本觉得有了一本《晚茶一杯》,以我的写作能力和精力,再不敢奢望有第二本,就此画上句号。后来,一是出了"一杯"后,反映还不错,得到不少长者和朋友的鼓励,如说"这本书是为老百姓说话的"、"说的是真话,少套话、老话、废话",还有的说"想不到他还写了这么多"(因这些文章大都是用笔名发表的),这真让我有点"受宠若惊";二来是这几年来写的一些随笔、杂文、散文,连同过去一些未能融入《一杯》的东西,积起来也够一本了,于是又"蠢蠢欲动"了,想喝第二杯"晚茶"了。

有了这个喝第二杯的"茶瘾",就琢磨要有一篇序言。序言对一本书的重要性,是不言而喻的。它能帮作者的为文,作一些概括和提炼,会让作者的集书和读者的阅读起一个升华的作用。我自己就有这样的体验,看了一本书,有时作点笔记,但多数看过也放下了,而对序言则要反复看,有的还要复印下来保存,是难得的学习资料。

　　《晚茶一杯》的序,是由挚友陈冠柏所撰。当时他曾婉谢说,自己离开报界、文坛已多年,甚少动笔;况且可为你写序的朋友很多……但我坚持要他写,我认为他写最合适,因为他对我的为文和为人最了解,这本集子中的有些篇章,是我们共同琢磨撰写的,有的甚至一人写半篇,"拼装"而成,当然更多的是得到他的指点和润色,后来他终于应承下来了。这篇序终于不负众望,赞赏有加,正如我在《一杯》的后记所说,它超越了原有的文本,"是一篇具有独特视角的难得杂文。对这样的文章我不敢据为私有,在叫卖自己的'晚茶'之前我先要推荐这杯好'茶'。"后来许多朋友打听"成杉"者何人? 今天我在这里泄露这个秘密。

　　《二杯》的序言请谁写? 这让我踌躇多时。想来想去,还是请抗抗来写,这很有点像"杀鸡用牛刀"的味道了。毕竟,张抗抗是当今文坛名流,敝人只是一名业余作者,但她父亲与我同事多年,至今也是交往密切的朋友,仗着她叫我"姚叔叔"这点,就倚老卖老,把主要篇目寄去,请她作序。同样,抗抗也是委婉推却,而且理由充足,她说:"一来我历来不为长辈写序,我不好破这个例;二来实在太忙,手头一个长篇尚未刹青,接着又要参加两会……真的不能为你写了。"我这人要做的事真有点"牛"脾气,认定了的就不会改变。我当时就请她"破一次例"。至于时间问题,你什么时间有空我都会等着。"诚则灵",过了不到半年,于 2008 年 6 月我终于接到了抗抗发来的序言,真是喜出望外。事后我想想,实在有点过意不去,求序时,一句"什么时候都等着",很有点"王二借债,死皮赖脸"的味道,好在她不计较。

　　至于这篇序,读者自会欣赏。可以预期,它会像一株绿色之树,在文苑的"植物园"中绽放。而对于我来说,不夸张地说如获至宝。我的这些杂七杂八、四拼五凑的东西,真正溶进了"茶"这个文化符号。抗抗优美的文笔,自不待言,而我更欣赏的是,她能言常人所想而笔下所无的东西,这也就是我请她撰序的初衷。绝非想要借她的"头衔"来为自己"贴金",而是要借她的思想、文眼,来滋润我这支老迈、枯涩的笔。这篇序,无疑是一篇有诗意、有思索、有期待,在更广意义上的茶文化美文。而抗抗收到我获序后的回电后,却说:"得到你的认可,我就放心了。"谦虚之情,溢于言表。

《二杯》的内容,也不多说了。所以还是以茶命名,除了我对茶的热爱外,想借用这个符号,溶进我多年的笔耕。"茶"这个文化符号,已经越来越成为一个中国元素,在文化艺术领域挥发它的魅力。音乐家谭盾以《茶》为名,创作了一部大型歌剧,从舞台上来张扬这个中国元素;周杰伦的拍挡方文山作的一首歌曲,也叫《爷爷泡的茶》。因此,我用这个书名,只是"借光"而已。

丹虹的这篇附录,可以帮助友人和读者了解我编辑生涯之一斑;也是对我人生"黑色的 2007"遭受突然打击的莫大慰藉,难能可贵,谨以此向这位忘年之交谢忱!

自然还要感谢徐海荣总编、蔡捷主任和张凡、谢海艇编辑的大力支持和精心策划,得以使本书以一个清新雅致的面目问世!

书面世了,一是为了留下我的记忆,也算是多年编辑生涯"为他人作嫁"后的一点余韵;二是向历年关爱和帮助我的长辈和好友作一个汇报和交流,期望得到他们的不吝指教。

(2008 年 6 月)

晚茶一杯

　　散文家董桥先生说的"中年是下午茶"已成为一句名言，我则无疑是晚茶一杯了。挚友成杉先生为这本集子所写题为《迟来的"嫁衣"》的序，其中之"迟"，就是晚的意思。此二层含意加起来，便是我这本集子名称的由来。

　　成杉先生的序为我画了一幅像，是近二十年交往知己者所言，虽不免有过誉之处。这篇序，自然超越了原有文本，对我则是杂文写作的一个很好总结与回顾，更对为杂文者、为人处世者提出了许多惊世箴言，实在是一篇具有独特视角的难得杂文。对这样的文章我不敢据为私有，在叫卖自己的"晚茶"之前我先要推荐这杯好"茶"。

　　我自喻为"晚茶"，不只是出书晚了，年龄老了，真正是迟到了，而且集子中的东西也确是晚茶一杯。如果像董桥先生所说的"中年最是尴尬，那是天没亮就睡不着的年龄，只会感慨不会感动的年龄，只有哀愁没有愤怒的年龄"，那么，老年，只有"夕阳西下"的喟叹了，正像一杯茶喝到晚上已经淡而无味了。当然，也可以反其意而用之，中年是年富力强的年龄，是趋于成熟、大展宏图的年龄；老年是老当益壮、显现"第二青春"的年龄。一杯晚茶之尴尬也正在于：味道不足，茶劲犹存，喝之无味，弃之不忍。我集子里的东西，大都如此。不过，有些患有"神经衰弱"的人，也许还嫌这点残余的茶劲而睡不着觉哩！随它去吧，仁者见仁，智者见智。

序中讲到这本杂文集成书迟的原因时说："一说到出书，他总说不愿随俗，也不想拿文字传世。"这确是我的初衷，但我却终究不能免俗。这除了我是一个凡人外，更多的则是一个想法支撑着我。在文字圈里混了几十年，经常收到名家和文友的各种著作，数以百计，有时一天可以收到二三本，我夸张地形容为"日进斗金"，名家于我是厚爱，同好则是交流切磋，无疑都是一种友谊的象征。为此，我思索着："总不能只进不出，也该还别人一本吧！"想来想去，还是要出一本了却心愿，至此才整理存稿，筹划此事。

此集文字，大都是我从事新闻工作之余，发表在一些报纸、杂志上的。充其量，我只能算是一个新闻工作者，当不起作家这个头衔。成集之时，我不忘那些对我垂青的编辑同行，这里要由衷地说一声谢谢啦！正因为是见缝插针所写，大都写的是"豆腐干"文章，多数处在董桥先生所说"杂念越想越长，文章越写越短"之年龄段。然而，聊可自慰的则是，讲一些想讲的话，即有感而发，力争少写或不写无病呻吟之文。

这册集子共分六辑，辑目分别如下："炉火上烹茶水"、"看人家喝茶"、"陈茶香犹存"、"茶座里的风景"、"喝茶·吃饭·坐车"、"评茶品茶"共百余篇。这些篇章与时下盛行的评奖无缘，这除了杂文的艰难生存环境外，也与自己的学养及"诗外"功夫不足有关。尚可慰藉的是，蒙《文汇报》笔会编辑朱大路先生不弃，将拙作《人到晚年学说话》一文编入文汇出版社出版的《世纪末杂文200篇》一书,虽然只有二百分之一,这在我是莫大的荣幸。最后,还要提一句的是,如果没有出版界的俞剑明、楼贤俊和郎忆倩诸位的鼎力促成,这本集子还不知要"迟"到哪一天才能"出生"?

(2003 年元旦)

图书在版编目(CIP)数据

远去的回声:晚茶三杯/姚振发著.—上海:上海三联书店,
2017.2
ISBN 978 - 7 - 5426 - 5781 - 7

Ⅰ.①远…　Ⅱ.①姚…　Ⅲ.①杂文集-中国-当代
Ⅳ.①I267.1

中国版本图书馆 CIP 数据核字(2016)第 309063 号

远去的回声——晚茶三杯

著　　者 / 姚振发

责任编辑 / 姚望星
装帧设计 / 徐　徐
监　　制 / 李　敏
责任校对 / 张大伟

出版发行 / 上海三联书店
　　　　　(201199)中国上海市都市路 4855 号 2 座 10 楼
邮购电话 / 021 - 22895559
印　　刷 / 上海叶大印务发展有限公司

版　　次 / 2017 年 2 月第 1 版
印　　次 / 2017 年 2 月第 1 次印刷
开　　本 / 890×1240　1/32
字　　数 / 380 千字
印　　张 / 11.5
书　　号 / ISBN 978 - 7 - 5426 - 5781 - 7/I·1188
定　　价 / 42.00 元

敬启读者,如发现本书有印装质量问题,请与印刷厂联系 021 - 66019858